영웅은 없다

영웅은 없다

한 수 경 장편소설

문이당

작가의 말

　스무 살, 아직 무르익지 않은 이성이 지배하던 시절, 누구에게나 그 시간을 지나온 기억이 있을 것입니다. 대부분 빛나는 청춘과 사랑의 기억이겠지만, 그보다는 젊으니까 어쩔 수 없었던 시행착오, 절망 그리고 뼈아픈 패배의 기억도 있을 것입니다. 더구나 그것이 자신의 선택이라기보다는 휩쓸림, 말하자면 집단 최면이나 광기에 의한 것이었다면……. 질병을 앓은 후에 면역력이 생기듯 우리는 아픈 상처로부터 새로운 가치를 발견하고 희망을 품게 되는 건지도 모르겠습니다. 그것이 기억의 소중함일 것입니다. 열정과 순수라는 겉포장을 살짝 걷어 낸 우리들의 스무 살. 갓 잡아 올린 생선처럼 설핏 핏물이 고여 있던 우리들의 욕망과 그 욕망이 만들어 낸 환상, 그 환상이 파괴되고 난 후에 남겨진 폐허, 그 속에 숨겨진 우리들의 민낯을 보고 싶었습니다. 그리고 잃어버린 더 소중한 것들도…….

나는 심각한 길치입니다. 어디선가 길을 잃어버리면 일단 그 자리에 멈춰 서서 주위를 살펴봅니다. 방향을 잡고 제대로 길을 가려면 우선 내가 서 있는 곳의 위치가 어딘지 정확하게 알아야 하기 때문입니다.

최근 몇 년 동안 우리는 엄청난 변화의 과정을 경험했습니다. 얻은 것도 많고 잃은 것도 많습니다. 특히 인터넷과 SNS 등 새로운 소통의 도구들이 도리어 우리를 내부적으로 분열시키고 진실을 호도하는 부작용을 경험했습니다. 파도에 휩쓸리듯 흔들리고 부대끼면서 시간을 통과하느라 정신이 없었습니다. 그러다가 문득 길을 잃어버렸다는 것을 깨달았습니다. 길 찾기 매뉴얼대로 잠시 멈춰 서서 지나간 시간의 발자국들을 살펴보아야 했습니다. 과연 내가 어디쯤에 서 있는지 좌표에 점 하나를 찍어 보는 심정으로.

2015년 봄

한 수 경

차례

작가의 말

프롤로그

삼겹살이 지글거리며 익어 간다. 한동안 잠잠하던 병이 도진 것일까. 육질이 타들어 가는 냄새에 속이 울렁거린다. 녹사가 불판의 가장자리로 고기를 옮기다가 잘 익은 한 점을 입에 넣고 오랫동안 씹는다. 그는 아무렇지도 않은 모양이었다.

"이상한 기분이 들더라. 오늘이 그날이잖아. 개교기념일."

"그러고 보니 그러네."

내가 헛구역질을 했다.

"속이 안 좋아?

"신경성이야. 고깃집만 오면 도지는."

녹사가 알 만하다는 듯이 미소 짓는다.

"매년 이맘때가 되면 나도 잠이 안 오더라. 어떻게 그런 일이 일어났는지 이해가 안 되거든."

"그래서 형을 만나자고 한 거야. 그날 일을 가장 잘 아는 사람이 형이잖아."

오랜 시간이 흘렀지만, 아직도 꿰맞춰지지 않은 퍼즐 조각이 남아 있었다. 그날 밤 녹사는 왜 학생회관 옥상에 올라가 있었을까? 영웅은 어디로 사라진 것일까?

교문 근처에 있는 식당에서 우리는 서로에게 묻고 답하며 밤늦게까지 소주잔을 기울였다.

"그동안 아예 입을 닫고 살았다. 사실대로 말해 봐야 아무도 믿지 않으니까."

"일주일 전부터 리허설을 하고, 트위터에 생중계하겠다고 뻥을 쳤으니 그럴 만도 하지."

계면쩍은 표정으로 녹사가 내 잔에 술을 따랐다.

"영웅을 몰아붙인 건 사실이지만, 누군가 정말로 죽기를 바란 것은 아니야. 만일의 사태를 대비해서 소화기랑 모포도 준비해 두었고."

당시 경찰이 학생회관 옥상에서 온갖 소방용품을 찾아낸 것은 사실이었다.

"경찰에 신고하고. 트위터에 분신 사실을 최초로 알린 사람도 나였어."

녹사는 당시 학생회관 옥상에 있었으므로 중앙 광장을 사이에 두고 맞은편에 있는 본관 옥상에서 일어난 일을 누구보다도 정확하게 목격한 사람이었다. 그러나 사람들은 그의 말을 믿으려 하지 않았다. 늑대가 온다, 늑대가 온다, 평소에 거짓말을 하고 다닌 소년이 다름 아닌 녹사였으므로.

"나도 분신의 주인공이 누구인지 정말 몰랐어. 몸에 불을 붙이고 날뛰는 사람의 얼굴을 어떻게 알아보겠냐? 학생회관에서 본관까지 꽤 먼 거리인 데다 어둡기까지 했잖아. 경찰이 사실을 발표했을 때도 도무지 믿을 수가 없더라. 뒤통수 한번 제대로 얻어맞은 기분이었어."

"그럼 형은 분신한 사람이 누구라고 생각했어?"

"당연히 영웅이지."

녹사가 술잔을 비우며 쓴웃음을 지었다.

"내 생각이 짧았던 거야. 분신이라는 말만 들어도 바지에 오줌을 지리는 겁쟁이가 제 몸에 불을 붙일 리가 없는데……. 실은 그날 내가 그 자식 몸에 휘발유를 좀 엎질렀거든. 겁을 좀 줘야 할 필요가 있어서. 그랬더니 그길로 달아나서 20년간 코빼기도 안 보이는 놈이 영웅이다."

목을 뒤로 꺾으며 녹사가 또 한 잔을 비웠다. 나도 내 몫의 잔을 비웠다. 식도와 십이지장과 위장이 차례로 알싸해지며 눈앞이 흐려졌다.

누군가 담요를 가져와서 추락한 불새의 부서진 몸을 덮어 주었다. 나는 입을 막았다. 생살이 타들어 가는 냄새에 속이 울렁거렸다. 떨리는 손으로 담요를 젖혔다. 불에 타서 이지러진 얼굴선과 사라진 눈썹과 터져서 흐물흐물해진 한쪽 눈알……. 오싹하고 소름이 끼쳤다.

"영웅이 아니었던 게 나한텐 행운이었어. 덕분에 살인 혐의를 벗고 풀려날 수 있었으니까."

녹사는 영웅이 분신하지 않았다고 말했다. 그러나 나는 지금까지도 그날 분신한 사람은 분명히 영웅이었다고 믿는다.

문제의 장면을 실제로 목격한 사람들조차 분신한 사람이 누구인지에 대해서는 지금까지도 의견이 분분하다. 사건 직후부터, 인터넷과 SNS를 통해 온갖 설들이 난무했고, 그것은 생명체처럼 스스로 증식하며 퍼져 나갔다. 기나긴 조사 기간이 끝나고 경찰이 가까스로 진실을 발표했을 때에도 사람들은 진실을 진실로 받아들이지 않았다. 이미 신화가 된 한 사람이 있기 때문이었다.

"영웅 소식은 알아? 어디서 어떻게 사는지."

"내가 너한테 묻고 싶은 말이다. 대체 영웅 그 자식은 어디로 사라진 거냐? 나타나기만 하면 내 손으로 죽여 버리려고 했는데. 그 자식 때문에 살인 누명을 쓰고 재판까지 받으면서 내가 얼마나 고생했는 줄 아냐?"

영웅 때문에 고생했다는 말에는 수긍할 수 없지만, 당시 우리 모두가 녹사를 살인자로 확신한 것은 사실이었다.

"다른 사람은 몰라도 영웅 그 자식만은 내게 죄가 없다는 것을 알고 있었어. 녀석이 나타나서 증언만 해 주었어도……. 에잇, 잊어버려야지. 다 지나간 일이니까."

"나타날 수 없었을 테지. 그건 사람들의 기대를 저버리는 일이니까."

녹사가 탁 소리가 나게 술잔을 내려놓았다.

"네 말이 맞다. 저도 끔찍했을 거야. 모든 사람이 자기가 죽기를 바란다고 생각했을 테니까. 영웅 그 자식이 겁쟁이긴 해도 아까운 놈인 것은 확실해. 그놈만큼 정치에 재능 있는 사람을 본 적이 없거든. 내가 놈의 재능을 반만이라도 타고났다면 얼마나 좋겠냐? 나타나기만 하면 죽여 버리겠다고 이를 갈면서도 솔직히 그놈이 그립더라. 영웅이 나와 유정민의 합작품이라는 거 너도 알잖아."

녹사는 정민을 거론하면서도 내 이름을 들먹이지 않는 호의를 보였다. 국회 의원 후보로 나선 마당에 정치부 기자와 불편한 관계가 되어 이로울 게 없다는 계산이겠지. 나는 해석 불가의 미소로 응답했다.

"그때까지만 해도 맘만 먹으면 영웅을 만들어 낼 수 있는 시절이었다. 그런데 이제는 어림도 없는 일이야."

녹사가 허공에 X자를 그리며 목청을 높였다.

"지금 시대는 영웅을 만들 수도 없고, 설사 만든다고 해도 유효 기간이 짧아서 안 돼. 요즘 대중들의 욕구가 얼마나 다양한지 아냐? 이거 해 달랬다가 저거 해 달래고, 이것이 좋다 해서 그렇게 하면 벌써 싫증 내고 있어. 변덕이 죽 끓듯 하고 정체불명이다 이 말이야.

그래서 직접 나서게 된 거다. 차라리 내가 하는 게 낫겠다 싶어서."

"용케도 해냈네. 쉽지 않은 일이었을 텐데."

"그동안 고생 많이 했다. 처음 정치판에 발을 들여놨을 때만 해도 대인 공포증 때문에 막막했어. 게다가 내 얼굴이 솔직히 말해 호감형은 아니잖아."

"어쨌든 대단해. 대인 공포증까지 극복하다니."

"극복? 그런 건 없다. 과학의 힘을 빌려 버티는 거지."

녹사가 안주머니에서 약 봉투를 꺼내 흔들어 보였다.

"하루에 두 번, 두 알씩 챙겨 먹으면 세상에 무서운 게 하나도 없어져. 덕분에 사람들 앞에서도 말을 더듬지 않게 됐지. 손도 떨지 않고. 하지만 부작용도 만만치 않아. 시도 때도 없이 곯아떨어지거든, 아무 데서나."

녹사가 약을 손바닥에 올려놓더니 한입에 털어 넣고 물을 마셨다.

"요즘 과학이 하는 일이 뭔 줄 아냐? 판박이처럼 표준형 인간을 만들어 내는 거야. 다른 인간들과 다른 것은 무조건 잘라 내 버려. 나 같이 생각이 많아서 문제인 놈은 그 생각까지 잘라 내 준다니까."

정신과학이 진보하긴 했나 보다. 녹사가 멀쩡하게 후보 연설을 해내는 걸 보면.

"나는 말이야, 턱도 잘라 냈다."

그러고 보니 녹사의 두툼하고 각진 턱이 매끄럽고 부드럽게 다듬어져 있었다.

"몰라봤는걸."

"비호감이 호감이 되는 고통. 그게 바로 뼈를 깎는 고통이더라. 뼈를 깎아 낸다는 게 얼마나 아픈지 안 깎아 본 사람은 모를 거다. 암 모르고말고."

녹사가 진저리를 치며 술잔을 들었다가 비어 있는 것을 보고 헤벌쭉 웃었다. 내가 그의 잔에 술을 채워 주며 물었다.

"그렇다면 형은 살이 타고 뼈가 깨지는 고통도 짐작하겠네?"

분신을 염두에 두고 한 말이었는데 술에 취한 녹사는 그 뜻을 알아듣지 못하고 다른 소리만 웅얼거렸다.

"죽는 게 낫다니까. 죽는 게."

녹사가 상에 엎어지더니 금방 코를 곤다. 그 소리가 포격 소리처럼 요란했다. 그가 먹는다는 약의 부작용이거나 잠을 자게 해서 생각을 잘라 낸다는 정신과학의 힘이거나 둘 중 하나일 것이다.

나는 음식 찌꺼기에 코를 박고 천진하게 잠을 자는 녹사를 바라보며 전혀 다른 생각을 한다. 어쩌면 잠도 사람마다 일생 동안 채워야 하는 정해진 분량이 있는 것은 아닐까? 내가 아는 20대의 녹사는 인생을 두 배로 살겠다며 밤에도 잠을 자지 않던 사람이었다. 그때 홀대받았던 잠이 지금에 와서 저토록 폭력적인 힘으로 복수하고 있다는 그런 생각.

아무래도 남은 이야기는 다음으로 미뤄야 할 것 같다. 이제는 자주 만나게 되겠지. 국회 의원과 정치부 기자로서 우리는 또다시 엮이게 될 운명이다. 피하려 해도 피할 수 없는 인연, 미워하려 해도 미워할 수 없는 인연, 세상에는 그런 인연이 있나 보다.

우리는 20대로부터 얼마나 도망친 것일까. 술을 마시지 못하던 녹사가 술꾼이 되는 시간, 순둥이 작가 지망생이 독사라는 별명의 정치부 기자가 되는 시간, 그만큼 20대에서 멀어진 줄 알았다. 그러나 결국 그때로부터 한 발자국도 벗어나지 못한 채 우리는 다시 만났다.

"여기, 계산합시다."

호주머니에서 지갑을 꺼내려는데 꼬깃꼬깃한 종이 한 장이 손에 걸려 나왔다. 유세장에서 누군가가 손에 쥐여 준 홍보용 인쇄물이었다. 사진 속의 녹사가 활짝 웃고 있다. 그 밑에 적힌 화려한 이력은 내가 알지 못하는 녹사의 지난 세월인 모양이다. 여차여차한 정치적 사건으로 수감, 출소. 또 다른 사건으로 수감, 또 출소. 아, 돈도 좀 벌었군. 컴퓨터 게임 회사의 대표를 역임했다는 이력을 보고 나는 그렇게 짐작한다. 최근 몇 년간은 어느 원로 국회 의원의 보좌관으로 일했다고 적혀 있는데 운 좋게도 모시던 국회 의원의 지역구를 물려받은 모양이었다. 그런데 선거 유세를 하필 세계대학 운동장에서 할 건 또 뭐람.

"꽤 드셨는데요, 손님."

계산서를 보면서 주인이 말했다.

"혹시 저 친구를 아세요?"

신용 카드를 내밀며 내가 물었다. 들어올 때 주인이 녹사에게 유난스레 아는 체를 했던 기억이 났다.

"그럼요. 안 후보님은 서민들의 영웅인걸요."

나도 모르게 피식하고 웃음이 새어 나왔다. 예나 지금이나 사람들은 영웅을 기다리는 게 숙명인가 보다.

"데려다줘야 할 텐데 혹시 집이 어딘지도 알아요?"

내가 받은 녹사의 명함에는 사무실 주소만 적혀 있었다.

"걱정 마십쇼. 밖에서 비서가 기다리고 있습니다."

"그럼 술에 취해 떡이 된 서민의 영웅은 여기 맡겨 놓고 저는 이만 사라져야겠습니다."

주인이 두 손으로 신용 카드를 돌려주며 환하게 웃었다.

"15퍼센트 할인해 드렸습니다. 안 후보님 친구분이라 특별히 할인해 드린 겁니다."

"서민의 영웅은 여러모로 쓸모가 많네요."

내가 주인에게 농을 건네는 사이, 들이닥친 건장한 사내 하나가 녹사를 들쳐 업고 사라졌다.

"안녕히 가십쇼."

주인이 그 뒤에 대고 90도로 허리를 굽혔다.

스무 살, 피할 수 없는 운명의 테러리즘

"이봐, 던져."

나보다 한 뼘쯤 키가 큰 남자애가 소리쳤다. 걸음을 멈추고 그를 쳐다보았다. 횡격막을 들썩이며 다가온 그는 큰 체격에 비해 여려 보이는 귀공자 타입으로 짙은 눈썹 밑의 커다란 눈과 도톰한 입술이 선하게 보이는 인상이었다.

멈칫하고 있는 나를 향해 그가 팔을 추켜들었다. 운동선수처럼 불거진 그의 팔뚝 근육이 내 시선을 사로잡았다. 그가 나를 가리켰다. 정확히 말하면 내가 아니라 내 발 옆에 굴러와 있는 농구공을 가리킨 것이었다. 내가 공을 집어 그에게 던졌다.

"고마워."

근육 팔뚝이 코트를 향해 돌아섰다. 등줄기를 따라 T자형으로 땀에 젖어 있는 티셔츠가 눈에 들어왔다. 나는 그 자리에 선 채 한동안 근육 팔뚝의 몸놀림을 지켜보았다. 이리저리 몸을 움직여 수비를 따돌리는 몸동작은 우아해 보이기까지 했다. 몇 번의 패스가 이어지고 꽤 먼 거리에서 그가 슛을 성공했다.

"잘했어, 주몽."

누군가 그를 향해 엄지손가락을 치켜들었다. 팀원들이 박수를 치며 파이팅을 외쳤다. 급하게 뒤로 물러선 근육 팔뚝에게 다시 공이 날아갔다. 가슴으로 안듯이 패스를 받은 그가 순식간에 골대 밑으로 파고들어 한 손으로 슛을 날렸다. 상대의 방어벽을 재치 있게 따돌린 동작이었지만 보기 좋게 실패했다. 그가 멋쩍게 웃으며 뒤로 물러났다. 나도 웃었다. 그가 손을 흔들었다. 나는 안경을 들어 올리는 척 그에게 손을 들어 보이고는 가던 길로 발길을 돌렸다.

주몽. 괜찮은 이름이군. 기억 장치에 저장해 두기로 했다. 그를 지켜보면서 나는 내심 주눅이 들어 있었다. 거칠 것 없는 그의 플레이가 우아해서 그런 것만은 아니었다. 웃는 모습. 다부진 팔, 긴 다리. 그런 것 때문만도 아니었다. 말하자면 그의 전체에서 뿜어져 나오는 어떤 광채가 나를 왜소해 보이게 만들었다.

나 같은 변두리 지방 출신이 잘해 낼 수 있을까? 물고기의 부레처럼 탱탱하게 부풀어 있던 자신감이 사그라지며 바람 빠지는 소리를 냈다. 그것은 작은 읍 소재지 내에서는 더 이상 대적할 적수가 없었던 탓에 다져진 터무니없는 오만이 무너지는 소리였고, 국내 경기만 해본 권투 선수가 처음으로 세계 무대에 섰을 때의 당혹스러움과도 같은 것이었다.

발걸음이 빨라졌다. 기숙사는 후문 쪽 숲 속에 있었다. 곧게 뻗은 소나무들이 줄지어 서 있는 숲에는 솔잎이 두껍게 깔려 있어 마치 천연 양탄자를 깔아 놓은 것처럼 푹신해 보였다. 푸른 솔잎 사이를 비집고 들어온 햇빛이 반짝였다. 나무들은 모두 어딘가에서 옮겨 심은 것인데 이만한 숲을 조성하려면 아마도 기숙사 건립 비용보다 조경 비용이 더 들었을 것이다.

다섯 개 동으로 지어진 건물은 기숙사라기보다는 호텔 같았다. 대학이 세워진 지 4년밖에 안 되었으니 현대식 건축 양식의 새 건물인 것은 당연했다. 하지만 담쟁이덩굴에 둘러싸인 고풍스러운 기숙사 건물을 상상한 나로서는 조금은 의외였다.

내 방은 B동 7층이었다. 7층에서 내려다보니 그림지도를 펼쳐 놓은 듯이 모든 것이 한눈에 들어왔다. 앞쪽은 바다가, 뒤쪽은 숲과 평지가 끝없이 펼쳐져 있었다. 우주 테니스장처럼 텅 빈 미완의 땅. 전후 건설업으로 성공한 왕 회장의 애국심은 지극히 왕 회장답게 발현된 셈이다. 손바닥만 한 땅덩이밖에 가지지 못한 조국을 못내 안쓰러워했다는 왕 회장은 환경론자들의 반대를 무릅쓰고 바다를 메워 몇천만 평이라는 간척지를 만들어 냈다. 그리고 그 땅 위에 제일 먼저 세계대학을 세웠다. 전국의 수재들을 끌어모아 나라의 미래를 책임지는 거목으로 키우겠다는 포부에서였다.

나라는 존재가 나라의 미래를 책임지는 거목이 되어 줄지 어쩔지
는 모르지만, 그것은 먼 훗날의 일이고 나는 먼저 내게 주어진 이 황
홀한 혜택들을 마음껏 즐길 예정이었다.

방은 심플하면서도 고급스러웠다. 남향의 창에 볕이 들어 환한
방. 형광 연두색 커튼. 원목으로 만든 붙박이장과 침대, 하얀색 사각
타일에 암회색 무늬 타일이 촘촘히 박혀 있는 샤워 부스까지. 내가
꿈꾸어 온 모든 것이 그 안에 있었다. 그동안 열심히 공부해 온 것에
대한 보상이라고 생각하니 나는 스스로 대견스럽기까지 했다.

작은 읍 소재지에서 벗어나 삶의 영역을 넓히기 위해서는 일단 명
분을 얻어 집을 떠나야 할 필요가 있었다. 나는 어머니의 인생에 딸
린 부속품으로서가 아니라, 온전히 독립적이고 자유로운 인생을 살
기 위한 첫발자국으로 세계대학을 택했고 기회를 놓치지 않았다. 나
는 어딘가에서 나를 내려다보고 있을 신에게 감사 기도를 드렸다.
특정한 종교를 가지지는 않았지만, 어머니의 영향으로 나는 이미 유
신론자였다.

내가 받은 선물이 과했던 모양이다. 나는 이제까지 덩치 큰 전자
제품에 딸려 오는 사은품처럼, 대학에 합격만 하면 마음에 맞는 룸
메이트는 당연히 주어지는 것인 줄 알았다. 그런데 신은 내게 마음
에 드는 학교를 선물한 대신 그와는 반대의 룸메이트를 덤으로 묶어
주었다. 아마도 자신이 공평하다는 것을 스스로 입증할 필요가 있었

나 보다.

내 룸메이트는 나보다 일찍 기숙사에 도착해 있었다. 내가 문을 열었을 때 녀석은 침대 위에 아무렇게나 짐을 부려 놓은 채 쭈그리고 앉아 컴퓨터를 연결하는 중이었다. 손질하지 않은 꽁지머리에 작업복 같은 옷차림은 개성이라고 봐준다 쳐도, 아무렇게나 벗어 던진 더럽고 냄새나는 운동화를 본 순간, 나는 눈살을 찌푸리지 않을 수 없었다.

"저어……."

분명 인기척을 들었을 텐데도 돌아보지 않는 사람의 등 뒤에서 먼저 말을 건네는 것은 멋쩍은 일이다. 꽁지머리는 말없이 하던 일만 계속했다. 나는 내 것의 두 배는 족히 될 법한 녀석의 널따란 등판을 바라보며 오랫동안 기다려야 했다.

갑자기 녀석이 고개를 홱 돌리더니 나를 위아래로 훑어보았다.

"나는 공탁……."

어색하지만 첫인사 정도는 하고 넘어가려 했는데 녀석은 그런 것쯤 생략하고 싶은 모양이었다. 대뜸 내 말을 치고 나왔다.

"담배 가진 것 있냐?"

"아니."

"없으면 한 갑 사 와라."

녀석이 나보다 서너 살쯤 많아 보이긴 했다. 그렇다고 초면에 담배 심부름이라니. 나의 뇌세포가 한 번도 고려해 보지 않은 상황에 대처 방법을 찾느라 야단법석을 떨었다. 이쯤에서 룸메이트에 대한 나의 오래된 환상은 접어야 할 것 같았다.

나는 밖으로 나와서 학생처가 있는 본관 건물을 향해 걸었다. 룸메이트를 바꿀 수 있는지 문의해 보기 위해서였다. 도중에 걸음을 멈췄다. 너무 성급한 판단이 아닌지 망설여졌다. 무례하지만 재미있는 녀석인지도 모르고, 나이 차이가 난다고 해서 꼭 나쁘기만 하라는 법은 없다. 발길을 돌린 나는 학교 앞 편의점으로 가서 담배 한 갑을 샀다. 담배 심부름까지 해 줄 생각은 없었지만 첫 만남이니까 이 정도의 작은 호의는 괜찮을 것 같았다.

꽁지머리는 설치를 끝낸 컴퓨터를 켜고 무언가 작업을 하고 있었다. 내가 몇 번이나 헛기침을 했지만 그가 뒤돌아보지 않았으므로 나는 다소 독특하게 내 존재를 알릴 필요가 있었다.

"우리 앞으로 같이 잠자게 될 사이 맞지?"

꽁지머리에게 담배를 내밀며 농담을 건넸다. 선물이 마음에 든다면 조금은 친절해지겠지. 그러나 그는 내 손에서 담배만 채 갔다. 고맙다는 말도 없었다. 그야말로 최악의 룸메이트였다. 나는 반대편 침대에 걸터앉아 계속해서 녀석의 뒤통수를 노려보았지만 끝내 녀석의 시선을 끌지 못했다.

꽁지머리가 한꺼번에 두 개비의 담배를 입에 물고 보란 듯이 연기를 뿜어 댔다. 콧구멍을 통해 두 줄기로 뻗어 나온 연기가 수염처럼 길어지다가 나풀거리며 흩어졌다. 나도 모르게 웃음이 나왔다. 저도 미안한 줄은 아나 봐. 내 기분을 풀어 주려고 저러는 걸 보면. 내가 다시 말을 걸었다. 두 사람이 상의해서 결정할 일이 많았다.

"내가 창문 쪽 침대를 쓰고 싶은데, 괜찮겠어?"

용기를 쥐어짜서 말을 걸었지만 대꾸조차 하지 않던 꽁지머리는 두어 시간 후 자기 일을 모두 마친 뒤에야 기다리다 지친 나를 돌아보았다.

나는 기분이 상한 채로 침대와 옷장 등을 나누고 짐을 정리했다. 베르나르 베르베르, 움베르토 에코, 살만 루시디……. 책꽂이에 내 친구들을 차례로 늘어놓으며 나는 다짐했다. 속 편하게 아무것도 기대하지 말자. 애당초 나와는 다른 종족인 거야.

꽁지머리도 짐을 정리했다. 나는 녀석의 짐을 보고 또 한 번 놀랐다. 가방에는 온통 게임 CD뿐이었고, 책은 고작 몇 권 들어 있는 게 다였다.

책을 보면 그 주인에 대해 어느 정도 알 수 있는 법이다. 직업이나 취미, 관심사 같은 직접적인 정보 이외에도 생각의 수준이나 가치관, 때로 그 사람의 성향이나 성격까지도 읽어 낼 수가 있다. 사람은 그가 가진 서재만큼, 딱 그만큼의 크기로 인생을 살아간다는 말을 나는 믿는다. 녀석의 책은 주로 주역과 점성술에 관한 것이었는데 그중에는 처음 보는 문자인 산스크리트로 기록된 것도 있었다. 학교 안에 멍석이라도 깔고 앉으려나? 하긴 놈의 꽁지머리에 베레모 하나만 얹으면 그런대로 분위기가 나겠는데. 나는 속으로 그를 비웃었다.

꽁지머리도 내 소지품을 본 모양이다. 옷장이 꽉 차도록 차곡차곡 걸어 놓은 셔츠를 보고는 어리벙벙한 표정으로 고개를 내저었다. 그의 옷장엔 달랑 티셔츠 두 개와 청바지 한 개 그리고 팬티 몇 장뿐이었다.

꽁지머리의 굴뚝에서는 여전히 두 줄기의 연기가 피어올랐다.

"피울래?"

"아니."

"아직 어린 애구나."

그뿐이었다. 녀석은 뜨거운 물을 부은 컵라면을 들고 또다시 컴퓨터 속으로 들어가 버렸다.

학교에 온 첫날, 혼자 밥을 먹는다는 것이 왠지 쓸쓸한 생각이 들었지만 나는 몹시 배가 고픈 상태였다. 식당으로 가는 도중에 1층 로비에서 멈춰 섰다. 나의 불운이 믿어지지 않아서 다시 한 번 확인하고 싶었다. 내 이름과 나란히 붙어 있는 이름은 분명히 컴퓨터 공학부 신입생 안녹사였다. 신입생이라지만 그는 나이가 꽤 들어 보였다. 삼수나 사수를 했거나 군대를 갔다 왔을 것이다.

나는 한탄하지 않을 수 없었다. 녹사가 나의 대학 생활에 드리워진 불운의 그림자가 될 것 같은 예감. 나는 주몽을 떠올렸다. 붙임성 있게 먼저 말을 걸어오던 주몽이 내 룸메이트라면 얼마나 좋을까. 그와 함께라면 밤을 새워 논쟁을 벌인다 해도 즐거울 것 같았다. 어쩌면 그는 매번 내게 인내심의 한계를 느끼게 하는 움베르토 에코나 폴 오스터에 대해 좀 더 해박한 지식을 가지고 있을지도 모른다. 어쩌면 피츠제럴드나 로맹 가리 쪽에 더 관심을 보일지도. 그도 아니라면 하루키나 아멜리 노통브의 소설은 분명히 좋아하겠지.

나는 주몽과 함께 이불을 뒤집어쓰고 이제까지 경험한 여자애들에 대해서 쑥덕공론을 빌이는 상상을 한다. 나는 아직 경험이 없지만 나이보다 숙성해 보이는 주몽은 틀림없이 여자 친구가 있을 거고, 나로서는 두렵기만 한 연애의 세계에 먼저 발을 담그고 있을 것이다. 하지만 이런 것은 나 혼자만의 상상일 뿐이고 현실의 내 룸메이트는 게임 중독자가 분명한 녹사였다. 나는 스크래치용 복권에서 꽝이 나온 것처럼 몹시 아쉬운 생각이 들었다.

때로 남자가 남자에 대해 호감을 웃도는 감정을 가져도 괜찮은 것일까? 나는 녹사가 벽같이 느껴질 때마다 버릇처럼 주몽을 생각했다. 주몽이라면 이럴 땐 어땠을까 저럴 땐 어땠을까. 현실은 언제나 환상에 미치지 못하는 법이다. 하지만 주몽은 예외였다.

학교생활이 시작된 지 얼마 되지 않아 신입생 오리엔테이션에 참석했을 때의 일이다. 원형 극장 같은 커다란 실내 체육관에서 열린 오리엔테이션은 학교와 나의 공식적인 첫 대면이었다. 귀를 울리는 소음과 아는 사람 하나 없는 상황이 소심한 나를 더욱 소심하게 만들었다.

몇 가지 의례적인 절차가 지나간 후에 총장이 격려사를 하기 위해 단 위에 올라섰다.

"여러분도 요즘 한창 뜨는 TV 프로그램 '정글의 법칙'을 보셨을 겁니다. 주위에서 재미있다고 권하기에, 저도 여러 번 봤습니다만……."

대학 총장도 저런 유의 오락 프로를 보는구나. 새삼스러운 동류의식. 여기저기서 웃음소리가 새어 나왔다. 그러나 총장의 다음 말은 섬뜩하기 그지없었다.

"여러분은 학교에서 매일 그와 같은 서바이벌 게임을 치르게 될 것입니다. 바로 옆자리의 동료가 여러분의 경쟁 상대입니다. 살아남는 자에게는 모든 혜택을 주겠지만 탈락하는 자에게는 국물도 없습니다."

국물도 없다고? 총장이 저런 말을 해도 되나. 학생들은 미소 지었다. 조그맣고 짧고 겁에 질린 미소였다.

"자, 학교의 요구에 부응하십시오. 여러분 중에 끝까지 살아남아 졸업할 수 있는 학생은 절반도 안 된다는 사실을 명심하시기 바랍니다."

올라올 때와는 달리 총장이 내려갈 때는 아무도 박수를 치지 않았다. 얼떨떨한 표정들. 나는 지금까지 그처럼 두려운 격려사를 들어본 적이 없다. 썰렁하다 못해 소름이 돋는 격려사였다.

총장이 단언한 말은 사실이었다. 살아남아야 한다는 절박함을 깨닫지 않고 지나가는 날이 없을 정도였다. 어렴풋하게 느껴지던 불길한 예감들이 피할 수 없는 현실이 되어 나를 압박하기 시작했다.

먼저 나 정도는 수재 틈에도 끼지 못한다는 사실을 인정해야 했다. 까다로운 부모의 열망에 부응하기 위해 노력한 것일 뿐, 나는 처음부터 수재가 아닌 평범한 두뇌의 소유자였다. 나는 농구나 축구 같은 운동은 물론이고 좋아하는 악기를 다루는 취미 하나 가질 틈도 없이 공부만 한 덕분에 조그만 읍 소재지 내에서는 수재로 통했고 나 또한 그렇게 믿고 있었다. 그런데 이제 그 믿음마저 사라져 버린 것이다. 자신감을 잃은 나는 급속도로 수척해졌고, 학교는 신의 선물이 아니라 어머니가 참기름을 짤 때 쓰는 착즙기처럼 나를 쥐어짜는 도구가 되어 있었다.

신입생 환영회가 열렸다. 그럴듯한 유흥업소가 아닌 학교 식당에서 열린 행사여서 실망스러웠지만 학교 측의 배려로 음식은 푸짐했고 각자 맥주 한 병씩 돌아가도록 술도 제공되었다. 게다가 상급생들이 몰래 챙겨 온 값비싼 양주도 있었으므로 누구나 마음껏 마시고 스트레스를 풀 기회였다.

처음에는 신입생은 신입생끼리 재학생은 재학생끼리 서로 다른 자리에 앉아 있었다. 그런 자리에선 으레 그렇듯이 모두 꿔다 놓은 보릿자루처럼 자기 자리를 고수하고 마지못해 옆 사람과 눈인사 정도만 나누는 정도로 서먹하게 굴었다.

그쯤 해서 분위기를 바꿔 줄 책임을 느꼈던 모양이다. 마이크를 잡은 사회자가 신입생들 사이사이에 상급생이 한 사람씩 끼여 앉을 것을 지시했다. 소란스러운 자리 이동이 있었다. 어쩌다 내가 맨 앞줄에 앉게 되었는데 주몽이 내 옆자리에 와서 앉는 것이 아닌가. 경쾌한 캐주얼 정장 차림으로 나타난 주몽이 어찌나 말쑥해 보이던지 농구장에서 봤을 때와는 전혀 다른 사람 같았다.

나는 주몽과 같은 테이블에 앉게 된 것이 무척이나 기뻤다. 다른 친구들도 마찬가지였던 모양이다. 원탁에 앉은 신입생 세 명에게 주몽이 차례로 악수를 청했는데, 내 옆에 앉은 여학생은 수줍어한 나머지 몸을 배배 틀었다. 나는 그의 손을 두 손으로 공손하게 잡았다. 선배에 대한 예의였다. 혹시 농구 코트에서 마주친 신입생을 기억해 주지 않을까? 나는 기대를 접었다. 그에게 관심을 보이는 여학생들이 많아서 말을 걸 기회조차 없었다.

"어때, 학교가 만만치 않지?"

선배 앞에서 잔뜩 주눅 들어 있던 나는 그냥 미소만 지었는데 그의 다음 말이 긴장을 풀어 주었다.

"나도 신입생 시절 내내 특별 관리 학생이었어."

특별 관리 학생이라면 오리엔테이션 때 학과장이 침을 튀기면서 협박한 내용으로, 제출해야 할 과제물을 2회 이상 내지 않거나, 수업 중에 경고를 세 번 이상 받거나, 시험 성적이 하위 20퍼센트에 속하는 학생을 가리키는 말이었다.

얼핏 들으면 아무것도 아닌 기준 같지만 전교생이 모두 내로라하는 수재들만 모인 이곳에선 달랐다. 그것은 조금만 한눈을 팔면 가차 없이 떨어지고 마는 낭떠러지여서 우리는 구멍이 숭숭 뚫린 그물망 다리 위를 건너듯이 늘 마음을 졸여야 했다.

그 밖에도 특별 관리 학생이 되는 데는 몇 가지 방법이 더 있었다. 지나친 음주벽이 있다거나 그에 버금가는 문제를 일으키는 경우였다. 그러나 그런 기준은 전적으로 담임 교수의 판단에 의존하는 것이어서 가장 중요하고도 객관적인 기준은 역시 성적이었다.

"1년 내내 꼴찌였거든. 내가 그렇게 공부 못하는 학생인 줄 그때 처음 알았어. 충격이 좀 컸지."

"정말이에요?"

능청스러운 주몽의 고백에 우리는 발을 구르며 좋아했다.

"저 선배 내가 먼저 찜했으니까 건드리지 마."

주몽이 재학생 대표로서 환영사를 하기 위해 자리를 비운 사이 옆자리에 앉은 여학생들이 속삭이는 소리가 내 귀에까지 들렸다. 짐작대로 주몽은 여자들에게 인기 있는 타입이었다. 나는 오래된 친구 하나를 빼앗긴 것처럼 씁쓸한 기분이었다.

"40대 1이라는 바늘구멍을 통과하신 신입생 여러분."

주몽이 거창하게 서두를 잡았다. 그리고 곧바로 말을 잇지 않고 뜸을 들였다. 모두 침을 꼴깍 삼키며 다음 말을 기다렸다.

"오리엔테이션 때 총장님이 하신 말씀일랑 다 잊어버리세요. 공부 기계로 소모되기엔 우리들의 청춘이 너무나 아깝지 않습니까, 여러분?"

인기를 얻으려면 사람들의 기대에 부응할 줄 알아야 한다. 주몽은 그것을 아는 사람 같았다. 함성이 터져 나왔다. 모든 여학생의 시선이 오로지 주몽 한 사람에게만 꽂히는 것 같았다. 그는 꽤 긴 시간 마이크를 잡고 있었는데 시종 장난기가 다분한 능청스러운 화법으로 여학생들을 웃게 만들었다. 나는 주몽이 무슨 말을 하는지 말하는 내용보다 여학생들의 소란스러운 반응에 넋이 나가 있었다. 내가 가지지 못한 어떤 매력을 주몽은 가지고 있었다.

공식적인 순서가 끝나자 다시 한 번 자리 이동이 있었다. 술병을 들고 친한 사람끼리 모여든 것이다. 주몽이 앉은 우리 테이블에는 3학년 남학생들이 몰려와 주거니 받거니 술잔을 돌렸다.

주몽이 나서야 한다느니, 자연대 누가 강적이라느니, 얼핏 들으니 이번에 치르게 될 총학생회 선거 이야기를 하는 것 같았다. 그들에게 눈치껏 자리를 내주고 신입생들은 다른 테이블로 옮겨 앉았다. 수다를 떨기에는 우리끼리 앉는 게 더 편했다. 선배들처럼 거창한 선거 이야기보다는 어떤 교수가 학점을 짜게 혹은 후하게 주는지, 어딜 가면 싸고 맛있는 점심을 먹을 수 있는지, 이번 주말 미팅의 예상 퀸카가 누구인지, 그런 사소한 화제가 우리들의 주요 관심사였다.

이상한 일이었다. 늦은 밤까지 수다를 떨다 보니 환영회가 끝나

갈 무렵에는 처음의 서먹함은 사라지고 서로 이름을 부르며 술을 권하거나 농담을 건넬 정도의 친근감이 형성되었다. 잠시나마 성적에 대한 공포가 사라진 내 가슴속에 세계대학 학생이라는 자부심이 아로새겨진 시간이기도 했다.

나는 주몽에 대한 여러 가지 정보를 새롭게 얻어들었다. 여학생들이 투표로 뽑은 최고의 킹카가 그라는 것. 하지만 여자 보는 눈이 까다로워서 아직도 사귀는 애인이 없다는 것. 법대 학생회가 그를 중심으로 움직인다는 것, 교수들조차 그와 악수할 때는 고개를 숙이고 손에 힘을 준다는 것 따위 말이다.

기숙사로 돌아오니 녹사가 컴퓨터 앞에 앉아 있었다. 그는 또 저녁을 거른 모양이었다. 매점에서 사 온 햄버거의 종이 포장을 막 뜯는 중이었다.

"형도 같이 갔으면 좋았을걸. 꽤 재미있는 파티였거든."

나는 녹사를 형이라 부르고 있었다. 군대를 갔다 온 녹사는 나보다 세 살이나 더 많았다.

"관심 없어. 그렇게 시시한 것은."

녹사가 시큰둥하게 말을 받았다.

"그럼 형한테 관심 있는 것은 뭐야?"

"난 요즘 국운을 점치고 있어."

내가 간신히 웃음을 참으며 다시 물었다.

"국운이라면 나라의 운세?"

"히틀러가 아니었다면 독일은 한 세기 이상 세계 제일의 패권국으로 군림할 수 있었어. 나폴레옹이 아니었다면 프랑스도 마찬가지였을 테고. 그 두 놈 때문에 불행하게도 미국으로 운이 넘어간 거야. 그래서 애꿎은 우리나라가 분단이 됐지."

이상한 해석이었지만 뭐 그렇게 생각할 수도 있겠다 싶었다.

"그럼 우리나라는 언제쯤 패권을 잡을 수 있을까?"

"지금 우리나라의 국운이 상승세를 타고 있으니까 곧 그런 날이 올 거야. 그렇다고 해도 지도자와 운때가 맞지 않으면 아무 소용이 없지만 말이야."

"그런 말은 나도 하겠네."

내 반응에 기분이 상했나 보다. 녹사가 내게 등을 보이고 앉아 이상한 주문 같은 걸 읊조리기 시작했다. 힌두교의 경문인 '바가바드기타'라고 했다. 나는 그를 내버려 두었다. 우리 두 사람이 잘 지내기 위해서는 끈적끈적하게 우정을 쌓는 것보다는 적정 거리를 유지하는 쪽이 더 효과적이라는 것을 이미 알고 있었다.

동아리의 계절 4월이 왔다. 선배들은 그동안 개인적으로 점찍어 놓은 신입생을 꼬드겨 자기 동아리로 데려가거나, 공개 모집을 통해 동아리 회원을 선발했다. 방송이나 광고 쪽에 관심이 많은 나는 행여 학보사나 방송반에서 입회 제의를 해 오지 않을까 은근히 기대하고 있었다. 그러나 4월이 다 지나도록 나는 입회 제의를 받지 못했다. 나는 지원서를 들고 스스로 학보사를 찾아갔다.

어느 대학이든 신문사나 방송반은 가장 인기 있는 동아리 중 하나이다. 학보사 입구엔 나보다 먼저 와서 줄을 서 있는 신입생들이 많았다.

나는 유독 줄을 서는 것에 어려움을 느끼는 체질이다. 식당이나 정류장 또는 영화관에서 길게 늘어선 줄 속에 끼여 있다 보면 나도 모르게 서글픈 생각이 들었다. 세상엔 왜 이다지도 사람들이 많은지, 이렇게 사소한 일에서조차 경쟁은 피할 수 없는 것인지, 내 차례가 다가오기도 전에 의욕을 잃어버리고 그만 포기하고 싶어졌다.

그날도 나는 그런 이유로 발길을 돌렸다. 지원서를 구겨 쓰레기통에 집어넣고 학보사를 빠져나온 나는 오토바이를 주차해 둔 잔디밭으로 향했다. 낯선 모집 광고가 내 오토바이에 붙어 있었다. '인터넷 신문, 데일리스팟 기자 대모집'이라고 손 글씨로 대충 쓴 초라한 광고 문구였다. 맞은편 잔디밭에선 스포츠댄스 동아리가 호객 행위를 하듯 열정적으로 회원을 모집 중이었다. 길을 가던 신입생들이 모두 그쪽으로 가 버리고 거들떠보는 사람 하나 없었다.

오토바이 옆에 누군가 앉아 있었다. 남학생인지 여학생인지 분간할 수 없는 차림새로 담배를 꼬나물고 구경하듯이 지나가는 신입생들을 쳐다보았다. 내가 다가갔다.

"관심 있냐?"

목소리를 들으니 여자 같기는 하다.

"뭐하는 동아린데요?"

반색하는 얼굴을 보면서 차마 관심 없다고 딱 잘라 말하기가 어려웠다.

"아직은 나도 몰라. 지금부터 같이 생각해 볼 사람을 찾는 거야."

나는 오토바이 손잡이에 가방을 걸고 그 옆에 버티고 섰다. 내가 주인임을 알리는 몸짓이었다. 나는 그인지 그녀인지가 허락도 없이 남의 오토바이에 광고지를 붙인 것에 대해 사과할 것이라고 생각했다.

"피울래?"

사과 대신 그인지 그녀인지가 내게 담배를 권했다.

"난 3학년이니까 형이라고 불러."

"형요?"

그럼 여자가 아니라 남자인가?

"누나라는 말은 질색이거든."

역시 여자이긴 한가 보다.

"잘해 보자."

그녀가 덥석 내 손을 잡더니 마구 흔들었다.

"저기요, 이건 제 오토바이……."

"알아, 인마. 혹시 카메라 가진 거 있냐?"

자기 어깨를 내 어깨에 툭 부딪치면서 그녀가 물었다.

"디지털카메라. 1800만 화소짜리 있어요."

"에이, 그건 좀 그렇다. 최소한 캐논 EOS 시리즈 정도는 돼야지. 스테디 캠 장치도 필요하니까 당장 사라."

"내가 왜 그걸 사요?"

"왜냐하면 말이지, 내가 그대를 데일리스팟 카메라 기자로 임명했거든. 방금."

"누구 맘대로요?"

내가 항의했다. 그녀가 팔을 내 어깨에 얹더니 내 눈을 똑바로 들여다보며 물었다.

"대학 합격했다고 친척들이 준 축하금, 그거 얼마나 꼬불쳐 뒀냐?"

"하나도 없는데요."

"그럼 할 수 없네. 이거라도 내다 팔아야지."

내 오토바이를 두고 하는 말이었다.

"워낙 고물이라 몇 푼 받지도 못하겠네. 아무튼 따라와 봐."

그녀가 앞장서며 명령했다. 사람들은 보통 먼저 판단하고 나중에 행동한다. 그런데 반대의 경우도 있나 보다. 이성이 길을 잃어 판단을 유보할 때 몸이 대신 선택하는 그런 경우. 우리는 그것을 거창하게 운명이라고 부르는지도 모른다. 내가 그랬다. 뭐에 홀린 듯 어리둥절하면서도 내 몸은 그녀가 가자는 데로 따라가고 있었다.

"괜히 사람 많아 봤자 골치만 아파. 너랑 나랑 둘이면 딱 좋다 그치?"

그렇게 데일리스팟의 역사가 시작되었다.

자율이라는 말이 이제까지의 삶에서 익숙하지 않았던 만큼 나의 신입생 시절은 혼란 그 자체였다. 누구도 내게 명령하지 않았지만 길을 가르쳐 주지도 않았다. 부족한 것이 무엇인지, 어떻게 개선해야 하는지, 그런 기본적인 것에서부터 나는 어려움을 겪었다. 스스로 판단하고 선택하는 훈련이 되어 있지 않은 탓이었다. 당시의 나에겐 자율이라는 것이 타율이나 통제보다 더 만만치 않은 것이었음을 고백하지 않을 수 없다.

대학이나 회사나 군대나 그 어떤 단체든 사람들을 모아 놓고 보면 그중 몇몇은 똑똑하고 그중 몇몇은 어수룩하고 나머지는 평범해지는 법인가 보다. 대학은 내가 평범이라는 울타리 안에 소속되어 있는 존재임을 깨닫게 해 주었다. 그리 나쁘지는 않았다. 가끔은 주목받지 못하는 것에 대해 서글픈 생각이 들기도 했지만, 그 속에는 편안함이라는 선물도 함께 들어 있었다.

스무 살, 어떤 일이 일어날 수도 있고, 어떤 일이 일어나지 않을 수도 있었다. 어차피 그 선택은 처음부터 우리의 몫이 아니었을 것이다. 다수와 소수, 권리와 의무, 대립과 타협, 연합과 배신, 이 모든 불협화음의 광풍이 부는 허허벌판에서 우리는 아무 준비도 없이 맨몸으로 서 있었다.

어쩌면 우리는 대학생이라는 무리 속의, 평범하기 짝이 없는 한 점에 불과했는지도 모른다. 그렇다고 해도 지나온 시간의 추억 속에서, 그 아픈 기억의 소용돌이 속에서 아무런 책임도 지지 않고 자유로울 수는 없다. 그것이 피할 수 없는 운명이라는 이름의 테러일지라도…….

인터넷, 그 익명성의 유혹

"주몽, 트위터에 온통 니 얘기뿐이더라."

"예술대 조선아랑 사귄다고. 지난 주말에 충주 별장에서 밀회를 즐겼다며?"

"또 그 얘기냐?"

"하여간 버젓이 신문이라는 이름을 달고 어떻게 그런 허접한 가십 거리를 기사로 올리는지 나 원 참……."

"그래도 반응은 좋다더라."

"그러니까 더 말이 안 되는 거야. 그래도 우리 학교가 상위 5퍼센트만 모였다는 엘리트 집단 아니냐."

"말이 안 되니까 흥미를 끄는 거야. 이거저거 포장 안 하고 툭툭 까발리니까."

학생회관 휴게실 한쪽에 있는 넓은 자리를 차지하고 몽우회 멤버들이 모여 있었다. 나는 탐정처럼 신문을 펼쳐 얼굴을 가린 채, 조금 떨어진 자리에서 그들이 하는 얘기를 엿듣고 있었다. 벌집을 쑤셔 놓은 듯이 소란스러운 그들의 대화 내용은 어젯밤 유정민이 데일리스팟 창간 기사랍시고 인터넷에 올린 글 때문이었다. 나의 반대를 무릅쓰고 정민은 일단 사람들의 눈길을 끌고 보자는 작전으로 나갔다. 그래도 불안하긴 했나 보다. 나더러 주몽 쪽의 반응을 염탐해 오라고 했다.

"따지고 보면 사람 사는 게 다 똑같지 뭐. 먹고 싸고 자고……. 그런데 그런 시시한 것들을 왜 기사화하느냔 말야. 데일리스팟인지 뭔지 사고방식이 정말 촌스러워."

"무슨 소리야. 혼자 자는 거랑 여자랑 같이 자는 거랑은 엄연히 다르지. 그래서 스캔들이 난 거고."

대화 자체가 삼천포로 빠지고 있었다.

"데일리스팟이 뭐하는 데냐? 처음 듣는 이름인데."

빙긋이 웃고 있던 주몽이 호기심을 보였다.

"인문대 유정민이란 애가 신입생 하나를 끌어들여 만든 인터넷 신문사."

"방금 유정민이라고 했냐?"

"남잔지 여잔지 성 정체성이 불분명한 애, 몰라?"

"그 애 미국 유학파지?"

"아냐. 갠 유럽파야."

40

"꽤 똑똑하다고 하던데. 자칭 천재라는 말도 있고."

저마다 정민에 대해 아는 체를 하는데 주몽은 입을 다물었다.

"이제 주몽도 주변 관리 신경 써야 돼. 어떻게든 너하고 엮여 보려는 여자애들이 한둘이 아니니까."

언제나 과묵한 김우현도 거들고 나왔다.

"말이 나왔으니 하는 말인데 대장한테 여잘 하나 붙여 주는 게 어때?"

익치였다.

"나 여자 만날 시간 없다."

"그러니까 하나 만들어 두자는 거야. 공식적인 대외용 마누라로."

"공식적인 마누라? 그럼 비공식적인 애인도 두자는 말씀?"

"당연하지. 우리 나이에 한 여자에게 올인하면 바보지, 안 그래?"

"공식적인 마누라든 비공식적인 애인이든 조선아는 아니다. 예쁘다고 해도 다 성형발인 데다 대장 스타일도 아니거든."

"그럼 대장 스타일은 누구야?"

주몽이 순진하게 웃었다.

"내 스타일? 그런 거 없어. 여자를 제대로 사귀어 본 적도 없는데 뭘."

"한심하군. 여태까지 뭐한 거야 연애 한 번 못해 보고."

"혹시 그것도 못 뗀 건 아니지?"

쏟아지는 야유 속에 갇혀 있던 주몽이 반격을 가했다.

"그러는 니들도 마찬가지잖아."

"에이, 난 아니야."

"나도 아냐."

시끌벅적하게 웃음소리가 났다. 서로가 서로를 손가락질하면서 그것을 뗐느니 못 뗐느니 어린애들처럼 소란을 피웠다.

"어쨌든 데일리스팟에 신경 좀 써야 할 것 같아. 스폰서도 돼 주고. 광고도 때려 주고."

누군가 진지한 목소리로 말했다.

"인터넷 신문도 언론이라고 보험 들어 두자는 거냐?"

"나쁠 거 없잖아."

"역시 정치하는 집안 출신은 뭐가 달라도 달라. 언론에 대한 외경심이 뼛속 깊이 박혀 있다니까."

"그러는 그대 집안은 어떻고? 기업가 집안이라 권력에 빌붙어 싹싹 비비면서 사냐?"

"뭐라고?"

분위기가 험악해지려는 찰나에 주몽이 나섰다.

"그만들 해. 데일리스팟이든 뭐든 인터넷 신문 같은데 신경 쓸 여유 있으면 학교 신문이나 잘 관리해."

결론이 내려지자 그들은 우르르 몰려 나갔다.

나는 단숨에 동아리 방까지 뛰어갔다. 그리고 엿들은 내용을 토씨 하나 빼지 않고 정민에게 전했다. 컵라면 두 개로 허겁지겁 허기를

42

채우면서 말이다.

"주몽 쪽에서 시비 걸고 나오지는 않을 거 같다는 말이지?"

"천만다행이지. 까다롭게 굴까 봐 조마조마했는데."

"우릴 신문으로도 보지 않는 건 아닐까. 원래 건방진 애들이잖아."

뭐든지 좀 삐딱하게 보는 게 정민의 성향이었다.

"고소 안 하는 게 어디야? 고맙게 생각해야지."

"고소라니?"

"그런 데 있잖아. 언론중재위원회라든지 공정언론시민협의회라든지."

정민이 어이없다는 표정을 지었다.

"넌 그게 문제야. 소심이 도를 넘는 거."

"형도 문제 있어. 무조건 막가파식으로 밀어붙이는 거."

내가 정민의 말투를 흉내 냈다.

"내가 없는 말 지어낸 것도 아닌데 뭐. 솔직히 그런 소문 전부터 있었잖아."

정민의 뻔뻔스러움에 나는 말문이 막힐 지경이었다.

"나, 신입생이지만 이거 하나는 알고 있거든. 자고로 언론이란 민중의 지팡이가 되어야 한다는 거. 의도를 가지고 기사를 쓰면 폭력이 된다는 거. 언·론·폭·력. 그것처럼 무서운 것도 없다는 거 알아?"

"교과서를 읊어라 아주. 그런 말은 등 따습고 배부른 신문들이나 하는 말이야. 우리 같은 신생 신문사는 수단과 방법을 가리지 않고 살아남는 게 과제야. 현실은 적자생존, 정글의 법칙, 먹고 먹히는 서바이벌 게임!"

"맨날 그 소리."

내가 귀를 막는 척했다.

"다 피가 되고 살이 되는 말씀이다, 형이 하는 얘기는."

"과대망상증 환자 같아, 형은."

정민과의 말싸움에서 나도 이제는 어느 정도의 이력이 붙어 있었다.

"헤헤…… 내가 그런 증상이 좀 있긴 하지,"

정민이 손을 들고 항복했으므로 나도 웃을 수밖에 없었다. 그녀는 늘 이런 식으로 자기주장을 관철했다. 아무래도 좋았다. 정민과 말싸움하는 것도 좋았고, 카메라를 들고 따라다니는 것도 좋았다. 내가 그 시절을 기억하며 내 인생의 꽃이었다 말할 수 있는 것은 정민과 함께한 시간이라는 것, 오로지 그 한 가지 이유에서였다.

"라면 뿐다. 어서 먹어요, 우리 삼돌이. 이래 봬도 미래의 언론계 주역인데, 개처럼 부려 먹고 컵라면 먹여서 좀 미안하긴 하다."

정민은 나를 유쾌하게 만드는 방법을 알고 있었고 그 순간을 놓치지 않고 치고 들어오는 재주도 가지고 있었다.

"오후엔 나영웅 취재하러 가자. 제법 특이종이라는 소문이 있어."

"또 소문? 제발 소문 따라다니지 말자. 항의 전화 땜에 미치겠어."

"좀 띄워 주면 꼭 기어오르더라, 너는."

기어이 꿀밤을 한 대 얻어맞고 말았지만, 어차피 유쾌한 삼돌이가 되기로 작정한 몸, 오후 시간도 못 이기는 척 정민을 위해 비워 두었다. 여론의 지팡이 어쩌고저쩌고하면서 점심시간 내내 잔소리해 댔지만.

"이건 언론의 공정성하고는 거리가 좀 먼데? 주몽 기사는 인터뷰도 안 하고 썼으면서 영웅만 인터뷰하는 건 뭔가 특별 대우 같은데?"

"주몽 그 자식이 내 인터뷰 제의를 깔아뭉갰으니까 그렇지. 왕 회장 아들이면 아들이지 그렇게 유난을 떨 건 또 뭐냐. 기숙사에 걔 방 봤지? 우리하곤 차원이 달라요. 방 두 개의 벽을 터서 혼자 쓰는데 그 똘마니들이 방 안에 그득하더라. 저나 나나 똑같은 세계대학 학생인데, 너무 불공평한 거 아니냐? 눈꼴사나워서 못 봐주겠어, 정말."

"형은 뭔 불만이 그렇게 많아? 나는 내 방도 감지덕지한데."

정민이 내 배에 주먹을 한 방 먹이는 시늉을 했다.

"못 말리는 순진남."

나도 의아하긴 했다. 정민이 주몽에게 인터뷰를 요청했다가 거절당했다는 것도 그렇거니와 주몽이 학교 설립자인 왕 회장의 아들이라는 것도 처음 듣는 소리였다.

"주몽이 왕 회장 아들이야, 손자가 아니고?"

"열한 번째 아들이란다. 어머니가 누군지는 비밀이고. 참 그 집안도 돈 많은 거 빼면 완전 콩가루 집안이라니까."

나는 정민의 반응을 주몽에 대해 필요 이상 지나친 감정을 가진 때문이라고 생각했다. 부자들에 대해 서민들이 가지는 열등감 비슷한 감정 말이다. 정민은 주몽에게 혹은 그 주위 사람들에 대해 지나치게 관심이 많았고 지나치게 예민했으며 지나치게 경쟁의식을 가지고 있었다.

"주몽에게 직접 부탁한 거야? 인터뷰 말야?"

나는 신입생 환영회 때의 친절하던 주몽을 생각하고 그가 설마 그렇게까지 했을까, 믿어지지 않았다. 새삼스레 약이 오르는지 정민이 화를 냈다.

"귓구멍은 째로 달고 다니냐? 부탁은커녕 얼굴도 못 보고 나왔다니까. 그 자식 똘마니가 대신 전하더라. 시간이 없어서 미안하다고."

"정말 바빴는지도 모르잖아. 다시 한 번 정식으로 부탁해 보는 건 어때?"

"내가 뭣하러?"

주몽에 대한 정민의 감정이 유치해 보이기까지 했다. 이해는 한다. 나도 내가 가지지 못한 것을 남이 가진 것 때문에 괴로워한 경험이 있으니까. 20대의 세계에서 경쟁의식은 필수 조건이다. 적당한 경쟁심은 성공에 필요한 열정이 되어 주기도 하니까. 그러나 그것이 지나치면 자기 파괴의 에너지원이 된다는 것을 그때의 우리는 알지 못했다.

우리가 자리를 잡고 1분쯤 후에 영웅이 나타났다. 약속 시간에 딱 맞춘 시각이었다. 작달막한 키에 앞뒤로 크게 팔을 휘저으며 걷는 걸음걸이가 인상적이었다.

"삼류 배우 같지 않냐? 어쩐지 촌스럽고."

정민이 내 귀에 대고 속삭였다. 사진을 몇 컷 찍다 보니 '어딘지 촌스럽다'는 표현은 영웅의 구석구석에서 나타나는 특징 같았다. 젊은 나이에 골 깊게 파인 이마의 일자 주름이 그랬고, 밖으로 튀어나온 광대뼈가 그랬고, 옷차림이 그랬다. 그러나 학생회관 휴게실에 나타나자마자 걸쭉한 입담으로 일하는 아줌마들을 휘어잡는 것을 보고 친화력 하나만큼은 보통 수준이 아니구나 생각했다.

"소양 아지매요, 금촌 아지매는 오늘 비번인 갑제?"

"오잉. 아들헌티 간다고 허드만."

"아들요?"

청소 아줌마가 영웅의 귀에 대고 소곤거렸다.

"오늘 풀려난 디야. 두부 사 들고 구치소에 갔을 거여 시방."

"아이고마, 잘됐네에."

영웅이 자기 허벅지를 치며 기뻐했다.

"이번에 신세 졌다고 얘기 많이 허드라. 대단혀어. 영웅 학생."

우리를 의식한 것일까? 아줌마는 은근히 영웅을 치켜세워 주고 싶어 하는 눈치였다.

"아줌마들이랑 친하네요. 원래 아는 사인가 보죠?"

카메라에서 눈을 떼고 정민을 보니 한 건 잡았다는 표정이었다.

"원래 아는 사이란 게 어딨습니까? 자주 들락거리다 보니 서로 친해진 거죠. 금촌 아지매란 분이 아들 일로 어려움을 겪고 있기에 상담을 좀 해 드렸지요. 사람 사는 거 별거 있습니까? 다 그렇게 친해지고 주고받으면서 사는 거지."

인권 변호사를 꿈꾸는 사람답게 호방하고 정겨운 말투였다. 자주 튀어나오는 사투리가 그랬고, 형용사를 사용하지 않는 직설적인 어투가 그랬다. 그런데 그 흡입력이 대단했다. 인터뷰의 기본은 중립이라고 마음의 준비를 단단히 하고 간 나조차도 어느새 그의 논리에 끌려들어 가고 있었으니까. 아직 완벽하게 정리되지 않은 상태였지만 영웅의 넓은 시야와 현실 인식에는 놀랄 만한 면이 있었다. 결단력과 책임감도 높이 살 만했다. 그러나 좀 지나치다는 느낌이 드는 것도 사실이었다. 대화하는 동안엔 그의 넘치는 에너지가 전이되어 덩달아 기분이 들떴지만, 나중에 혼자 곱씹다 보니 속이 허해지는 기분이랄까. 그가 범상치 않은 인물이라는 세간의 평에 수긍하지 않을 수 없는 첫 만남이었다.

밤늦게 기사를 쓰며 정민이 말했다.

"그가 진짜 영웅이 되어 줄까? 자기 이름처럼 말이야."

"두고 보면 알겠지, 뭐."

"나는 이번 선거에서 영웅에게 올인하려고 해."

정민이 주몽이 아닌 영웅을 선택한 것은 뜻밖이었다. 내가 말렸다.

"성급한 판단 아닐까. 일단 영웅은 주몽에 비해 여자들에게 인기 있는 타입이 아니야. 꼭 뭐같이 생겼다고 웃는 걸 봤어. 여자애들이."

"뭐 같다고 했는데?"

"개구리."

"으하하하."

정민이 웃음보를 터뜨렸다.

"그러고 보니 틀림없다, 개구리."

여자 기숙사 앞을 지나가던 나는 그 앞에서 얼쩡거리는 익치 패거리를 보았다. 나는 별 관심 없이 지나쳤다. 여자 기숙사 앞에서 기웃거리는 수컷들이야 매일 보는 풍경이었기 때문이다. 하지만 다음 날도 또 그다음 날도 똑같은 시간, 똑같은 장소에 그들이 있었다. 무슨 꿍꿍이가 있는 것 같았다. 그들은 드러내 놓고 지나가는 여학생들을 관찰했으며 자기들끼리 귀엣말을 주고받고 시시덕거렸다. 그날도 그냥 지나치려고 했다. 그런데 설혜수 씨, 하고 부르는 익치의 목소리가 들렸다. 나는 멈춰 섰다.

그녀를 직접 본 적은 없지만 나도 그녀의 이름은 알고 있었다. 나뿐만 아니라 세계대학 남학생이라면 모두 그녀의 이름을 알고 있었다. 그녀는 남학생들이 뽑은 세계대학 최고의 얼짱으로 동급생은 물론 선배 남학생들의 관심까지 한 몸에 받고 있었다. 게다가 설혜수는 참으로 도도한 성격이어서 아직까지 그녀와 데이트한 남학생은 한 명도 없으며 중간에 뚜를 넣어 소개팅을 주선해도 나오지 않는다고 했다. 마치 자신이 얼마나 예쁜지, 남에게 어떻게 보이는지 그런 것에는 관심도 없다는 투로 화장도 하지 않는 맨얼굴에 긴 생머리를 그냥 묶고 다녔다. 그녀의 그런 취향이 더더욱 뭇 남학생들의 애간장을 태운다는 것을 그녀는 알고 있을까.

내가 뒤돌아섰을 때 익치 패거리들이 설혜수를 둘러싸고 있어서 그녀의 얼굴을 볼 수는 없었다. 평범한 진 스커트 밑으로 미끈한 다리가 보였고, 바람에 흩날리는 다갈색 머리카락이 조금 보였다. 하지만 익치가 길을 안내하겠다는 듯이 옆으로 비켜서자 그녀가 내 쪽으로 얼굴을 돌렸다. 드디어 그녀의 얼굴이 보였다.

숨이 멎었다. 왜 이제껏 그녀를 발견하지 못했을까, 딱 내 스타일이구면. 세상엔 언제 어느 곳에 있든지 눈에 띌 수밖에 없는 여자가 있다. 바로 설혜수가 그런 여자라는 생각이 들었다.

그녀는 뭔가 미심쩍다는 듯이 고개를 갸웃한 채 선뜻 익치 패거리를 따라가지 않았고 앞서가던 익치가 애가 탄 나머지 다시 그녀에게 되돌아가 무언가를 열심히 설명했다. 아니, 설명이 아니라 사정하는 것처럼 보였다. 그녀가 익치의 말 중간중간에 간단한 질문을 하는 눈치더니 이윽고 그녀가 미소를 지었다. 나는 그녀가 익치 패거리의 호위를 받으며 다시 학교로 들어가는 것을 오랫동안 지켜보았다. 무슨 일일까. 그녀가 왜 익치 패거리를 따라가는 것일까. 저녁 시간 내내 그 생각에 매여 있다가 정민에게 문자를 날렸다. 상황 설명을 되도록 자세하게 적은 긴 메시지에 정민의 답장은 지극히 짧았다.

'뻔하지, 뭐.'

주몽에게 유별나게 적의를 가진 정민 대신 내가 나서기로 했다. 며칠째 영웅에 대한 정민의 기사가 인터넷에 오른 상태였으므로 아무래도 언론의 공정성이란 것이 나를 괴롭혔다.

"주몽에게도 기회를 주어야 하지 않을까. 데일리스팟이 영웅의 당지냐는 비난이 있는 거 알고 있지?"

"주몽은 학보를 당지로 삼고 있는데 뭘."

말은 그렇게 했지만 정민도 그런 비판을 듣긴 싫은 모양이었다. 내 말에 못 이기는 척 물러섰다.

"이번에도 거절당하면 어쩔래? 그땐 너 입 다무는 거다."

"알았어."

학생 식당에서 점심을 먹고 있는 주몽에게 다가가 예의 바르게 인터뷰를 요청했다. 생각 외로 그는 선선히 승낙했을 뿐 아니라 자신들의 모임에 참석해 자연스럽게 취재하는 것이 어떻겠느냐는 의견을 내놓았다. 나는 주몽에 대한 기획 기사를 계획했다. 그에게 이유 없이 열광하는 사람들이나 이유 없이 질시하는 사람들 모두에게 주몽의 본래 모습을 보여 주고 싶다는 욕구가 일었다. 며칠 동안 나는 정민이 '주몽의 똘마니들'이라고 부르는 몽우회 멤버들에 묻혀 그를 따라다녔다.

"오랜만에 모여서 맥주 한잔하자. 소개할 새 친구도 있고."

주몽의 말에 허진과 익치가 가장 반가운 눈치였다.

"기다리던 참이야."

"새로 찜해 둔 곳이 있는데 예약해 둘까?"

"너도 괜찮지?"

주몽이 물었다. 당연히 나는 괜찮았다.

그날 밤 8시가 지나자 미리 도착한 익치에게서 연락이 왔다.

"다들 모여서 대장 오기만 기다리고 있어."

나는 주몽의 차를 타고 함께 갔다. 단둘이 얘기를 나눌 기회였다. 주몽이 운전하면서 이런저런 신상 얘기를 했고, 나는 들으며 메모하기에 바빴다.

몽우회는 주몽의 사조직이나 마찬가지였다. 졸업하면 학계나 정계, 관계 등 사회 곳곳에서 활발하게 활동할 미래의 주역들로 익치를 제외하고는 모두 미국에서 고교 시절을 보낸 유학파들이었다. 익치는 왕 회장의 권유로 가장 나중에 합류한 멤버였다. 주몽은 익치가 몽우회의 기존 멤버들과 화합하지 못할까 봐 내심 걱정을 했는데 익치는 솔직하고 직선적이고 화끈한 반면에 친화력도 좋아서 그런 걱정은 기우에 불과했다고 했다.

"너도 익치와 가장 먼저 친해질걸."

주몽이 은근하면서도 뽐내는 어투로 말했다. 익치는 왜소한 체격에 순수 국내파임에도 불구하고 치밀한 문제 분석 능력과 판단력이 놀라울 정도라고 했다. 말하자면 가장 특별한 존재로서 주몽의 단점을 보완하고 더불어 몽우회를 제어하기 위한 왕 회장의 안전장치였던 셈이다. 왕 회장은 자신의 옆에 강 전무를 두었듯이, 주몽이 익치를 그렇게 사용하기를 바랐던 것일까. 익치가 다름 아닌 강 전무의 아들이라는 말을 듣고 나는 그렇게 추측했다. 나이 70에 얻은 주몽을 왕 회장은 몹시도 애틋해하는 모양이었다. 나는 주몽에게 왕 회장의 근황을 물어보았다. 왕 회장이 노환으로 죽어 가고 있다는 것은 이미 공공연한 사실이었다. 주몽은 그것을 덤덤하게 인정했다.

"인생의 마지막 순서를 기다리고 계시지. 아마도 얼마 안 남았을 거야."

우리가 도착하기도 전에 술자리가 무르익어 있었다.

"늦어서 미안. 대신 맥주는 내가 쏜다."

주몽은 몽우회 사람들에게 나를 소개하고 모두에게 맥주를 한 잔씩 따라 주었다. 그들 모두가 반갑게 나를 맞아 주었다.

"우리는 하나. 우정을 위하여."

누군가 선창했다. 나는 오랜만에 많은 사람과 어울리며 유쾌한 시간을 보냈다. 주몽은 생각보다 소탈한 사람 같았다. 익치는 꼬박꼬박 주몽을 대장이라고 불렀지만, 주몽은 전혀 대장처럼 굴지 않았다.

그날 밤늦게까지 술을 마시던 중이었는데 주몽의 서울 본가에서 전화가 왔다. 왕 회장이 위중한 모양이었다. 그런 호출에는 익숙해진 것일까. 주몽은 덤덤하게 자리를 정리하고 일어섰고 다른 사람들

은 2차를 가기로 했다. 익치는 2차를 가지 않고 주몽과 행동을 함께
했다. 나 역시, 오늘 밤 안으로 기사를 올리고 싶은 마음에 주몽이
없는 2차는 사양했다.

　주몽의 차를 타고 기숙사로 돌아오는 길에 익치가 입을 열었다.

　"당분간 본가에서 지내는 게 어때? 회장님이 이젠 가까운 사람조
차 못 알아보신다고 하던데."

　"형들이 싫어할 거야."

　"대장도 이제부턴 딱 부러지게 자기주장을 해야 해. 까딱 잘못하
면."

　주몽이 말을 잘랐다. 내 앞에서 더 이상 가족 이야기가 나오는 걸
피하려는 눈치였다.

　"형들이 다 알아서 할 거야."

　"만약에 회장님이 잘못되시기라도 하면 대장만 팽 당하게 생겼어
지금."

　"그 문젠 그때 가서 생각하면 돼."

　"대장은 그게 문제야."

　"뭐가 문제야, 내가?"

　"시험은 다가오는데 놀고 있다가 벼락치기하는 거나 다름없잖아.
벼락치기에 맛들이면 죽어도 일등은 못한다는 거, 누구보다 잘 알면
서."

　처음 만난 내가 주몽의 가족사에 대해 너무 깊이 알지 못하도록

54

연막을 치는 것이었지만 나도 눈치가 있는 놈인데 익치의 말을 못 알아들을 리 있는가. 주몽이 웃으며 말했다.

"나는 이미 벼락치기에 맛들인 놈인걸."

"회장님이 걱정하신 게 대장의 바로 그런 점이야. 내가 대장 곁에 붙어 있어야 하는 이유이기도 하고."

"그만하자, 익치."

기숙사 앞에 나를 내려 준 후에 두 사람은 서울에 있는 주몽의 본가로 향했다.

나는 내 방으로 올라가는 대신 C동에 가서 정민의 방을 올려다보았다. 아직 잠들지 않은 걸까. 정민의 방에서 희미하게 불빛이 새어 나오고 있었다. 나는 그녀를 불러내고 싶어서 스마트폰을 만지작거렸다. 요즈음 나는 하루에 한 번씩 꼬박꼬박 속옷을 갈아입고 아침마다 면도하고 애프터 셰이브 로션을 바르고 무스를 발라 앞머리를 치켜세운다. 이 모든 것이 정민을 의식하고 하는 행동이었다. 나는 그녀를 불러내는 대신 동아리 방으로 발길을 돌린다. 정민은 늦은 밤 나와 마주하는 것보다 내일 아침 내가 올린 기사를 더 반길 것이다. 내가 아는 유정민은 그런 여자였다.

'학생회장 후보 주몽과 함께한 일주일!'

헤드라인을 이렇게 잡았다. 내가 본 주몽은 유별나거나 특별하지 않았다. 다만 자신이 갈 길을 알고 있었고, 묵묵히 자신의 역할을 받아들일 줄 아는 그런 사람이었다. 키보드에 바짝 붙어 앉았다.

'여러분은 궁금할 것입니다. 특히 여학생들은……..'

이렇게 시작된 첫 문장은 밤이 새는 동안 다섯 페이지로 채워져 데일리스팟 기획 기사란에 올려졌다.

내가 주중에 설혜수를 한 번 더 보았다는 말을 해야 할 것 같다. 익치 패거리가 주몽의 여자로 설혜수를 점찍은 모양이었다. 그 일로 익치는 주몽에게 면박을 당했고, 주몽은 설혜수에게 정중히 사과했다. 하지만 설혜수가 스스로 주몽을 다시 찾아왔다. 그녀는 엷게 화장을 하고 있었고 긴 생머리는 묶지 않고 풀고 있었다. 그녀는 10분쯤 말없이 주몽을 기다린 후에 미안하다며 저녁을 사겠다는 주몽을 따라 나갔다. 나는 그 이야기를 정민은 물론 누구에게도 말하지 않았다. 기사에 끼워 넣지도 않았다. 나는 설혜수에 대한 이야기가 흥밋거리로 인터넷에 떠돌게 하고 싶지 않았다. 그렇게 된다면 누구보다도 내가 견딜 수 없을 것 같았기 때문이다.

"아예 위인전을 쓰지그러셔?"
내가 동아리 방에 들어서자마자 정민이 빈정거렸다. 예상했던 일이었다.

"형의 영웅 기사에 수위를 맞췄을 뿐이야."

"너 혹시 커밍아웃했냐?"

"뭐라고?"

"남자가 남자에게 유별난 호감을 가지는 거. 그거 이상해 보인다."

"형이 영웅에게 유별난 호감을 갖는 거는?"

"여자가 남자한테 호감을 갖는 건데 뭐."

"그러니까 간섭하지 말라는 뜻이야?"

정민이 빙그레 웃었다.

"오해하지 마라. 솔직히 영웅은 내 스타일이 아니야."

"주몽도 내 여자 친구로는 곤란해."

마음이 맞는다는 것, 서로를 이해하는 사이란 아무리 시시껄렁하고 지저분하고 유치한 이야기라도 함께 나누면 즐거워지는 사이가 아닐까? 그 순간 나는 정민을 그렇게 느꼈다.

서로 다른, 그러나 같은

　기숙사 생활에서 룸메이트야말로 서로 잘 맞아야 만사가 편안한 동성 부부 같은 존재일 것이다. 모든 사생활을 같이하는 마당에 서로 마음이 맞지 않으면 도무지 견딜 수 없게 되는 사이. 그런 점에서 나와 녹사는 불행한 커플이었다. 녹사야말로 그동안 내가 보아 온 어떤 인간형에도 속하지 않는 특이종이었다. 녹사의 말이나 행동은 언제나 내 상상력의 한계를 넘어섰고 나는 그때마다 놀라고 당황하느라 그를 이해하고 말고 할 겨를도 없었다.

　돌이켜 보면 나같이 평범한 존재가 녹사와 소통하기란 애당초 불가능한 일이었는데, 그걸 인정하지 못해서 공연히 스트레스를 받고 시간을 낭비했다는 후회가 들기도 한다. 녹사는 컴퓨터 공학부 학생이었다. 일찌감치 군대를 다녀왔기 때문에 나이도 많았다. 모두 그를 형이라고 불렀지만, 형이라는 말이 가지는 일반적인 친근감조차 그와 나눈 사람이 있는지는 의문이다. 내 경우 친근감은커녕 어떠한 종류의 따스한 감정도 느껴 보지 못했기 때문이다. 까무잡잡하다 못해 외국인 같이 검은 피부 결, 거친 꽁지머리, 보기 좋게 다듬어진 게 아니라 울퉁불퉁 아무렇게나 뭉쳐 있는 위압적인 근육들. 거기에 대한 녹사의 설명은 나를 더욱 놀라게 했다.

"해병대에 자원했거든. 내가 들어가니까 부대에 비상이 걸리더라. 키키키키."

키키키키라니. 웃음소리마저 기이한 녀석이었다.

"왜?"

"거긴 아이큐 높은 놈이 들어오면 질색하거든. 자살할까 봐 그런대. 일종의 경험 법칙인 셈이지."

"내가 보기에 형은 자살할 사람 같진 않은데?"

"물론 자살은 안 하지. 하지만 어떤 놈 하나를 죽여 보기는 했어. 아무도 모르게."

나는 속으로 깜짝 놀랐지만 내색하지는 않았다.

"농담도 많이 늘었네."

"농담 아니야. 그놈 때문에 매번 우리 조가 꼴찌를 해서 벌을 받아야 했어. 약해 빠진 한 놈 때문에. 치워 버릴 수밖에 다른 방법이 없었어."

"그래서 정말로 죽였단 말이야?"

"응."

"어떻게?"

"생각보다 간단하게 죽는 것도 사람 목숨이고, 질기도록 살아남는 것도 사람 목숨이야. 중요한 건 한 번에 확실한 방법을 써야 한다는 거지."

"그러니까 방법이란 게 뭐였냐고?"

"화학식이 K로 시작하는 어떤 물질. 체내에 들어가면 이온화되었다가 흡수돼서 증거도 남지 않는 물질이 있어. 합성하는 게 별로 어렵지도 않아서 꾀병으로 의무실에 몇 번만 들락거리면 모든 재료를 구할 수 있지. 이리 와 봐. 알려 줄게."

그가 종이에 써 내려가는 어려운 화학식을 들여다보면서 할 수만 있다면 방 한가운데 커튼이라도 치고 싶었다. 아예 상종을 말아야지. 녹사의 설명을 다 이해한 것은 아니지만, 문과생인 내 화학 지식으로도 그의 설명이 근거 없는 거짓말은 아니라는 것을 알 수 있었다. 아마도 사람을 죽였다는 그의 말은 사실이 아닐 것이다. 그럼에도 불구하고 녹사와 말을 섞다 보면 이상하게 음울해지고 섬뜩해지는 무엇이 있어서 끝내 나는 기분이 상하고 말았다.

녹사는 기숙사에 돌아오면 옷을 갈아입지도 않고 컴퓨터 안으로 들어가 버리거나 하루 종일 기숙사에 틀어박혀 컴퓨터만 붙들고 있는 날도 적지 않았다.

내가 넌지시 수업에는 제대로 들어가는지 물어보았다.

"수업은 재밌어? 형네 과엔 형 같은 컴퓨터광들이 많겠지?"

"수업은 이왕이면 안 들어가."

녹사가 건성으로 대답했다.

"그럼 잘리잖아. 특별 관리 대상이 되거나."

그가 픽 하고 웃었다. 자신감이 지나쳐 거만해 보이는 웃음이었다.

"그렇게는 못할걸. 더 이상 배울 게 없어서 그러는 거니까."

나는 귀를 의심했다. 내 경우엔 모르는 것, 배워야 할 것들이 너무 많은 나머지 그것을 다 담을 수 없을 만큼 작은 용량의 하드웨어를 물려주신 부모님의 유전자를 원망하고 있건만.

"하나같이 무식한 놈들뿐이야."

씹던 껌을 쓰레기통에 내뱉듯이 녹사가 말을 내뱉었다.

"누굴 말하는 거야?"

"누군 누구냐, 교수 놈들이지."

이건 또 무슨 소린가. 기가 막혔다. 나는 방금 그에게 모욕당한 교수들을 대신해서 한마디 해 주어야 할 책임감을 느꼈다.

"형이 뭔데 말을 그렇게 함부로 해?"

내 말이 제법 불쾌하게 들렸을 법도 한데 녹사는 화를 내는 대신 능글맞게 웃으며 이렇게 말했다.

"도대체 뭘까, 나란 놈은? 천재인지 괴물인지 그 정체를 모르겠단 말이야."

뭐 이런 놈이 다 있나. 나는 그의 면상을 한 대 패 주고 싶어 손이 부르르 떨렸다. 하지만 그러지 못했다. 내가 나약하거나 그가 밉지 않아서가 아니었다. 당시의 내 감정은 훨씬 복잡한 것이었다. 원인 모를 열패감. 녹사에 대한 내 감정이 너무나 속된 것은 아닐까 하는 두려움. 모차르트에 대한 살리에르의 감정이 이런 것이었을까? 나는 자신의 감정을 자꾸만 변호하려 드는 내가 미웠다. 내 몸속 어디에서 그런 비겁함이 기인하는지 까발려 보고 싶었다.

녹사를 이해하기 위해 엄청난 에너지를 소비한 끝에 미흡하나마 그를 이해하게 된 지금, 내게 다른 사람을 이해한다는 것은 아주 쉬운 일이 되어 버렸다. 마치 히말라야를 올라가 본 사람이라면 북한산 정도야 우습게 오를 수 있는 것처럼 말이다.

그날의 설전이 있은 이후, 나는 녹사에 대해 어떠한 감정을 가지기 이전의 상태로 되돌아가기 위해 노력했다. 그것은 호감이 가지 않는 사람을 피할 때 쓰는 맹물 같은 감정으로, 필요 이상 접근하지 않기였다. 나는 녹사와 적정 거리를 유지했다. 심리적인 거리뿐만 아니라 기숙사 방도 반으로 딱 잘라서 그의 공간과 내 공간이 보이지 않는 선으로 나누어진 것처럼 사용했다.

기숙사 학생들은 대체로 절약 정신이 투철한 편인데 어떻게든 용돈을 절약해야 사고 싶은 물건을 사거나 데이트 비용을 마련할 수 있기 때문이다. 그래서 룸메이트끼리 필요한 물건을 공동 구매, 공동 사용하는 것이 일종의 유행처럼 번져 있었다. 책이나 신발, 향수 같은 것. 심지어 옷과 화장품까지 함께 사용하는 애들도 있었다. 만약 내 룸메이트가 녹사가 아닌 다른 사람이었다면 나 역시 기를 쓰고 그렇게 했을 것이다. 그러나 녹사와는 옷을 바꿔 입거나 뭔가를 나눠 쓰는 일 따위는 하고 싶지 않았다. 세상엔 가까운 사람을 견딜 수 없게 만들고 자신의 무게로 상대방을 숨 막히게 하는 사람들이 분명히 존재한다. 내게는 녹사가 바로 그런 사람이었다.

드디어 녹사의 세계를 염탐할 기회가 찾아왔다. 그것은 우리의 암묵적인 계약을 위반하는 일이어서 망설여지기는 했지만, 순간적으로 달아오른 내 호기심을 막을 방법이 없었다. 그동안 내가 방을 나가기 전에 녹사가 먼저 방을 비운 적도 없고 나보다 늦게 방에 돌아온 적도 없어서 내가 녹사의 유별난 사생활을 엿볼 기회라고는 없었다. 그런데 일요일 아침 낮잠을 늘어지게 자고 일어나 보니 녹사가 방에 없었다. 컴퓨터를 켜 둔 채였다. 처음에는 매점에라도 간 줄 알았다. 그러나 10분이 지나도, 20분이 지나도 돌아오지 않았다. 나는 슬그머니 침대에서 일어나 녹사의 컴퓨터 앞으로 갔다. 무엇보다 궁금하던 것이 그의 컴퓨터 속이었다. 게임이라면 나 역시 고수라고 자처하는 사람이지만 녹사는 나와는 차원이 다른 고수 중의 고수로 이미 몇 개의 타이틀을 가진 게임계의 유명 인사였다.

몇 번 커서를 움직여 녹사의 컴퓨터를 염탐하던 나는 깜짝 놀랐다. 녹사는 게임 프로그램을 만들고 있었다. 그가 만든 게임은 내가 보기에도 획기적인 뭔가가 있었다. 말하자면 돈이 될 물건이라는 뜻이다. 나는 갑자기 산업 스파이라도 된 것처럼 움칠해서 손을 멈췄다. 기껏해야 수 분 동안의 짧은 시간이었지만 나는 녹사의 게임 속에서 특이하고 야릇하고 섬뜩하기까지 한 무언가를 감지했다.

화면은 거의 붉은색이라고 할 수 있었다. 가면을 쓴 누군가가 다가오고, 그 뒤를 따르는 누군가, 그 뒤에 또 누군가가 나타나고 급기야 거대한 군중의 발소리가 들렸다. 화면엔 낭자한 피도, 끔찍한 무기도 없었다. 하지만 그보다 더 괴기스럽고 음산하게 느껴지는 것은 왜일까. 중세의 한 도시가 무대였고, 악마로 변한 사람들이 인간 사냥을 나선다는 스토리 라인도 평범했다. 그러나 어느 순간 바로 내 부모나 내 애인이 악마가 되어 내 등 뒤에 서 있을 때의 낯선 공포. 그것은 상식적인 사람이라면 절대로 건드리지 않는 금기에의 침범이었다. 나는 조용히 녹사의 컴퓨터에서 물러섰다. 하지만 끈적끈적하게 달라붙는 불쾌감 때문에 오래도록 진정되지 않았다.

그날 있었던 녹사의 외출은 꽤 길었던 것으로 기억한다. 밤늦게 그가 돌아왔을 때 나는 책상에 앉아 책을 읽고 있었다. 아니, 읽는 척하고 있었다. 내가 묻기도 전에 녹사가 먼저 말을 걸어왔다.

"공동묘지에 갔어. 거기 누워서 바가바드기타를 암송하면 마음이 편안해지거든."

내가 흥, 하고 바람 빠지는 소리를 내며 그를 비웃었다. 공동묘지. 바가바드기타? 자식, 똥폼 잡는 것 좀 봐.

"너 좋아하는 여자 생겼지? 언제 한번 공동묘지에 같이 가자. 상대의 마음을 사로잡으려면 먼저 자기 마음의 평정이 필요한 법이거

64

든."

언제부터 녀석이 내 속을 빤히 들여다보고 있었던 것일까? 그토록 조심했는데도 말이다.

"좋아하는 여자도 없으면서 형은 왜 마음의 평정이 필요한데?"

"내 문제는 여자가 아니라 살의 때문이야. 죽이고 싶은 존재들이 너무 많아서 견딜 수가 없어. 바가바드기타가 없었다면 아마도 나는 또 살인을 저지르고 말았을 거야."

녹사의 얼굴에 며칠 전 뉴스의 헤드라인을 장식한 연쇄 살인범의 얼굴이 겹쳐 보였다. 그가 나를 바라보며 입꼬리가 올라가는 것과 동시에 내 호흡이 툭 끊겼다.

"걱정 마라. 어린애는 안 죽인다."

놈이 내 속을 들여다보고 있다는 것을 인정할 수밖에 없었다. 녹사가 침대 한가운데 정좌하고 앉더니 바가바드기타를 외우기 시작했다.

"짠짜람 히 마나 크리슈나 브라마티 발라달 드리담

따사함 니그라함 만예 바요리바 수우 두시까람…….

(마음은 가만히 있지 못하고 동요하며 완고하고 강하네.

오 크리시나여, 바람을 다스리는 것보다 마음을 다스리는 게 더 어렵군요…….)"

눈을 감은 녹사의 얼굴이 전에 없이 편안해 보이는 건 사실이었다. 평소에는 고집스럽게만 보이던 각진 턱 선마저 웃고 있는 것처

럼 보였다. 하지만 나는 웃을 수가 없었다. 조금 전 훔쳐본 괴기스
러운 화면도 당혹스럽기 짝이 없는데 거기다가 살의라니. 나는 놈이
사람같이 느껴지지 않았다. 여자애들처럼 귀신이나 흡혈귀 같은 이
야기에 호들갑을 떨 정도로 기가 약한 것은 아니지만, 조금 전 훔쳐
본 녹사의 게임 내용과 공동묘지의 이미지가 겹쳐져서 나는 아예 현
실감을 잃어버리고 말았다. 자꾸 부풀어 오르는 괴기스러운 상상, 그
것은 불면의 밤에 대한 예고편이나 다름없었다. 그러거나 말거나 바
가바드기타를 연거푸 서너 번이나 암송한 녹사는 이어서 컴퓨터와의
독대를 시작했다. 게임 속으로 들어가서 프로그램을 수정하는 것 같
았다. 나는 고개를 끄덕였다. 게임 속의 기분 나쁘도록 음산한 기운
의 출처를 알 것 같았다. 공동묘지였다. 거기라면 그런 느낌이 날 수
도 있을 법하다. 별 희한한 악취미도 다 있네. 기억을 되살리는 것만
으로도 기분 나빠진 나는 한참을 툴툴거린 후에 이불을 뒤집어썼다.

꿈을 꾸었다. 마구 자라나는 효모처럼 조금 전의 예고편에 달갑지
않은 상상력 한 뭉치가 더 달라붙어 있는 꿈이었다. 수많은 붉은 가
면들이 발을 구르며 운집해 있었다. 내 시선은 집요하게 그중 한 사
람만을 파고들었다. 누굴까, 누굴까, 가면 뒤의 얼굴이 과연 누굴까,
마른하늘에 번개가 번쩍하는 순간 보았다. 그것은 바로 나, 내 얼굴
이었다. 소스라치게 놀라 눈을 떴다. 식은땀으로 베개가 축축해져
있었다.

나는 더 신경을 써서 녹사의 세계에 접근하지 않았다. 함께 쓰는

욕실이 더러울 땐 말없이 혼자 청소했고, 방 안에서 라면 끓여 먹지 말고 식사는 식당에 가서 해결하라고 짜증을 부리지도 않았다. 그를 구제 불능이라고 포기해 버린 것이다. 녹사와 함께 살며 감내해야 하는 가장 큰 괴로움은 밤마다 아흔아홉 개 다리를 가진 곤충이 눈꺼풀 위를 기어 다니는 것 같은 컴퓨터 빛발에 잠이 깨는 일이었다. 하지만 그때도 참 별나네, 하고 이불을 머리 위로 뒤집어쓸 뿐 상관하지 않았다. 세상에는 밥도 안 먹고 잠을 안 자고도 컴퓨터와 함께라면 얼마든지 행복할 수 있는 종족이 있었고, 녹사는 그 종족의 위대한 전사였다.

세상엔 아무리 멀리하고 싶어도 연결되고야 마는 인연이란 게 있는 모양이다. 녹사 역시 데일리스팟에 합류하게 되었으니 말이다. 어느 날 정민이 나를 불렀다.

"켄타우로스 알지? 누군지 추적해서 모셔 와야겠다."

켄타우로스라면 그즈음 가장 많은 팔로어를 끌고 다니는 인터넷 논객의 닉네임이었다. 정민은 데일리스팟이 우리 두 사람만으로 꾸려 가기엔 너무 커져 버려서 새 식구를 맞아들이자는 의견이었다. 나도 동의했다. 그동안 학과 공부를 게을리한 탓에 나는 이미 경고를 두 번이나 받아 놓은 상태였고 정민도 늘 동아리 방을 비웠으므로 우리에겐 함께 일할 누군가가 절실했다.

내가 수업을 마치고 동아리 방에 돌아오자 녹사가 주인처럼 버티고 앉아 있었고, 정민은 평소와는 다르게 안절부절못하고 좁은 방 안을 서성였다. 녹사의 유별난 첫인상이 마음에 들지 않는 모양이었다. 나는 정민을 데리고 문밖으로 나갔다.

"웬만하면 다른 사람을 찾아보지그래?"

"솔직히 나도 그러고 싶어."

"그럼 됐네. 내가 당장 구해 올게."

"잠깐만. 켄타우로스를 스카우트하자는 거 실은 내 아이디어가 아냐."

"그럼 누구야?"

"워낙 유명한 논객이잖아. 누군가 켄타우로스를 데일리스팟에 스카우트해야 한다, 이런 글을 인터넷 게시판에 올린 모양인데 그것이 일파만파로 커진 거야. 어젯밤에 네티즌들끼리 추천하고 투표해서 결정해 버렸어."

녹사는 그렇게 여론이라는 지지 세력을 등에 업고 데일리스팟 동아리 방에 둥지를 틀었다. 정민과 내가 떨떠름한 눈치이거나 말거나 녹사는 곧바로 동아리 방 한구석에 자기 컴퓨터를 옮겨 설치했다. 그리고 온종일 그 앞에서 생활했다. 내가 수업을 듣거나 취재를 하고 돌아오면 언제나 그가 동아리 방에 있었고 밤에도 기숙사로 돌아가지 않았다. 덕분에 나는 기숙사 방을 거의 독점적으로 사용하게 되었다.

어느 날 내가 물었다.

"형은 어떻게 잠도 안 자고 사냐?"

차마 녹사가 씻지 않아서 나와 정민에게 민폐를 끼치고 있다는 말까지는 하지 못했다. 그가 헤벌쭉 웃었다. 콧수염이 꿈틀거렸다.

"다 방법이 있어."

"무슨 방법?"

"마인드 컨트롤. 아무 때나 5분이나 10분 정도 눈을 감고 있는 거야. 그걸로 충분히 피로가 풀려. 너도 한번 해 봐. 인생을 두 배로 살 수 있어."

나는 녹사의 말을 믿을 수도, 그렇다고 믿지 않을 수도 없었다. 그가 침대에 눕지 않는다는 것을 직접 내 눈으로 보고 있었으니 말이다.

녹사에게는 한 가지 일에 지나치게 몰입하는 버릇이 있었다. 특히 컴퓨터 작업 중일 때는 누구도 그를 방해할 수 없었다. 인터넷에 들어가면 언제나 그 안에는 켄타우로스가 있었다. 어쩌면 컴퓨터 속의 켄타우로스가 진짜 녹사이고 내 앞에 앉아 있는 녹사의 몸은 그저 빈껍데기일지도 모른다는 생각마저 들었다.

녹사의 밤낮 없는 활약으로 데일리스팟은 일주일 내내 인터넷 검색 랭킹 1위를 차지하는 기염을 토했다. 몇 개월이라는 짧은 시간 안에 정규 학보 수준의 영향력을 보여 준 셈이다. 우리도 모르는 사이 데일리스팟이 여론을 주도하고 있었다. 기쁘기 짝이 없는 일이었지만 쉽게 믿어지지 않는 것도 사실이었다. 켄타우로스의 글은 늘 인기 순위의 꼭대기 층에 있었다. 그의 거침없는 말투가 좀 과하다는 지적도 있었으나 어쨌든 가장 많은 사람들이 댓글을 달고 이곳저곳에 퍼 나르는 글은 과격하고 용감하며 자유로운 켄타우로스의 글이었다.

그즈음 녹사는 새로이 힌두교에 몰두해 있기도 했다. 그가 데일리스팟에 연재 중인 '바가바드기타 강의'는 교수들도 몰래 찾아 읽는다는 소문이 돌 만큼 인기를 끌었다. 신의 노래라는 뜻의 바가바드기타는 우주관, 업과 윤회, 법, 해탈 등에 대하여 아르주나와 크리슈나가 나눈 대화집으로 힌두교 경전 중 하나였다. 녹사는 그 가운데서도 해탈의 길을 설명한 부분을 즐겨 인용했다. 결과에 대한 이기적인 집착과 욕심이 없는 의무 수행은 전쟁이나 살인과 같은 죄악을 저질러도 응보를 낳지 않으며 따라서 윤회에서도 벗어난다는 것이다. 그러므로 해탈에 이르는 최고의 길은 정의로운 일에 목숨을 아까워하지 않는 행동이라고 그는 설파했다.

인터넷에 있는 녹사의 바가바드기타 강의를 정독하던 나는 문득 머리카락이 쭈뼛 일어서는 두려움을 느꼈다. 녹사가 '바가바드기타'를 이용하여 대중에게 주문을 걸고 있는 것은 아닐까, 그런 생각이 든 것이다. 처음부터 다시 한 번 읽어 보았다. 어느 정도는 확실해 보였다.

우리 세 사람이 야식으로 컵라면을 먹던 중에 정민이 녹사에게 물었다.

"영웅을 어떻게 생각해?"

"왜?"

"두 사람을 소개시켜 주면 어떨까 해서 물어보는 거야."

녹사의 성향으로 보건대 영웅과 죽이 잘 맞을 거라는 생각은 나만한 게 아니었다. 정민도 이미 그것을 염두에 두고 있었다.

"그는 메시아야."

뜻밖의 한마디에 나와 정민은 그만 얼어붙어 버렸다. 녹사가 농담하는 것 같지는 않았다. 두어 번 헛기침을 한 후에 정민이 겨우 이렇게 말했다.

"영웅이 들으면 좋아할 말이네."

영웅을 메시아로 보는 녹사의 시각은 내게는 정신 나간 소리로밖에 들리지 않았다. 그러나 녹사는 내가 보지 못한 어떤 특이점을 영웅에게서 발견한 모양이었다. 천재성이란 때로 그렇게도 발현되는가 보다. 얼마 후, 내심 비웃던 녹사의 시각이 현실로 나타났을 때 나는 영웅보다 녹사가 더 두려웠다. 어떻게 해서 녹사는 누구보다 먼저 영웅을 속속들이 꿰뚫어 볼 수 있었던 것일까? 녹사를 제외하고 그렇게까지 영웅을 주목한 사람은 없었다. 물론 영웅의 의지와 두뇌가 남달랐지만 이곳에서 그것은 눈에 띄는 특징도 아니었다. 그의 성적은 늘 중하위권 수준이었고 나와 마찬가지로 그저 그런 평범한 학생이었다. 특이한 점이 있다면 그의 주위엔 늘 사람이 따른다는 사실 정도. 그에게 자신의 일을 상담하고 해결의 열쇠를 구하려는 학생들이 의외로 많았다. 정민의 말을 빌리자면 영웅은 마음만

먹으면 단 5분 안에 누구와도 마음을 터놓는 친구가 될 수 있다고 했다. 친화력 하나만큼은 타고난 것 같았다.

그러고 보니 정민이 그 증거라는 생각이 든다. 내가 알기로 정민은 까다롭게 사람을 가려 사귀는 성향인데 영웅만은 예외였다. 정민과 영웅은 내가 적응하기 바쁠 정도로 급속하게 서로의 관계를 발전시켜 나갔다. 정민의 말 속에서 영웅의 비중이 차츰 높아지더니 이제는 영웅을 빼고는 이야기가 안 될 지경에 이르고 만 것이다. 내가기억하는 한 어떤 사람도 영웅만큼 그녀의 호기심을 자극한 사람은 없었다.

그럼에도 불구하고 나는 정민이 영웅에게 연애 감정을 가졌다고는 생각하지 않는다. 두 사람의 감정은 굳이 분류하자면 동지애 같은 것이었다. 그래서일 것이다. 정민의 변화가 놀라운 점은 있었지만 나는 영웅을 질투하거나 그로 인해 자존심이 상하거나 하지는 않았다. 주몽이라면 어땠을까. 정민이 드러내 놓고 주몽을 좋아했다면. 아마도 나는 상처를 입었을 테고 많이 고통스러웠을 것이다. 주몽을 질투하여 말도 안 되는 무모한 행동을 했을지도 모르고 자괴감에 빠져 자신을 파괴하는 일을 서슴지 않았을지도 모른다. 이런 차이점을 어떻게 설명하면 좋을까?

봄볕이 따스하던 어느 날, 나는 법대 앞 잔디밭에서 영웅과 주몽을 불러 소주 파티를 열었다. 학내 문제에 대한 두 사람의 의견을 기사화하겠다는 거창한 핑계를 대고 마련한 자리였다. 출발은 좋았다. 화기애애한 분위기 속에 격의 없이 소주잔을 부딪치며 유쾌하게 대화를 나눴다. 중간에 정민이 끼어들지만 않았다면 두 사람을 비교 분석해 보려는 나의 목적도 무난히 달성했을 것이다.

우리가 모인 지 10분쯤 지나서였다. 정민이 푸짐하게 안줏거리를 사 들고 나타났다. 곧바로 어디서든 몇 사람만 모이면 토론의 사회자가 되어 버리는 정민의 특기가 발휘되었다. 나는 벌겋게 상기된 표정으로 주몽과 영웅 두 사람에게 질문을 던지고 대답을 이끌어 내던 정민의 모습을 기억한다. 그것은 몇 잔 마시지도 않은 소주 탓은 아니었다.

누구도 정직하게 말하려 들지 않는 학교생활 이야기나 시시껄렁한 연애담이 긴장을 푸는 애피타이저로 나왔다. 주몽이 신입생 때 줄곧 특별 관리 학생이었다는 거나, 영웅이 누군가를 줄곧 짝사랑하고 있다는 순애보는 하루 묵은 횟감같이 신선도가 떨어지는 화제였지만 그런대로 길놀이 역할을 해냈다. 그다음에는 구렁이 담 넘어가듯이 부드럽게 두 사람의 어린 시절 이야기로 시공을 뛰어넘었다. 그 부분에 대해서는 영웅이 훨씬 할 말이 많은 듯했다.

"제 고향은 지금도 다 합쳐봐야 열세 가구밖에 되지 않는 깡촌입니다."

"대단한 수재였나 봐요."

정민이 적절한 타이밍에 추임새를 넣었다.

"아이큐 120짜리가 어떻게 수잽니까? 저만 바라보고 사시는 어머님께 미안해서 열심히 공부했을 뿐입니다. 요즘도 매일 제 어머님은 시내의 아파트 단지 입구에 쭈그리고 앉아서 채소를 파십니다."

영웅의 눈시울이 붉어지는 것이 보였다.

"그렇게 번 돈을 모았다가 매달 말일이 되면 용돈 하라고 제게 부쳐 주십니다. 하하하."

영웅이 고개를 젖히며 크게 웃었다. 하지만 그 웃음에 묻어나는 것이 미묘한 죄책감임을 정민이 놓칠 리가 없었다.

"요샌 사시사철 비닐하우스 재배라 농사도 꽤 돈벌이가 된다고 하던데요. 부지런만 하면요."

주몽은 잠자코 있었다. 잠자코 있는 것이 낫다고 생각했는지 아니면 그로선 도무지 상상할 수 없는 세계였는지 그것은 모르겠다.

"에이, 그건 땅을 가진 부농들 얘기죠. 울 엄마는 손바닥만 한 텃밭을 일구는 겁니다. 새벽 동트기가 무섭게 일어나서 상추나 고추, 호박 같은 것을 한 소쿠리 따고, 닭장에 가서 달걀을 모으지요. 그것을 머리에 이고, 버스를 두 번 갈아타고 그렇게 시내 아파트 단지까지 가는 겁니다. 하루도 거르지 않으시죠."

영웅의 목울대가 울컥하는가 싶더니 이내 훌쩍거리는 소리가 들렸다.

"하루는 말입니다, 울 엄마가 닭장 앞에 쭈그리고 앉아서 중얼중얼하시더라고요. 뭔 말을 하시나 귀를 기울여 보니 닭에게 통사정을 하고 계시더라 이 말입니다. 우리 영웅이 두툼한 겨울 점퍼 하나 사주게 날마다 달걀 하나씩만 더 낳아 달라고요."

영웅의 목소리가 새되게 갈라졌다.

"저요, 달걀은 절대 안 먹습니다. 아니, 못 먹습니다. 달걀이 울엄마 같아서 차마 입에 넣을 수가 없어요."

어느새 정민도 눈물을 흘리고 있었다. 거기까지였다면 그다지 이상할 것도 없는 일이었다. 여자들이란 원래 시도 때도 없이 울 수 있는 동물이니까. 하지만 믿을 수 없는 것은 나와 주몽까지 영웅의 눈물에 전염되어 함께 눈물 콧물 다 흘렸다는 사실이었다.

나중에 자초지종을 들은 녹사는 그때의 일을 이렇게 해석했다.

"그게 바로 진정성의 힘이야. 꾸미지 않고 천진무구한 영웅의 진정성이 요즘 사람들의 감성에도 먹히는 거 같아. 생각해 봐. 메시아는 어느 시대고 순진하고 어수룩했어. 똑똑하고 잘난 메시아는 한 사람도 없었다고. 나폴레옹도 히틀러도 그 당시 그를 따르는 사람들 눈에는 똑똑하거나 무서운 존재이기는커녕 순진하고 덜떨어지고 인정 많은 존재였던 거야. 독재자라는 이름은 후세 사람들이 가져다 붙인 거고."

영웅의 어머니 이야기가 몰고 온 감동의 도가니에서 우리가 간신히 기어 나올 때쯤, 정민이 잠자코 있는 주몽을 끌어들였다.

"주몽은 어떤 어린 시절을 보냈나요?"

차례가 왔으니 바통을 받아 보시지, 하는 것처럼 정민의 목소리엔

보이지 않는 악의가 깔려 있었다. 주몽의 성장 배경이야 세계대학 학생이라면 모두가 아는 이야기인데. 그것을 굳이 자기 입으로 말하라고 잔인하게 굴 건 또 뭐람. 주몽이 긴장한 듯 헛기침을 했다. 주몽 입장으로선 이래저래 불편한 화제임에 틀림없었다.

"저야, 평범하게 자랐습니다."

"에이, 평범할 리가 있습니까? 재벌 집 늦둥이잖아요."

"그야 뭐 그렇지만."

"따로 유모가 있었다면서요? 유치원 때부터 가정 교사에다가 전담 운전기사까지 두고 거의 제왕 수준의 생활을 했다고 들었는데."

주몽의 안면 근육이 굳어지는 게 느껴졌다.

"혹시 그 유모에게 딸이 있다는 얘기는 들었습니까? 엄마 젖을 다 빼앗기고 삐쩍 말라 가던 계집아이요."

정민을 바라보는 주몽의 시선에는 곤혹스러움이 역력했다.

"형 취했어?"

내가 끼어들었다. 뭔가 이상하게 돌아간다는 생각이 든 것이다. 지금 이 자리에서 왜 어린 시절 이야기가 중요한 화제로 떠올라야 하는지. 혹시 정민이 나를 미끼로 주몽을 잡을 함정을 파는 것은 아닌지. 나는 정민에게 분노를 느꼈다. 주몽을 대하는 정민의 행동에는 뭔가 지나친 면이 있었다. 나는 코너로 몰린 주몽을 바라보았다. 그는 자리를 털고 그만 일어나고 싶은 눈치였다. 내가 만든 자리이니 어떻게든 무사히 마무리 지어야 한다는 책임감에서 내가 끼어들었다.

"선배, 친구들이 기다리잖아요."

주몽이 내 말의 의도를 눈치채고 일어났다. 나도 함께 일어났다. 주몽이 정민과 영웅에게 고개를 까닥하고 돌아서려는 순간 영웅이 마지막 펀치를 날렸다.

"주몽 같은 귀공자께서 땡볕에 허리 한번 못 펴는 울 엄마 같은 인생을 구경이라도 했겠습니까?"

더 이상은 참을 수 없다는 듯이 주몽이 미간을 잔뜩 찌푸린 채 뭔가 한마디 하려고 나서는 것을 내가 애써 제지했다.

"그렇다면 구경시켜 줘야지요. 방학 때 우리 모두 영웅 씨 어머니가 계시는 시골집에 자원봉사 가는 건 어때요? 주몽도 같이 갈 수 있죠?"

정민이 돌아서려는 주몽의 발길을 붙잡았다. 주몽은 대꾸하지 않았다.

"그거 좋습니다. 울 엄마가 키운 고추 좀 얻어다가 밥 한번 내고 싶네요. 물 만 밥에 싱싱한 고추를 된장에 푹 찍어 먹으면……. 아 그 맛. 눈물 나게 알싸한 그 맛을 보여 드리죠."

"캬, 눈물 나게 알싸한 그 맛이라. 저 뻴 받았습니다. 꼭 갑시다. 우리."

정민이 왜 저렇게 오버하는 걸까. 정민과 영웅은 서로 잔을 부딪치고 어깨동무를 하며 노래를 불렀다. 주몽이나 나와는 다른 그들만

이 공유한 어떤 감정을 자랑하고 싶다는 듯이. 정민의 행동은 부풀린 튀밥처럼 과장되어 있었다.

내가 알기로 정민은 시골 출신이 아니었다. 그런데 왜 그렇게 느껴진 걸까. 나 역시 정민과 영웅이 유별나게 친한 척한다는 것이 유쾌하진 않았지만 그 두 사람을 바라보는 주몽의 표정은 불쾌감 그 자체였다. 잔을 주거니 받거니 적당히 취한 두 사람은 어느새 절친한 친구, 아니 그 이상으로 보였다. 스스럼없이 서로를 포옹하기도 했고 이마를 맞대고 낄낄거리며 웃기도 했다.

주몽은 어디론가 가 버렸고 내 기분은 흐린 날 운동화 뒤꿈치에 달라붙은 젖은 낙엽같이 우중충했다. 나는 기숙사로 돌아가 침대에 누웠지만 잠이 오지 않았다. 휴게실에 내려가 TV를 보다가, 책을 읽다가, 줄넘기를 했다.

그렇게 서너 시간을 보낸 뒤 어느 정도 감정이 누그러지자 정민이 걱정되기 시작했다. 무사히 자기 방으로 돌아가긴 했겠지. 취했으니 곧바로 곯아떨어졌을 거야. 하지만 혹시? 여기저기로 뻗친 생각의 가지들이 나를 괴롭혔다. 한 열 번쯤 정민에게 문자를 날렸을까. 도무지 응답이 없어 불안해진 나는 여자 기숙사로 달려가서 정민이 돌아왔는지를 물었다. 정민은 기숙사에 없었다. 나는 학교 잔디밭으로 뛰었다. 너무 취한 나머지 거기서 그냥 잠들어 버렸을 수도 있었다. 나는 그녀를 위해서 두꺼운 카디건 하나를 준비해 갔지만 그곳에도 정민은 없었다. 동아리 방에도 가 보았으나 거기에도 없었다. 도대체 이 여자가 어디로 사라진 거지? 나는 밤새도록 학교 구석구석을 돌고 돌았다.

그녀를 찾은 것은 어이없게도 새벽녘, 더 이상 그녀를 찾는 것을 포기하고 막 내 방으로 돌아가려던 참이었다. 정민이 신발을 벗어 들고 도둑고양이처럼 살금살금 남자 기숙사의 계단을 내려오고 있었다. 내가 그녀의 팔을 낚아챘다. 정민이 기절할 듯이 놀랐다. 내가 단도직입적으로 물었다.

"나영웅 방에서 나오는 거야?"

내게 잡힌 팔이 아팠나 보다. 정민이 내게서 팔을 빼내고는 다른 쪽 손으로 주물렀다. 그러나 화를 내지는 않았다.

"사실대로 말해. 그렇지 않으면……."

화가 나서 분별력을 잃은 나는 마치 그녀의 애인이라도 되는 것처럼 굴었다.

"말했잖아. 영웅은 내 타입이 아니라고."

"그럼?"

"탁아, 너 지금 무지 웃기는 거 알지?"

나는 여자 기숙사까지 졸졸 따라가며 따져 묻고 있었다.

"어젯밤 어디서 잔 건지나 말해. 이 여자가 정말, 이래도 되는 거야?"

정민이 걸음을 멈추고 나를 노려보았다. 그녀가 제일 싫어하는 말, 여자가 어쩌고저쩌고하는 말을 내가 입에 담았기 때문이었다.

"너어. 한 번만 봐준다. 이번 한 번뿐이야."

"어떤 놈 방에서 잤냐고?"

사람들은 소중한 사람이 떠나려 할 때, 뒤늦게 그것이 소중했음을 깨닫는 모양이다. 그날 밤 나는 내 인생에서 정민이 얼마나 소중한 지, 내가 그녀를 얼마나 사랑하는지 아프게 인정해야 했다. 정민이 마구 소리를 질러 댔다.

"나도 몰라, 새꺄. 깨어나 보니까 남자 기숙사 옥상에서 웅크린 채 자고 있더라."

"그게 정말이야?"

비실비실 웃음이 새어 나왔다. 그녀의 말이 곧이들리지 않았는데 도 내심 안심이 된 것은 사실이었다.

"너무 취해서 여자 기숙사인 줄 알았나 봐."

"처음부터 사실대로 말했으면 좋았잖아."

잘 알지도 못하면서 의심한 것이 미안해서 내가 그렇게 말했다.

"쪽팔리게 어떻게 그런 일을 사실대로 말하냐?"

그녀가 킥킥거렸다. 나도 덩달아 킥킥거렸다.

"어쨌든 너하고는 당분간 말 안 할 거다. 어떻게 술 취한 여잘 내 버려 두고 저 혼자 가 버리냐. 의리 없게."

하품을 하며 자기 방으로 올라간 정민이 창문을 열고 손을 흔들어 주었다. 나도 손을 흔들었다. 내 방에 돌아온 나는 마음 편하게 모자 란 잠을 채웠다.

이상하다는 생각이 든 건 잠을 깨고도 한참이 지난 후였다. 남자 기숙사 옥상? 그 아래가 바로 주몽의 방이잖아. 정민이 왜 거기까지 올라간 거지? 그리고 보니 주몽의 어린 시절에 대해 정민이 말한 내용도 이상했다. 정민은 가까운 사이처럼 주몽의 어린 시절에 대해 세세히 알고 있었다. 유모와 그 딸의 일까지. 이런저런 의문들이 머릿속을 어지럽혔다. 하지만 나는 나중에 직접 물어봐야지 하고 그냥 넘어갔다. 단순히 술에 취해서 그랬을 수도 있는데 공연한 상상을 한다면 그 또한 무참한 일일 것만 같았다.

모호한 유언

내가 거칠게 문을 열고 동아리 방에 들어갔을 때, 마침 정민이 거기 있었다.

"왜 번번이 내 기사를 쓰레기통에 버리는 거야?"

주몽에 대한 기사를 쓰라고 하고선 며칠째 올리지 않는 것에 대한 항의였다.

"너도 알잖아. 요즘 올려야 할 기삿거리가 너무 많은 거."

"솔직하게 말하지그래."

정민이 빠져나갈 어떤 구실도 찾지 못하도록 나는 내 목소리가 결연하게 들리기를 바랐다. 내 기사를 일방적으로 제외시킨 것은 정민이었으므로 나는 설명을 들을 권리가 있었다.

"어차피 올리지도 않을 거면서 나한테 주몽 캠프를 취재하라고 시킨 이유가 뭐야?"

"적을 알자는 거지. 속속들이."

막상 정민이 사실대로 말하자 당황한 건 나였다.

"그거였어? 나더러 스파이 노릇 하라고?"

나는 절망했다. 내가 한 일이 부당하다는 이유보다 정민에게 내 존재가 겨우 그 정도밖에 안 되는구나, 그런 생각이 들었기 때문이다.

"미안해, 탁아."

정민이 일어나서 내 팔을 잡으려 했다. 나는 거칠게 뿌리쳤다. 더이상 변명을 듣는 걸 거부하고 홧김에 정민의 책상을 발로 차 버렸다. 정민의 노트북이 떨어질 듯 위험하게 흔들렸다. 정민이 다시 내팔을 잡으려 했다.

"나가서 시원하게 맥주나 한잔하자."

"형이 이런 식으로 나온다면 난 그만두겠어."

이번만큼은 어물쩍 넘어가고 싶지 않았다. 나는 카메라를 정민의 면전에 팽개쳤다. 정민과 내가 반반씩 부담해서 마련한 카메라였다. 마음에 없는 말이었기에 더 바락바락 소리를 질러 댔다. 정민이 나를 쫓아오다 책상에 다리가 걸려 넘어졌다. 그 바람에 기어이 노트북이 바닥에 떨어져서 부서지는 소리가 났다. 정민이 비명을 질렀다. 깨져 버린 것이 노트북 액정이 아니라 자기 심장이라도 되는 것처럼 정민이 노트북을 끌어안고 울었다. 그 소란스러운 와중에도 녹사는 멀거니 남의 일처럼 쳐다볼 뿐 말 한마디 보태 주지 않다가 이내 고개를 돌리고 다시 컴퓨터 속으로 들어가 버렸다.

그렇게 화를 내고 나온 이후 나는 동아리 방 근처에는 얼씬도 하지 않았다. 덕분에 학과 공부는 충실히 해서 지긋지긋하게 따라붙던 경고 딱지를 떼어 냈다. 그리고 기숙사의 규칙대로 정시에 자고 정시에 일어나는 모범적인 생활로 돌아갔다. 하지만 그 평화가 달갑기만 한 것은 아니었다. 몸의 어느 한구석, 당연히 있어야 할 부품 하나가 빠져나간 것처럼 시린 느낌이 들곤 했으니까. 정민에게 억지로 끌려가서, 그녀의 명령에 따라 취재하고 사진을 찍고 기사를 쓴 것이지만, 내게도 데일리스팟은 소중했다. 그것은 새삼스럽고도 아린 깨달음이었다.

점심시간이 되면 바쁘게 카메라를 들고 뛰어다니다가 이제는 밥 먹는 것 외에는 달리 할 일이 없어지고 보니 그 무료함에 적응하는 게 쉽지 않았다. 나는 혼자 잔디밭에 누워 생각 사이를 배회하며 시간을 죽였다. 그래 봐야 데일리스팟이나 정민에게서 한 치도 벗어나지 못했지만. 어쩌면 나는 정민의 손을 매정하게 뿌리치고 나온 그 순간부터 정민을 기다렸는지도 모르겠다. 나는 습관처럼 후다닥 점심을 먹어 치우고 오후 수업 시간이 될 때까지 잔디밭에서 시간을 보냈다. 정민이 우연히 나를 발견하더라도 어색하지 않게 다가올 수 있도록 배려한 것이었다.

며칠 후. 정민이 정말 나를 찾아와 주었다. 몇 권의 책을 베개 삼아 졸고 있는데 슬그머니 옆자리에 다가와 앉았다. 아, 반가운 이 냄새…… 정민에게선 늘 달콤한 베이비파우더 냄새가 났다. 눈을 뜨지 않았지만 그녀임을 내가 모를 리 없었다.

"팔자 좋구나, 공탁."

"남이사."

나는 눈을 뜨지 않고 반대편으로 돌아누웠다. 반가웠지만, 반갑기 그지없었지만, 아무짝에도 쓸모없는 남자의 자존심이 나를 소심하게 만들었다.

"저 구름 좀 봐라. 천국 같다야."

"뭐하러 왔어?"

나는 되도록 퉁명스럽게 말하려고 했지만 저절로 묻어 나오는 반가움이야 어쩔 수 없었다. 가만, 정민의 분위기가 예전 같지 않았다. 무언가 포기한 것 같기도 하고 외로운 것 같기도 하고. 하기야 내가 곁에 없으니 저도 쓸쓸했을 테지. 그녀가 가까이 다가오더니 굳이 내 표정을 살피려 했다. 무척이나 그녀가 보고 싶었던 내 표정을 숨길 수가 없었다.

"어머나, 많이 기다렸나 보네."

나는 눈을 떴다. 그러지 않으면 창피하게 눈물이라도 찔끔 흘러내릴 것만 같았다. 그녀가 환하게 웃었다. 아래서 올려다보니 정민의 가지런한 치아가 참 예쁘다는 생각이 들었다. 아무리 그래도 여자긴 여자구나. 언제나 내 느낌은 나보다 정민이 먼저 읽는다. 내게서 틈을 발견한 정민의 태도가 이내 돌변했다.

"이렇게 좋은 날씨에 낮잠이나 자다니. 청춘이 아깝지도 않냐?"

매운 손끝으로 내 어깨를 툭 치는 정민은 어느새 남자처럼 거칠어져 있었다. 나는 그녀가 여자였던 몇 초 전이 벌써 그리워졌다.

"천국 같다고 했잖아, 방금."

"천국은 죽어야 가는 거야. 왕 회장처럼."

"왕 회장이 죽었어?"

"응. 오늘 새벽에."

"형, 제정신야? 그걸 왜 이제야 말해 주는 거야?"

벌떡 일어선 나는 가방에 주섬주섬 책을 집어넣었다. 정민이 카메라를 내밀었다. 선뜻 받아 들지 못하고 내가 머뭇거리자 정민이 내 눈앞에 카메라를 들고 대롱대롱 흔들었다. 단 몇 초 동안의 짧은 시간이었지만 내겐 아주 긴 시간처럼 느껴졌다.

"기자가 이거 없으면 시체지."

내가 졌다. 깨끗이 인정하고 카메라를 받아 들었다.

"같이 가자. 혀엉."

내 목소리가 어리광을 부리는 것처럼 들렸을 것이다. 나는 정민과 함께 있고 싶었다. 가능하다면 둘이서만. 서울까지 가는 버스에서라면 나란히 앉아 오랫동안 얘기를 나눌 수도 있을 테고, 정민이 잠이 든다면 슬쩍 내 어깨를 빌려줄 수도 있을 것이다. 내가 그런 계산을 채 끝내기도 전에 정민이 고개를 흔들었다.

"만사가 귀찮아서 움직이기 싫다. 미안하지만 너 혼자 가."

그녀가 뒤돌아섰다. 그러고 보니 정민의 기분이 썩 좋아 보이진 않았다.

"무슨 일 있어?"

"상관 말고 빨리 뛰기나 하셔. 행동 굼뜬 기자는 해고 1순위다."

짐짓 명랑한 척하는 표정 뒤에 뭔가 평소와는 다른 감정이 숨어 있다는 느낌이 들었지만 그녀의 기분을 살피면서 마냥 시간을 끌 수 있는 상황이 아니었다. 나는 정민을 뒤로하고 서울을 향해 총알같이 뛰었다.

어젯밤, 왕 회장이 위독하다는 통보를 받고 주몽이 서울로 상경했을 때 왕 회장은 마침 유언을 하고 있었다고 한다. 열한 명의 아들과 열 명의 며느리, 또 몇 명의 딸들과 사위들과 변호사와 비서진, 그리고 회사 중역들이 줄을 서 있는 가운데 자꾸만 꼬이는 혀를 바로잡으려 애쓰며 왕 회장은 유언을 시작했다. 유언은 길었다. 총 열한 명의 아들들에게 크고 작은 계열사를 공평하게 나눠 주는 일이 쉬운 일이 아니었을뿐더러 그 사이사이 누구도 귀담아듣지 않고, 사실 아무 쓸모도 없는 당부의 말도 길었다. 그러나 마지막 학교에 대한 부분은 짧았다. 딱 두 마디.

"학교는 학생들한테 줘. 주몽이 잘할 거야."

당시의 상황을 내게 전해 주면서 익치가 뜬금없이 눈물 한 방울을 툭 떨어뜨렸다.

"그리고 숨을 몰아쉬시더니 산소 호흡기를 갖다 댈 시간도 기다리지 못하시고……. 흐흑흑."

그 자리에 있었지만 나이 많은 형과 형수들에게 치여 맨 끝 열한 번째에 서서 왕 회장의 임종 모습조차 제대로 보지 못했다는 주몽도 눈물을 보였다.

생전에도 왕 회장은 서로 다른 명령을 아무렇지도 않게 동시에 내리는 버릇이 있었다고 한다. 당연히 애를 먹는 건 비서진이었고. 그 의중을 헤아려 해명하고 다시 전달하는 일을 전담하는 사람이 필요했다. 그 일은 전적으로 익치의 아버지 강 전무의 몫이었다.

왕 회장은 마지막 순간까지, 지극히 왕 회장답게 어린아이 같은 천진함을 잃지 않은 모양이다. 전혀 상이한 뜻의 두 문장을 연이어 말함으로써 남은 사람들의 문장 독해력을 시험하는 해프닝을 천연덕스럽게 연출했다. 사람들은 고개를 갸웃하면서도 그에게 더할 나위 없는 애정을 느꼈을 것이다. 그리고 잠시 동안 긴장을 풀고 미소를 지었겠지. 문제는 그것이 잠시 헷갈리고 웃어넘겨도 되는 그런 문제가 아니라는 것이었다. 남은 사람들에겐 글자 하나하나, 문장 부호 하나하나까지 법전을 뒤져 가며 따져 봐야 할 자산의 소유 문제였다.

왕 회장의 장례식은 오일장으로 성대하게 치러질 예정이었다. 영안실은 사람들로 붐볐고 유족석의 주몽은 침울해 보였다. 그때 휠체어를 탄 노인과 부인이 들어섰다. 그들은 곧장 주몽에게 다가가더니 그를 붙잡고 소리 내어 울었다. 엄숙한 분위기의 장례식장에 난데없이 나타난 곡소리는 웃음소리만큼이나 사람들을 어리둥절하게 만들었지만 노부부는 상관하지 않고 더 크게 곡소리를 냈다. 주몽은 목석처럼 서 있기만 했고 다른 형제들은 달갑지 않은 눈치가 확연했다. 누굴까? 보아하니 친척 같진 않은데. 주몽에게도 함께 울어 주는 누군가가 있어서 다행이네. 나는 그들의 슬픔을 방해하고 싶지 않아서 주몽에게 인사도 생략하고 학교로 돌아왔다.

동아리 방에는 아직 정민이 기다리고 있었다.

"녹사 형은?"

"내쫓았어. 좀 씻고 오라고."

정민이 안주도 없이 소주를 홀짝이고 있었다. 그녀가 변명처럼 중얼거렸다.

"혼자 보초 서자니 심심해서 한잔하는 중이야."

정민이 잔을 내밀었다. 나는 그 잔에 말없이 술을 채워 주었다. 그리고 그녀의 옆에 붙어 앉았다. 그저 심심해서 마시는 술이 아니라는 것쯤 나는 금세 알아차렸다.

"혹시 장례식장에서 휠체어 탄 조그만 노인 못 봤니?"

기억이 났다. 가족 같지는 않은데 주몽을 붙잡고 꽤 슬퍼하던 노인과 그 뒤에 서 있던 부인이 있었다.

"내 부모님이야. 왕 회장의 운전사와 주몽의 유모."

그랬구나. 그래서 주몽에 대해 그렇게 세세히 알고 있었던 거구나.

"그런데 주몽과 너는?"

정민에겐 내가 함부로 묻기엔 조심스러운 무언가가 숨겨져 있는 것 같았다.

"왜 서로 앙숙이냐고? 당연한 거 아니냐? 주몽에게 젖을 빼앗기고 빼빼 마른 여자애가 바로 나니까."

내 느낌으론 그게 다가 아니었다. 그런데 정민은 계속 그렇다고 우겼다.

"어릴 때부터 주몽 주몽, 우리 부모님한텐 나보다 주몽이 더 친자식 같았어. 내가 한 살 더 많은데도 뭐든 주몽보다 잘하면 꾸중을 들었으니까. 공부도 주몽보다 잘하면 안 되고, 키가 더 커도 안 되고, 살이 더 쪄도 안 되고, 정말 웃기는 부모 아니냐?"

정민의 입장에선 감정이 쌓였을 법도 하다. 하지만 이제 성인 아닌가. 그런 유아기적 기억만으로 지금까지 주몽에게 억하심정을 가지고 있다고 보기엔 무리한 점이 많았다.

"형은 이제 어른이잖아. 누구에게나 아픈 기억 하나쯤은 다 있는 거야."

"너한테 말해 봤자 뭐하겠냐. 잔이나 받아라."

나는 조용히 잔이나 받을 수밖에 없었다. 나는 정민의 설움을 충분히 이해한다고 말하고 싶었다. 친형제 간에도 부모의 편향적인 사랑은 시샘의 대상이 되는데 하물며 남에게 부모의 사랑을 통째로 빼앗겼으니 상실감이 클 수밖에 없었으리라. 그렇다면 익치와 주몽의 관계는? 그들도 마찬가지가 아닌가. 익치의 아버지인 강 전무도 주몽을 꼬박꼬박 도련님으로 부르며 매사에 익치보다 주몽을 우선순

위에 두는 것 같았다. 하지만 익치가 주몽을 시샘하는 것을 나는 보지 못했다.

"그만 마셔, 형. 지난 일 가지고 이러는 거 형답지 않아."

"짜식, 니가 뭘 안다고 그래?"

나는 제대로 몸을 가누지도 못하는 그녀를 업고 기숙사로 향했다. 희붐하게 새벽이 움트고 있었다.

다음 날 정민은 멀쩡한 모습으로 동아리 방에 나타났다. 필름이 끊길 정도로 마셔 대더니 어젯밤 일을 전혀 기억하지 못하나 보다. 그녀의 천연덕스럽지만 더할 나위 없이 상큼한 미소를 보고 있자니 어젯밤 일은 내 묵지근한 두뇌가 일으킨 심각한 오류일 거라는 생각조차 들었다. 뭐 그게 아니라 해도 굳이 잊어버린 기억을 들이밀어 그녀의 상큼한 미소를 날려 버릴 생각은 추호도 없었다. 나는 서울에서의 경과를 간단히 보고하고 기사를 넘겼다.

"참 묘한 상황 전개다, 안 그러냐?"

"뭐가아?"

"점점 재미있어지잖아. 이거 봐."

정민은 내가 넘긴 기사를 읽은 후 자신이 쓴 기사를 내게 내밀었다. 나는 정민의 기사를 읽어 보았다. 짐작대로 그 유언이 문제였다. 주몽 쪽에선 주몽이 당연히 상속받는 걸로 해석하고 있었고, 다른 쪽에선 학교의 소유권이 학생들에게 있다고 해석하는 모양이었다.

"이 노인네 죽어서도 심심하진 않겠다. 그치?"

왕 회장의 유언 내용은 학내외뿐만 아니라 전국을 떠들썩하게 만들었다. 주요 일간지와 방송들이 그 내용을 상세하게 보도하면서 열한 명의 아들에게 골고루 나눠진 재산 내역과 앞으로 부과될 상속세까지 철저하게 파고들었다. 그런 와중에 세계대학의 소유 문제와 왕 회장의 모호한 유언이 화제가 된 것은 어쩌면 당연한 일이었다. 학교 측에서도 유언 내용을 둘러싸고 의견이 분분했다.

장례식이 끝나기가 무섭게 간부 수련회가 열린 것은 그 때문이었다. 총장과 보직 교수들 그리고 주몽이 참석한 비공식 회의였는데 나는 학보사 기자와 함께 주몽 사단에 묻혀 들어갔다.

그즈음 주몽과 나는 꽤 가까워져 있었다. 남자들끼리도 서로에 대한 호감을 숨길 수는 없는 법이다. 그러나 그가 어디든 나를 꼭 챙겨 데려가곤 한 데에는 다른 이유가 있었는지도 모르겠다. 특별히 나를 좋아해서라기보다는 정규 학보를 개인 당지처럼 이용한다는 비난을 피하기 위한 조치였을 수도 있다는 얘기다. 주몽은 모든 언론에 공정한 기회를 준다는 평을 듣고 싶어 했던 것도 같다.

수련회라는 이름이 붙을 때 편리하게 사용할 수 있는 그룹 소유의 콘도가 학교에서 한 시간 거리에 있었다. 모임 분위기는 시종 무겁고 칙칙했다. 학교의 운명이 어떻게 될지 안개 속 같은 상황이었기 때문에 어쩔 수 없었다.

총장이 주몽을 꼼꼼히 살펴보았다. 총장이 보기에 주몽은 탐욕스러운 형들에 비해 너무나 여렸고 세상 물정에도 어두웠다. 학교가 자리 잡을 때까지 최소한 2~3년이라도 왕 회장이 더 버텨 주었더라면 좋았을 것을. 아무리 머리를 굴려도 뾰족한 수가 보이지 않았다. 총장은 긴 한숨만 내쉴 뿐 쉽게 말문을 열지 못했다. 대신 다른 보직 교수들이 불안한 속내를 그대로 드러냈다.

"이제까지처럼 그룹 차원의 연구비 지원은 계속되겠지요?"

교수들의 일차적인 관심사는 다른 대학에 비해 두 배 이상 지급되던 연구비 문제였다.

"최소한 현재 진행 중인 프로젝트에는 별다른 변동 사항이 없어야 할 텐데요."

그들은 총장과 주몽에게 물었으나 그들도 속 시원하게 대답할 수 있는 처지가 아니었다.

"글쎄요, 현재까진 아무것도 결정된 사항이 없습니다."

총장이 겨우 이렇게 대답했다.

"등록금 수입은 학기당 얼마나 됩니까?"

가장 젊은 축에 드는 최 교수가 물었다.

"우리 학교는 재학생의 60퍼센트가 장학생입니다. 교수님들은 모두 특별 조건으로 모셔 온 저명한 분들이고요. 때문에 등록금 수입은 사실상 학교 운영 비용의 3분의 1가량밖에 되지 않고 나머지 금액은 모두 그룹 차원의 지원금으로 충당해 왔습니다."

총무과장의 대답이었다.

내가 보기에도 상황은 별로 좋지 않았다. 선장이 많다 보니 학교뿐만 아니라 모그룹도 배가 산으로 올라가는 상황이었다. 왕 회장의 와병 중에도 이미 '왕자의 난'을 치러 전국을 떠들썩하게 만든 집안이었다. 모두가 침묵했다. 납덩이처럼 무거운 침묵이었다. 주몽이 어깨를 짓누르는 책임감을 견디지 못하고 입을 열었다.

"제가 형님들을 잘 설득해 보겠습니다. 학교는 왕 회장님의 평생 숙원 사업이었습니다. 지원은 예전과 같이 계속되어야 합니다."

총장의 입에서 한숨이 절로 나왔다. 아버지를 아버지라고 부르지도 못하고 끝내 왕 회장님이라고 부르고 마는 주몽이었다. 까마득히 나이 차이가 나는 배다른 동생인 그를 형들이 따돌리고 있다는 것은 모두가 알고 있는 사실이었다. 그를 아끼던 오직 한 사람, 왕 회장이 없는 상황에서 주몽의 입지가 흔들리고 있는데 거기다 유언마저 애매모호하니 난감하기 그지없었다. 왕 회장이 말년에 학교를 세운 건 누가 보더라도 나이 어린 주몽에 대한 애틋한 사랑이었다. 하지만 이제 누가 나서서 남보다 더 치열하게 서로를 물어뜯는 형제들에게서 주몽을 지켜 주겠는가. 총장이 보기에 형들에 대한 주몽의 기대는 당치도 않은 거였다. 총장은 속이 탔는지 옆에 놓인 생수를 병째 들고 들이켰다.

"상황을 좀 더 지켜보는 수밖에 다른 도리가 없는 것 같습니다. 총무과장은 앞으로의 일에 대비해서 학교 재산을 공고히 하시오. 각 보직 교수들은 학과에 돌아가는 대로 학생들과 교수들이 잘 다독여서 흔들리지 않도록 각별히 신경 써 주시기 바랍니다. 주몽은 잠깐 나 좀 보자."

　총장이 주몽을 데리고 다른 방으로 들어가 30분 정도 독대를 하였다. 그동안 거실에 남은 사람들은 쥐 죽은 듯 조용히 자리를 지키고 있었다. 나는 기사를 쓰기 위해 노트북을 켜고 조금 전 회의를 지켜보며 작성해 둔 메모 내용을 살펴보았다.

　- 차기 학생회장 선거의 향방이 매우 중요해짐.
　- 학교 자체의 수입 창출 방법을 모색해야 함.
　- 학생과 교수진은 동요하지 말 것.

　방을 나온 주몽의 얼굴에 심상찮은 그늘이 엿보였다. 간부 수련회는 아무런 결정 사항 없이 그 밤으로 끝이 났고, 주몽은 돌아오는 차 안에서도 시종 우울해 보였다.

　"총장이 뭐래?"

　익치가 물었다

　"이번 선거에서 반드시 학생회장에 당선돼야 한다고 하셨어."

TV 토론

데일리스팟과 영웅은 연일 화제의 중심에 있었다. 데일리스팟이 영웅을 띄운 것인지, 아니면 영웅이 데일리스팟을 띄운 것인지 그것은 모르겠다. 아마도 상호 작용을 했을 것이고 선거가 다가오면서 서로의 필요에 의해 한 몸이 되어 갔을 것이다. 누구든 영웅의 근황을 알고 싶으면 데일리스팟을 클릭했고, 사람들과 소통하고 싶을 때 혹은 그들의 지원이 필요할 때 영웅은 데일리스팟을 클릭했다. 주로 개인 홈피를 이용하는 주몽과는 다른 선택이었다.

영웅이 영리했다는 생각이 든다. 아무리 사적이고 사소한 일이라도 꼭 공개된 사이버 공간을 이용함으로써 영웅은 사람들의 시야에서 잠시도 멀어지지 않을 수 있었다. 그러다 보니 선거가 가까워지면서 데일리스팟이 영웅의 개인 당지 비슷한 성격을 띠게 된 것도 사실이다. 그러나 누군가 의도한 일은 아니었다.

그해 학생회장 선거는 유례없이 치열했다. 마치 프로 정치가들의 선거판처럼 각종 공약이 난무하고 표를 중심으로 세력화가 이루어졌다. 일개 대학교의 학생회장을 선출하는 선거가 그토록 뜨거울 수 있었던 것은 대학 설립자인 왕 회장의 죽음과 각각의 입장에 따라 다르게 해석할 수 있는 모호한 유언 때문이었다. 간부 수련회에서 흘러나왔겠지만, 이번에 구성되는 학생회가 학교의 미래에 대해 중요한 결정권을 가지게 될 것이란 소문이 돌았다. 그러저러한 이유들로 선거는 선거 일정이 시작되기도 전에 학내외의 최대 이슈가 되어 있었다.

후보 등록이 시작되었다. 법과 대학에선 주몽과 영웅이 나섰고, 그 외의 단과 대학에서도 네 명의 후보들이 나섰다. 각 후보들은 나름대로 전략을 세우고 활동 폭을 넓혀 나갔다. 영웅은 데일리스팟을, 주몽은 학보사를 개인 당지처럼 드나들며 지지자들과 소통했다. 학교당국은 드러내 놓고 어느 한쪽 편을 들진 않았지만, 주몽을 지지하는 것이 확실해 보였다.

나와 정민과 녹사, 데일리스팟 식구들도 덩달아 바빠졌다. 정민과 녹사는 영웅에 올인한다는 입장을 밝혔지만 나는 되도록 중립적인 입장에 서려고 노력했다. 주몽에 대한 개인적인 호감 때문만은 아니었다. '자고로 언론이란⋯⋯'으로 시작되는, 아직은 순수한 형태로 내 양심에 박혀 있던 교리 때문이었을 것이다. 그렇지만 학보사가 지나치게 편파적인 기사를 실은 날에는 나 역시 정민과 녹사와 한편이 되어 잠깐씩 나의 교리를 잊은 때도 있었다.

학보사의 노골적인 주몽 지지 기사에 대해 가장 예민하게 반응하는 사람은 언제나 녹사였다. 나로서는 그럴 수도 있겠다 싶은 일이 녹사에게는 도저히 간과할 수 없는 일인 경우가 많았다. 더불어 주몽과 학보사에 대한 그의 적대감도 쌓여 갔다. 녹사의 글에는 점차 적敵, 수구꼴통 혹은 사회의 암적 존재라는 단어가 자주 등장했다. 녹사는 공학도답지 않은 문장가였다. 수식어가 거의 없는 그의 문장은 이미지의 혼란 없이 간단명료해서 읽으면 속이 후련해지곤 했다. 사람들이 켄타우로스의 글을 클릭하는 이유가 바로 그 '속 시원함' 때문이라는 것을 녹사도 알고 있었다. 그즈음 켄타우로스의 글에는 초기의 '속 시원함' 대신 비장함이랄까. 아무튼 서슬이 퍼렇다는 느낌이 들곤 했다. 나는 그런 글에 쉽게 익숙해지지 않았다. 대충 소리 내지 않고 두루뭉술하게 넘어가며 살아온 나로서는 녹사의 날 선 분노를 감당하기 어려울 때가 많았다.

"좀 쉬지그래. 피곤하면 펜 끝이 날카로워지는 법이야."

내가 넌지시 충고했다. 그즈음에도 녹사는 침대에 눕는 일 없이 자칭 마인드 컨트롤로 대충 잠을 때우고 있었다.

"쉴 시간이 어디 있냐? 수구꼴통들과 전쟁을 하고 있는데. 그들을 까부수려면……."

"형, 제발."

내가 그를 제지했다.

"데일리스팟도 엄연한 신문이야. 최소한의 품위는 지켜야 되지 않을까?"

"품위?"

녹사가 웃었다. 같잖다는 표정이었다.

"품위란 지적 가면일 뿐이야. 학보사 놈들이 즐겨 쓰는 거. 나더러 그놈들이랑 똑같아지라는 거냐?"

"내 말은 최소한의 자제력만이라도 보여 달라는 거야."

"난 뭐든 날것을 좋아해. 펄떡펄떡 살아 숨 쉬는 그런 거. 글도 마찬가지야."

나는 녹사를 설득할 수 없는 내 능력의 한계를 탓하는 수밖에 없었다. 그는 절대로 잘생기거나 호감 가는 인간형이 아님에도 불구하고 특별히 빛나 보이는 부분이 있었다. 그런 특별한 재능이 여러 가지 문제들을 하찮은 것으로 보이게 했을 것이다. 나는 녹사로 인해 평범한 존재가 감히 범접할 수 없는 천재들의 세계가 엄연히 존재한다는 것을 인정해야 했다. 새벽까지 잠들지 않은 녹사가 여전히 꼿꼿한 자세로 컴퓨터 앞에 앉아서 빨려 들어갈 듯이 자신만의 세계에 몰입해 있을 때에는 실제로 그의 주위에 눈에 보이지 않는 어떤 보호막이나 후광 같은 것이 존재하는 듯한 착각이 들기도 했다.

녹사와 룸메이트로 지낸다는 것이 전혀 행복한 일이 아니었을 뿐만 아니라 대단한 인내심이 필요했다는 사실을 털어놓아야겠다. 녹사는 청소를 하는 법이 없었다. 그의 침대보는 땀과 몽정의 배설물이 뒤섞여 역겨운 냄새를 풍겼고 책상 주변에는 밤을 새우며 먹은 과자 부스러기나 컵라면 그릇들이 발에 치이며 굴러다녔다. 그와는 반대쪽 책상을 사용하고 있었지만 방을 함께 쓰는 나 또한 그 쓰레기들로부터 자유로울 수는 없었다. 냄새야 그렇다 치더라도 음식 찌꺼기에서 생긴 초파리들이 날아들 땐 견딜 수가 없었다. 내가 툴툴거리거나 화를 내면 녹사는 그렇게 하찮은 이유로 유별나게 구는 것을 이해할 수 없다는 반응을 보였다. 언젠가 그의 생활 습관을 탓하며 화를 내다가 스스로 머쓱해진 적이 있다. 원인을 제공한 녹사보다도 그를 탓하는 내가 더 부당하다는 생각이 들었다. 놀이터에서 신나게 놀고 온 아이에게 옷을 더럽혔다고 화를 내는 어른처럼. 명확하게 설명하기 어렵지만 그것이 우리 두 사람 간의 입장 차이였다.

방송반이 선거 열기에 가세했다. 그들은 '공개 토론회'를 준비했는데, 하루에 두 명씩 총 3일에 걸쳐 여섯 명의 후보들이 릴레이 토론을 벌인다는 계획이었다. 주몽과 영웅이 첫날 1차 토론자로 초대되었다. 그리고 그 모든 과정은 학내 방송을 통해 생중계 되었다.

'대학 발전의 길, 그 방향 모색을 위한 대토론회'

각종 행사가 치러지던 대강당에 대형 플래카드가 걸리고 단상 위에 토론자들의 자리가 마련되었다. 영웅의 곁에는 유정민이, 주몽의 곁엔 익치가 앉았다. 그리고 그 중간 자리에 사회자인 정운용 교수가 앉았다. 정 교수는 젊음과 현란한 말솜씨와 깔끔한 매너로 학생들에게 가장 인기 있는 교수 중 한 사람이었다. 가운데 통로를 중심으로 양쪽 가장자리, 그러니까 후보석과 객석 사이에는 패널로 초대된 각 후보의 지지자들이 앉아 있었고 객석에는 그보다 훨씬 많은 학생들이 자리하고 있었다.

나는 강당 안을 둘러보았다. 설혜수를 찾는 건 쉬운 일이었다. 언제 어디서든 금방 눈에 띄는 여자가 설혜수였다. 내 자리에서 두 번째 건너 자리에 그녀가 앉아 있었다. 내가 손을 들어 아는 체를 하자 그녀도 내게 씽끗 미소를 보내 주었다. 구면임을 인정한다는 뜻이었다. 단상 위의 주몽이 그녀를 발견했는지 옷매무새를 매만지고 자세를 바로잡았다. 주몽의 방에 주인은 없고 그 패거리들만 모여 있을 때는 주몽이 설혜수와 데이트 중이라는 뜻이었다. 나는 여기저기 사진을 찍어 대면서도 두 사람의 움직임에 촉각을 곤두세우고 있었다.

사회자인 정운용 교수가 마이크를 들었다.

"지금으로부터 4년 전, 고 왕신용 회장께서는 세계를 선도하는 대학, 나라의 횃불이 되어 줄 인재 양성을 목표로 이 너른 대지에 꿈을 심으셨습니다. 비록 역사는 짧지만 나라 안팎의 기대와 성원에 힘입어 우리 세계대학은 발전을 거듭해 왔습니다. 해마다 치러지는 입시에서 전국 최상위권의 수재들이 1순위로 선택하는 대학이 되었고 세계 각지에서 초빙된 우수한 교수진과 그 연구 성과로 인해 개교 4년

만에 명실공히 국내 최고의 대학으로 자리매김하게 되었습니다. 그러나 얼마 전 설립자이신 왕신용 회장께서 돌아가시고, 그동안 지원을 아끼지 않던 모그룹의 분할로 인해 재정적 어려움을 겪고 있는 것 또한 사실입니다. 따라서 새로 구성되는 학생회의 역할이 무엇보다 중요해졌으며, 우리 세계대학이 세계 명문 대학의 반열에 진입하느냐 못하느냐의 사활이 걸린 주요 사안으로 떠올랐습니다. 그래서 이 소중한 자리를 마련했습니다. 부디 세계대학이 지금의 시련을 이겨 내고 한 단계 도약할 수 있도록 여러분의 고견과 충심 어린 제안을 이 자리에서 모두 털어놓으시기를 바랍니다."

도입 발언이 계속되는 동안 어수선하던 자리가 정리되고 소음도 줄어들었다.

"자, 그럼 각 후보로부터 출마의 변을 들어 볼까요? 나영웅 후보부터 말씀해 주십시오. 시간은 3분 드리겠습니다."

영웅이 마이크를 바로잡았다.

"학교는 발전적으로 해체되어야 합니다. 그래서 주식회사처럼 학생 모두가 주인이 되어 운영해야 합니다. 우수하지만 가난한 학생에겐 무료로 질 좋은 수업을 들을 수 있게 해야 하고, 사실 기숙사비도 가난한 학생들이 감당하기엔 벅찬 실정입니다. 그것도 잘만 하면 무료로 운영할 수 있다고 생각합니다."

"좋은 생각입니다. 하지만 학교는 영리 단체가 아닙니다. 그런 일을 하려면 비용이 많이 들 텐데요. 기여 입학제라도 허용해야 한다는 말씀이신지, 이에 대한 나 후보의 생각이 궁금합니다."

정운용 교수는 만면에 여유 있는 미소를 띠었다. 역시 학생은 학생일 뿐이야. 그럴듯해 보이는 말이지만 여기저기 허점투성이가 아닌가.

영웅이 예상한 질문이라는 듯이 열정적으로 덤벼들었다.

"기여 입학제의 요지는 돈 있는 사람과 학교 간에 인센티브를 주고받자는 것입니다. 말이야 그럴듯하지요. 부자들의 넘쳐 나는 돈으로 가난한 학생들에게 혜택을 준다는 거니까요. 하지만 그거 다 허울 아닙니까? 여러분, 기여 입학제의 속내는 부자들의 기득권을 자자손손 세습하자는 것입니다. 돈 가지고 팍팍 생색내면서 말이죠. 그래서 저는 기여 입학제는 절대 반대합니다."

"그럼 등록금이라도 인상해야 할까요. 학교도 운영 비용이 필요하니까요."

이 문제에 대한 대답도 시원시원하게 나왔다.

"만약 우리 학교가 갑자기 타 대학 수준의 등록금을 받는다면 현재 우리 학교에 있는 가난하지만 능력 있는 수재들은 학교에 남을 방법이 없습니다. 장학금 제도는 확대되어야 하고 생활비 지원 방안도 확대 유지되어야 합니다. 학교는 학생들을 위해 존재해야 하는 거 아닙니까."

영웅의 말이 일단락되었지만 사회자인 정 교수는 잠자코 있었다. 이미 3분이 넘기도 했거니와 다시 질문을 한다 해도 영웅은 자신이 주장하는 논리의 맹점을 인정하려 들지 않을 것 같았다.

"왕주몽 후보에게도 3분을 드리겠습니다."

주몽에게 마이크가 돌아갔다. 그의 목소리는 나직했다.

"모기업의 지원을 더 이상 받을 수 없는 상황에 대비해서 학교는 일단 자구 노력부터 해야 합니다. 이를 위해서는 연구, 교육, 재정, 행정 등 학교 운영의 전 분야에서 구조적이고도 획기적인 방향 전환을 모색해야 합니다. 가장 먼저 해야 할 일은 학교의 재정적 역량을 고려해서 추진 중인 모든 사업에 우선순위를 정하는 일입니다. 먼저 국제 캠퍼스 조성 사업은 이미 60퍼센트 이상의 공정이 진행되었으니……."

그의 현실 분석은 정확했으나 환영을 받을 만한 것은 못 되었다. 일단 구조 조정에 대한 이야기고, 등록금 인상에 대한 이야기고, 교직원과 학생들 모두에게 희생을 감수하라는 이야기였다.

"기여 입학제에 대한 왕주몽 후보의 의견을 말씀해 주십시오."

사회자의 목소리가 사뭇 진지해져 있었다. 주몽이 잠시 마이크를 내리고 숨을 돌렸다. 이것이 얼마나 민감한 사안인지를 그도 알고 있는 것이다.

"대학 발전에 있어 중요한 것은 자율성과 유연성이라고 생각합니다. 하버드나 예일 같은 세계 유수 대학들의 예를 보더라도……."

주몽이 설혜수 쪽을 바라보았다. 그녀는 조용히 듣고 있었다. 용기가 나는 것일까? 목소리를 가다듬은 주몽이 말꼬리를 돌리려던 것을 포기하고 곧바로 논지로 파고들었다.

"기여 입학제는 어떤 형태가 됐든 공교육을 크게 훼손하지 않고 사회 정의에 반하지 않는 범위 내에서 대학 자율에 맡겨 운용하면 된다고 생각합니다."

모두들 숨을 죽였고 영웅이 발언권을 얻었다.

"주몽 후보께선 뭔가 착각하고 계신 듯합니다."

처음엔 부드럽게 출발하는 것 같았다. 상대 토론자나 사회자에게 예를 표하기도 하고 간간이 미소도 잃지 않았다. 하지만 그의 안면 근육이 실룩이고, 입가의 가로선이 굳어지는 것으로 보아 무언가 단단히 벼르고 있다는 인상을 주었다. 주몽에게 쓰디쓴 무언가를 안겨 줄 채비를 하는 거로군. 내 짐작이 적중했다.

"주몽 후보의 말을 들어 보면 요점은 이겁니다. 학교의 발전을 위해 학생들과 교직원은 얌전히 희생을 감수해야 한다. 이제는 모기업에서 돈을 끌어올 수 없으니 가난한 학생들 지갑이라도 털어야겠다."

객석이 소란스러워졌다. 박수를 치기도 하고 통쾌하게 웃는 소리도 들렸다.

"학교는 영리 단체인 기업과는 엄연히 달라야 합니다. 세계 제일의 갑부인 마이크로소프트사의 빌 게이츠 회장은 어마어마한 돈을 내놓아 빌 게이츠 재단을 만들었습니다. 그리고 사회를 위해 온갖 좋은 일을 다 합니다. 기업이 번 돈을 사회에 환원하는 시스템을 만든 거지요. 또 세계 두 번째 갑부라는 워런 버핏도 370억 달러라는 거액을 빌 게이츠 재단에 기부했습니다. 그 돈은 그의 전 재산의 85퍼센트나 되는 어마어마한 돈입니다. 그런데 우리나라에서 제일 부자라는 왕신용 회장은 어떠했습니까?"

잠시 뜸을 들인 후에 영웅이 말을 이었다.

"돈을 모으는 건 좋습니다. 그것도 능력이니까요. 하지만 가난한 노동자들의 고혈을 빠는 짓은 훌륭하다고 할 수 없지요."

"옳소."

단 아래에서 그의 지지자들이 박수를 쳤다.

"그래도 돌아가신 왕 회장님이 양심은 있는 분인가 봅니다. 뒤늦은 감이 있지만 '학교는 학생들헌티 준다' 뭐 이렇게 유언을 하셨다고 하지 않습니까?"

객석에서 와자하게 웃음소리가 터져 나왔다. 영웅이 왕 회장의 목소리를 흉내 내서 너스레를 떨었기 때문이다.

"나영웅 후보의 발언은 토론의 주제와도 상관없고, 또 적절치 못합니다."

왕 회장의 사투리를 흉내 내며 아버지와 자신을 조롱하는 영웅의 태도에 주몽이 일어서며 거칠게 항의했다. 사회자가 나서야 할 시점이었다.

"인정합니다. 나영웅 후보께서는 토론의 주제에 한정해서 발언해 주시길 바랍니다."

그러나 영웅의 토론 방식은 변하지 않았다. 기회 있을 때마다 주몽에게 폭탄을 투하했다. 그의 발언은 창처럼 날카로웠고 굳이 적대감을 감추려 하지도 않았다. 영웅은 결코 고삐를 허투루 쥐는 사람이 아니었다. 그는 가족사적 약점을 파고들어 주몽에게 상처를 입혔고 한번 문 사냥감은 그냥 놔주지 않았다. 그는 판사처럼 왕 회장과 세계 그룹에 유죄를 선고하고 시원시원하게 호통을 쳤다. 객석에서 박수가 터져 나왔다. 영웅의 발언은 누구나 한 번쯤 하고 싶은 말이었고 마이크를 잡지 못한 수많은 학생들의 간지러운 곳을 긁어 주는 말이었다.

　정민이 나에게 눈을 찡긋해 보였다. 어때? 내가 사람 보는 눈은 있지, 하는 표정이었다. 인정하지 않을 수 없었다. 영웅은 논리의 빈약함에도 불구하고 완벽하게 토론의 고삐를 틀어쥐고 있었으며 특유의 촌스러운 말투나 외모는 이제 친근감을 더해 주는 장점으로 작용하고 있었다. 그는 청중을 어떻게 요리해야 하는지 본능적으로 알고 있는 것 같았다.

　누가 보더라도 그날의 스타는 영웅이었다. 감성적인 공감 능력에서 상대를 압도했으며 기회를 놓치지 않고 자신의 존재감을 과시하면서 거침없이 영향력을 행사했다. 그에 반해 주몽은 대체로 무난하게 토론을 소화해 냈을 뿐 청중을 설득하지도 영리하게 토론을 이끌지도 못했다. 그는 시종 예의를 지켰으며 예상외로 굳은 심성을 내비치기도 했으나 어느 면에서 그는 교수들만큼이나 고리타분해 보이는 측면이 있었다. 그것을 가장 먼저 파악하고 걱정한 사람은 익치였다. 그는 여러 번 발언권을 얻어 주몽을 도우려 했으나 효과가 있었는지는 의문이고, 다만 주몽이 주장하는 내용의 타당성을 보완하는 역할을 했을 뿐이었다. 마지막으로 주몽에게 발언 기회가 주어졌다.

"당장 연구비 지원이 줄어든 교수님들이 학교를 떠나려 하고 있습니다. 그분들은 학교가 어렵게 모셔 온 우수한 석학들이므로 우리 대학이 살아남으려면 어떻게든 그분들이 학교를 떠나지 않게 해야 합니다."

영웅이 발언권을 얻지도 않고 호통을 치듯 큰 소리로 끼어들었다.

"떠나려면 떠나라 하시오. 사명감이라고는 눈곱만큼도 없고 돈밖에 모르는 그런 부르주아 교수들은 필요 없습니다. 교수는 어디든 있습니다. 꼭 유학파여야 할 이유도 없습니다. 더 훌륭한 국내파 교수님을 학교에 모셔 오면 될 거 아닙니까?"

지지하는 박수 소리가 온 강당 안에 울려 퍼졌다. 그 박수 소리에 묻혀 사회자의 마지막 마무리 발언은 들리지도 않았다.

"영웅이 오랫동안 짝사랑해 온 여학생이 우리 학교에 있다고 했잖아. 아직 말도 못 붙여 본."

토론회가 끝나고 나와 정민이 모처럼 한가하게 차를 마시던 중이었다.

108

"그 여학생이 설혜수인가 봐."

"여자들한테 한 달에 한 번 있다는 그날이야? 형의 상상력이 지나치게 튀고 있어."

내가 느물거리며 웃었다.

"짜식, 농담이 아니라니까."

"증거 있어?"

"토론회 때 말야. 영웅이 계속 너 있는 곳에서 시선을 떼지 못하더라. 처음엔 사진 찍는 걸 의식하는 줄로만 알았는데, 나중에 네가 반대편으로 자리를 옮겨서 사진을 찍을 때도 계속 같은 쪽을 의식하기에 혹시나 했는데 역시나였다 이 말이야. 여자의 직감. 그거 무시하면 큰일 난다 너."

"그것만으론 좀 약한데."

말은 그렇게 했지만 나는 곧바로 컴퓨터에 들어가 내가 올린 그날의 동영상을 차근차근 훑어보았다. 영웅의 표정을 중심으로. 나는 충격을 받았다. 영웅은 아예 설혜수에게서 눈을 떼지 못하고 있었다. 설혜수의 시선을 쫓아가다 그 끝이 주몽에게 닿아 있는 것을 눈치챈 영웅의 표정이 질투로 굳어지며 입술을 앙다무는 것을 나는 확인했다.

새벽바람

선거 운동이 한창인데 이틀째 주몽이 보이지 않았다. 몽우회가 선거 유세를 대신하고 있었지만, 세를 늘려 가는 영웅에게 밀리고 있었다. 정민도 궁금해하는 눈치여서 나는 기숙사에 있는 내 방으로 돌아가기 전에 먼저 주몽의 방에 들렀다. 주몽과 조용히 만날 기회가 있다면 꼭 하고 싶은 말이 있었다. 항상 열려 있는 그의 방은 어두웠다. 아무도 없나 보다 생각하고 발길을 돌리려 하다가 언뜻 어두운 벽에 비친 더 어두운 그림자를 보았다. 주몽이었다. 불도 켜지 않은 방 안에 혼자 있었다.

"나가 줄까? 방해하고 싶진 않은데."

"괜찮아. 불 좀 켜 줄래?"

가까운 벽의 스위치를 올렸다. 주몽이 소파에 기댄 채 눈을 감고 있었다. 지친 모습이었다.

"다들 어디 가고 혼자 있어?"

"아직 내가 내려온 줄 모를 거야."

학교에 대한 지원을 호소하러 서울에 가서 형들을 만났다고 했다.

"부끄러워서 고개를 들고 다닐 수가 없어."

그의 형들이 유산으로 받은 서로의 기업에 군침을 흘리느라 바쁘게 움직인다는 것을 뉴스를 통해 온 나라가 알고 있었다. 나는 주몽의 심정을 이해할 것 같았다. 그런 형들이라면 학교의 재정을 지원해 달라고 말을 꺼내기도 쉽지 않았을 것이다.

"영웅이 부러워. 나처럼 복잡한 집안에서 태어나지 않았잖아."

집안이 부자여서 항상 누군가로부터 시샘과 질시를 받던 주몽이었다. 그런데 그가 부러워하는 사람이 가난하기 짝이 없는 영웅이라니. 순간적 감상이겠지. 돈이 싫다니 말이 되나. 나는 그의 말을 믿지 않았다.

"그 어머니 말야, 영웅을 위해 날마다 채소 행상을 하신다는."

그날 일을 아직도 마음에 담고 있구나. 나는 사뭇 주몽에게 연민이 일었다. 그에게 결핍되어 있는 게 무엇인지 알 것 같았다.

"내게도 그런 어머니가 있다면 얼마나 좋을까. 가난하지만 자식에게 모든 걸 주시는 그런 분이 내 어머니라면……."

주몽이 고개를 숙이고 침울하게 말했다. 나는 그가 울고 있지나 않은지 걱정이 되었다.

"정말 친어머니가 누군지 모르는 거야? 다른 사람들은 모두 알고 있던데."

내가 조심스레 물어보았다. 세간에 떠도는 소문을 주몽이 모르고 있다면 당장에라도 알려 줄 작정이었다. 누구나 그 정도의 권리는 있지 않을까. 과거의 일이나 다른 사람과의 연결 고리에 구애받지 않고 자신의 의지대로 인간관계를 선택할 수 있는 권리 말이다. 물론 내가 알고 있는 정보에 대한 출처는 나도 모르고 믿을 만한 것도 못 되었지만.

"우리 엄마가 유명한 가수라는 소문? 나를 낳아 주고 빌딩을 한 채 받았다는 그 여자?"

그럼 그렇지. 주몽도 내가 아는 정도는 알고 있었다.

"왜 찾아가지 않는 거야?"

내가 물었다.

"마음속으로야 백 번도 더 찾아갔지. 아버지가 돌아가셨으니 잘하면 어머니와 함께 살 수 있겠구나, 그렇게 생각한 적도 있어."

"그런데?"

어머니가 지척에 있는데, 서로의 존재를 뻔히 알고 있는데, 그런데도 찾지 않다니, 나로선 도무지 이해할 수 없는 상황이었다.

"내 어머닌 영웅의 어머니처럼 자식에게 모든 걸 주는 그런 어머니가 아니거든. 얼마 전에 세 번째 결혼을 했어. 겨우 나보다 다섯 살 많은 젊은 남자랑."

주몽이 웃었다. 자신을 조롱하듯 속이 허해지는 웃음이었다. 주몽이 영웅의 가난한 어머니를 동경하는 것과 영웅이 주몽의 부유함을 질시하는 것이 무엇이 다를까. 둘 다 가지지 못한 것에 대한 갈망이니 결국은 한 뿌리에서 나온 감정이었다.

"난 어머니가 없어. 그렇게 생각하는 게 편해."

어떻게 주몽의 마음을 위로해야 할지 막막했다.

"돌아가셨지만 주몽에겐 아버지가 있잖아. 형들도 있고."

내가 말실수를 했나 보다. 주몽이 갑자기 날카로워졌다.

"형이 내게 뭐랬는지 알아? 이참에 학교를 치워 버리래. 노인네가 말년에 노망이 나서 돈 먹는 하마를 키운 거라고."

국내 최대의 자동차 회사를 통째로 물려받은 주몽의 큰형은 국세청의 은근한 세무 조사 압력에 시달리고 있었다. 얼마간이라도 형제들 간에 자금을 모아 국가에 헌납해야 위기를 모면할 것 같은데 모래알 같은 형제들이 장남의 권위를 인정하지 않아서 그것도 어려운 모양이었다. 만약 학교를 헌납한다면 모든 일이 잘 풀릴 거 같으니 그룹을 위해서 결단을 내려 달라고 되레 주몽을 설득했다고 한다. 결국 주몽은 혹을 떼려다 혹을 붙이고 만 셈이었다.

"내게 형들이 있지. 지켜보는 눈만 없다면 제일 먼저 달려들어 물어뜯을 하이에나 같은 형들 말이야. 아마도 학교를 피자처럼 똑같이 나눠 먹고 싶을 거야. 이히히히……."

불길하기 짝이 없는 웃음소리였다.

"설마, 그렇게까지 하진 않을 거야."

나는 주몽의 어깨에 손을 얹었다. 공허한 말로 그를 위로해 주는 것 말고는 달리 할 수 있는 것이 없었다. 순간적으로 경련이 일듯 내 손바닥 밑에서 주몽의 몸이 부르르 떨었다. 추운 겨울 참았던 용변을 본 후에 경험하는 그런 떨림 같았다. 그러고는 갑자기 전혀 다른 사람으로 돌변하는 것이 아닌가.

"네게 물어봐도 될까? 영웅 쪽은 어떤지."

어린애처럼 형들에 대한 불만을 늘어놓다가 갑자기 진지하고 사무적인, 그로선 가장 경쟁력 있는 모습으로 변화한 주몽을 보고 나는 얼떨떨해졌다.

"어어……."

내가 목소리를 가다듬고 유능한 조언자가 되기까지는 시간이 좀 걸렸다.

"인터넷을 통해 세를 불리고 있어. 놀라운 속도야."

주몽도 영웅의 상승세를 알고 있었다. 그가 마구 뿌려 대는 '카더라' 식의 독설과 실현 불가능한 공약 남발에 스트레스를 받고 있다고도 했다.

"영웅은 영리해. 마치 자석처럼 사람들을 끌어들이고 있어."

내가 말했다.

"나도 그 점이 걱정돼서 서울에 간 거야. 전처럼 그룹에서 지원만 해 준다면 학생들이 영웅의 공약에 현혹되지 않을 것 같아서."

영웅이 내세우는 공약은 크게 세 가지였다. 전교생 장학금제 실시와 학교 운영에 대한 학생들의 직접 참여 그리고 국제 캠퍼스 조기 운영이었다. 이 모든 것에 대한 자금은 학교의 잉여 부동산을 매각해서 기금을 마련하고 과감한 구조 조정을 통해 행정 인력을 대폭 줄이면 가능하다는 논리였다.

"학교 부동산을 매각하자는 것은 학교의 설립 취지마저 무시한다는 뜻이야. 아버지는 세계대학을 세계 10위권 안에 드는 명문으로 키우려고 하셨어. 학교 부지가 넓은 건 그때를 대비해서 준비해 놓은 거고. 그런데 당장 어렵다고 그걸 팔아 쓰자는 영웅이나 등록금 면제라는 당근에 현혹되어 영웅을 지지하는 학생들이나 모두 한 치 앞도 못 보는 사람들이야."

주몽을 지켜보면서 나는 불안해졌다. 아무래도 주몽의 기분이 극과 극을 오가는 것 같았다. 잔뜩 움츠러든 그의 어깨가 슬퍼 보였다.

"사람들이 혐오스러워. 영웅을 좀 봐. 그의 이중성을. 그는 아버지의 치부 과정은 죄악시하면서 그 부에 대한 혜택은 뻔뻔스럽게도 거저 누리려고 해."

주몽의 분노는 충분히 이해되었지만 내가 보기에 주몽이 모르는 것도 있었다. 학생들이 영웅을 지지하는 것을 두고 단지 그의 공약에 현혹되어서라고 보기에는 무리한 점이 많다는 뜻이다. 그런 시각으로 보자면 학생들이 인터넷 신문인 데일리스팟에 열광하는 것도 기존 학보사에 대한 실망 때문이라고 말할 수 있어야 한다. 맞는 말 같지만, 거기엔 미세한 오류가 존재한다. 나는 영웅의 힘을 일종의 에너지라고 느꼈다. 무언가 새로운 것에 열광하는 에너지. 미쳐서 폭발하고 나서야 차가워지는 용암 같은 것. 그것은 일종의 쏠림 현상이고 바람이었다. 하지만 나 역시 영웅의 바람이 그렇게 거세질 줄은 미처 예상하지 못했다.

"그건 그렇고 유정민 말야."

일단 말머리를 잡은 나는 빠르게 주몽의 눈치를 살폈다. 주몽의 검은 눈썹이 꿈틀하고 움직였다.

"데일리스팟 편집부장 말야. 저번에 잔디밭에서 함께 소주 파티도 했잖아."

내가 정민의 프로필을 늘어놓는 도중에 주몽이 끼어들었다.

"알아, 그 애."

"한번 만나 보지 않을래? 여러모로 유능하거든. 선거에 도움이 될 거야."

내가 조심스럽게 말을 이었다. 하지만 정민이 주몽에게 깊은 유감을 가지고 있으니 그것 먼저 풀어 주자는 말까지는 하지 못했다. 선친들의 인연에 관한 이야기도 내가 입에 올릴 화제는 아니었다. 그것은 주몽과 정민 두 사람이 머리를 맞대고 풀어야 할 실타래였다.

"그날, 그 애가 여기 왔었어. 밤늦게."

이건 또 무슨 소린가. 나는 뒤통수라도 한 방 얻어맞은 느낌이었다.

"그날이라니?"

"소주 파티 한 날."

116

나는 배신감에 할 말을 잊었다. 정민은 분명히 깨어나 보니 남자 기숙사 옥상이었다고 말하지 않았던가.

"정민의 부모님이 내 부모님과 다름없다는 거 너도 알고 있을 거야. 세상에서 내가 따뜻함을 느끼는 유일한 분들이지."

"그런데 왜 유정민과는?"

"왜 그렇게 서로를 미워하느냐고 묻는 거야?"

내가 고개를 끄덕였다. 주몽이 일어섰다.

"아무래도 술 한잔해야겠다."

우리는 술을 마셨다. 누군가 먹다 남긴 피자 두 조각을 주몽이 전자레인지에 데워서 가져왔다.

"정민은 내게 다른 걸 원해. 내가 줄 수 없는 것, 내 마음대로 되지 않는 것 말이야."

"무슨 말인지 자세히 설명해 줘."

주몽은 가볍게 한숨을 내쉬고 나서 입을 열었다. 둘이 쌍둥이처럼 자랐다는 것과, 늘 주몽을 먼저 챙겨 주는 부모로 인해 정민이 샘을 냈다는 것 등을 담담하게 얘기했다.

"어느 날 별장 근처의 계곡으로 물놀이를 갔어. 열 살 남짓한 때였을 거야. 물이 그리 깊지 않은 데다 정민도 나도 제법 수영에 익숙했던 터라 두 분은 별로 걱정을 하지 않고 보내 주셨지. 그런데 너무 멀리 갔나 봐. 갑자기 발밑이 허전한 걸 느꼈을 땐 이미 늦었더라고. 내가 허우적거리자 정민이 따라 들어왔고 우린 둘 다 미친 듯이 소리쳤지. 살려 달라고. 아저씨가 우릴 구했어. 정민의 아버지 말이야."

그가 잔을 비웠다. 그리고 그 잔을 내게 내밀었다.

"마시자. 오늘은 좀 취하고 싶다."

내가 잔을 받았고, 비운 다음 다시 그에게 넘겼다. 그렇게 주고받고 하면서 우리는 점점 술에 매몰되어 갔다.

"지금도 가끔 생각해. 나라면 어떻게 했을까. 정말이지 위급한 상황이었는데 친자식인 정민을 먼저 구했을까. 아니면 바람둥이 사장의 사생아일 뿐인 나를 먼저 구했을까. 아저씬 나를 먼저 구했어. 덕분에 정민은 정말로 죽을 뻔했지. 구급차에 실려 가 병원에서 깨어났어."

안타까운 일이지만 사람들은 과거의 기억에 너무 집착하는 경향이 있다. 떨쳐 내야 할 과거의 기억들이 넝쿨처럼 현재의 일상을 휘감고 우리를 옴짝달싹 못하게 하는 것이다.

"아저씬 정민을 먼저 구했어야 했어. 만약 그랬다면 정민과 나 사이가 이렇게 나빠지진 않았을 거야."

"다르게 생각할 수도 있지 않을까? 아저씬 두 사람 중에 누구를 선택한 게 아닐 수도 있어. 선배를 먼저 구한 건 그저 우연이거나 아니면 먼저 구해야 둘 다 구할 수 있는 상황이었을 수도 있잖아. 그렇게 전광석화같이 빠른 판단이 필요할 때 사람들은 대부분 이성보다는 본능에 따라 행동하거든."

"본능에 따른다고? 그랬다면 더더욱 아저씨는 나보다 친자식인 정민을 먼저 구했어야지. 팔은 안으로 굽는 법이니까. 그렇지 않니?"

"그 말도 일리가 있군."

"그러니 그 일로 정민이 배신감을 느낀다 해도 나나 아저씬 아무런 할 말이 없는 거야."

"아무리 그래도 그건 열 몇 살 때의 과거 한순간의 일일 뿐이잖아."

"문제는 나였어. 차라리 내가 아프고 말지 어린 마음에 나도 괴로웠던 거야. 정민이 깨어났을 때 나는 그 애 곁에 있었어. 그녀가 나를 보더니 입술을 앙다물고 적의를 드러냈어. 그때 그 애의 눈빛을 잊을 수가 없어. 내 존재 자체가 싫다는 거부의 눈빛이었거든."

주몽이 한숨을 몰아쉬었다. 답답하기는 나도 마찬가지였다.

"그때부터였을 거야. 내가 정민에게 느끼는 감정은 우정이나 사랑이 아닌 부채감이 되고 말았지. 이제 알겠니? 내가 그녀의 사랑을 받아들일 수 없는 이유가 뭔지. 같은 학교에 다니면서도 한사코 그녀를 피하는 건, 내가 또 정민에게 그때처럼 상처를 줄까 봐 두려워서야. 온전히 그녀의 것이어야 하는 것을 내가 빼앗게 될까 봐."

내가 고개를 끄덕였다.

"하지만 우리가 결코 연인이 될 수는 없겠구나, 결론을 내린 것은 최근이야. 설혜수를 만나고 나서. 너도 알겠지만 설혜수는 더없이 사랑스러운 여자야. 그날 밤 정민이 찾아와서 화를 내더군. 마음이 아팠어. 나와 설혜수의 관계가 또다시 정민에게 상처를 준 거잖아.

열 살 때, 그때와 똑같은 눈빛을 하고 정민이 선언했어. 반드시 나를 꺾고야 말겠다고."

내 머릿속의 컴퓨터가 빠르게 작동했다. 이 새로운 정보들을 조합해 보니 정민이 이번 선거에서 영웅에게 올인하는 이유를 알 것도 같았다. 나는 정민의 철없는 복수심이 무섭다기보다는 앙증맞다는 생각이 들어 자꾸만 웃음이 새어 나왔다.

"네가 정민을 좋아하는 거 알아. 정민에게도 둘이 잘되면 좋겠다고 말했어. 난 아무리 해도 정민이 누이처럼 느껴질 뿐이니까. 또 언젠가는 그렇게 될 수 있을 거라고 믿고 있어. 사이좋은 오누이, 친구 같은 오누이 말이야."

내가 무슨 말을 하겠는가. 술에 떡이 된 나는 패잔병처럼 갈지자로 몸을 비틀거리며 내 방으로 돌아와 실컷 울었다.

해와 달이 있어 얼마나 고마운가. 영원히 지속되는 감정이란 없다. 날이 바뀌고 새롭게 해가 뜨면 어제의 감정도 조금은 빛이 바래기 마련이다. 다음 날 눈을 떴을 때 그런 기분이 들었다. 밤새 가슴을 짓누르던 괴로움도 조금은 가벼워진 느낌. 나는 훌훌 털고 일어났다. 또 다른 하루가 나를 기다리고 있었다. 새벽 5시. 어젯밤 먹은 소주와 피자 냄새가 텁텁하게 입안에 남아 있었다. 나는 칫솔을 물고 책상에 앉았다. 밤새 대기 상태로 켜져 있던 컴퓨터의 키를 누르자 바로 화면이 눈에 들어왔다. 나는 칫솔질을 멈췄다. 우리 사이트에 사람들이 우글거렸다. 대체 이 많은 사람이 여기서 뭐하는 거야? 처음 내 반응은 그 정도였다.

커서를 움직여 내가 잠들어 있는 사이 일어난 일들을 검색해 보았다. 새벽 2시 15분, 그러니까 내가 잠들고 15분쯤 후에 누군가 맨 처음 '영웅을 사랑하는 모임(영사모)'이라는 팬클럽을 만들자고 제안했고, 너도나도 가입하겠다고 줄을 서 있었다. 나는 카디건을 걸치고 동아리 방으로 뛰었다. 그 많은 사람이 사이버 공간에서 길을 못 찾고 헤매게 하지 않으려면 서둘러 조치를 취해야 했다.

녹사는 슬리핑 백 속에서 자고 있었다. 요즘은 마인드 컨트롤이 제대로 안 먹히는가 보다. 나는 녹사를 깨울까 하다가 그냥 내버려 두었다. 그리고 즉시 운영자의 이름으로 임시 게시판을 개설하고 회원 가입 신청을 받았다. 눈 깜짝할 사이에 회원 수가 100명을 훌쩍 넘겼다.

"이거 장난이 아니네."

내 호들갑에 녹사가 눈을 떴다.

"형, 일어나 봐. 이것 좀 보란 말이야."

녹사가 비틀거리며 내게로 다가왔다.

"영사모라……. 아이디어 끝내준다 그치?"

나는 흥분을 감추지 못했다. 내 안에서도 뭔가 꿈틀거리는 에너지가 느껴졌다.

"내가 제안한 거야. 재미있을 것 같아서."

"그럼 그렇지. 이번에도 형이었구나."

내가 녹사에게 엄지손가락을 들어 보였다.

그 후엔 모든 일이 일사천리로 진행되었다. 마치 실험실에서 자라나는 줄기세포처럼 영사모는 우리가 감당하지 못할 만큼 빠르게 몸집이 불어났다. 임시 게시판을 개설한 다음부터 꾸준히 가입 신청이 밀려들고 조회 수가 폭증했다. 얼마 지나지 않아 임시 게시판의 기능이 다운되어 추가 게시판을 만들어야 했다. 그야말로 폭발적인 반응이었다.

나는 간이 침구를 동아리 방에 가져다 놓고 녹사와 함께 밤을 새웠다. 잠을 잊은 사람은 나와 녹사뿐이 아니었다. 기숙사에 돌아간 후 정민도 계속 깨어 있었고, 영사모 회원들과 영웅도 매일 밤 온라인에서 서로의 얼굴을 확인했다. 우리는 매일 밤 사이버 공간에 모여 함께 어울리고 함께 웃고 함께 울었다. 비록 몸은 따로 있지만, 인터넷 안에서 영사모라는 이름으로 하나가 되어 같은 목소리를 만들어 냈다. 사람들은 이 새로운 소통 방식에 놀라면서도 함께 즐기려고 모여들었다. 그것이 젊음의 특권이라고 여기는 듯했다. 매일 영사모 사이트는 몰려드는 새 식구를 맞이하느라 시장 통처럼 시끌벅적했다.

한번 타오른 불꽃은 쉽게 가라앉지 않았다. 더욱 거세게 일렁였다. 영사모 사이트에 들어가면 나 역시 금세 가슴이 뜨거워지는 것을 느꼈다. 그것을 뭐라 설명해야 좋을까. 거칠지만 뜨거운, 펄펄 살아 움직이는 생생한 감정을 있는 그대로 함께 공유한다는 것은 전혀 새로운 경험이었다. 용암같이 뜨겁고 물컹한 점액질 한 덩어리가 가슴 깊은 곳에서 생성되는 그런 느낌. 사람들은 그 점액질 덩어리를 컴퓨터 속에 밀어 넣었고 밀가루 반죽처럼 뒤섞이며 커진 그것은 너와 나 개인이 아닌 '영사모'라는 새로운 공동체가 되어 인터넷을 점령했다. 어쩌면 그것은 최면이나 중독 같은 것이었는지도 모르겠다.

"출근 인사 올립니다. 공탁입니다."

"어머, 공탁 님 환영해요. 옆에 녹사 님도 깨어나셨나요?"

옆자리를 보니 잠깐 조는가 싶던 녹사가 일어나 있었다. 그는 벌건 눈으로 마우스를 클릭했다. 인터넷은 녹사가 세상과 소통하는 유일한 통로였다.

"녹사 님이 입장하셨습니다."

친절한 운영자가 제일 먼저 환영했고 뒤이어 많은 사람이 그에게 인사를 보내왔다. 나는 녹사와 함께 사이트 이곳저곳을 유랑하며 자료를 모으고 대중의 의중을 살폈다.

영웅이 사이트에 들어왔다. 여러 사람이 한꺼번에 그와 인사를 나누려고 덤벼들었다. 사람을 끌어들이는 영웅의 이상한 힘은 인터넷 상에서도 마찬가지였다. 일단 영웅이 사이트에 뜨기만 하면 다른 사이트에 흩어져 있는 사람들도 자석의 힘에 이끌리듯 모여들었다. 그리고 그를 중심으로 움직였다. 그가 입장한 지 1분도 지나지 않았는데 벌써 추종자들의 함성이 들려왔다.

"영웅, 영웅!"

영웅은 녹사와 나와 정민 그리고 그 외 주요 논객들과 일일이 소통하고 나서 잠시 숨을 돌렸다. 사이트가 달아오르고 '영사모'라는 이름의 밀가루 반죽이 시시각각 몸집을 불려 나갔다. 정민이 새삼스레 영웅을 불러 세웠다. 정민은 그즈음 영웅의 가장 충직한 오른팔이 되어 있었다.

"잠깐만요, 영웅 님."

"네, 유정민 님."

"내일 오후 5시, 영사모 창립 콘서트를 중앙 광장에서 가질 예정인데요. 우리 모두 영웅 님을 오프라인에서도 만날 수 있기를 고대하고 있습니다. 그렇지요, 영사모 여러분?"

일시에 함성이 터졌다.

"네."

"당연하죠."

"당근 참석하시는 거죠?"

"영웅, 영웅, 영웅……."

미리 합의된 사항임에도 불구하고 회원들의 함성을 끌어내기 위해 정민이 극적인 장면을 연출해 냈다. 영웅이 호응하고 나섰다.

"당연히 참석해야죠. 저 영웅은 오프라인에서 동지들과 만나 뜨거운 포옹을 나눌 것입니다."

"와."

"짝짝짝."

"영사모 만세, 영웅 만세."

영웅은 그 분위기를 놓치지 않았다.

"좋습니다, 여러분. 내일 우리들의 축제를 엽시다. 유정민 님도, 안녹사 님도, 공탁 님도, 영사모 여러분도 모두 나와 주시는 거죠?"

"네."

한꺼번에 수많은 사람이 대답했다.

"유정민 참석."

나도 분위기에 편승했다.

"공탁 참석."

그러나 녹사는 대답이 없었다. 그가 사람들 앞에 나서는 걸 극도로 꺼린다는 것을 알고 있는 나는 고개를 돌려 흘깃 그의 옆얼굴을 훔쳐보았다. 녹사는 망설이는 듯했다. 아니, 암담해하는 눈치였다. 그의 혀가 말을 잃은 대신 그의 손가락이 발음 기관을 대신한 시간이 길었던 만큼 그 부작용도 큰 것 같았다. 그가 결정을 못하고 있는 사이 그의 손가락이 혼자 움직였다.

"안녹사도 참석."

영사모의 탄생 과정을 사람들은 새벽바람이라고 말한다. 나는 그 바람 같은 움직임에 호기심이 일었을 뿐, 내가 개설한 가상 공간에서 새로운 역사가 쓰일 거라고는 예측하지 못했다. 훗날 사람들은 내가 가장 중요한 역할을 했다고 평가하지만, 그때의 나는 아무것도 몰랐다. 그저 흐름에 몸을 맡겼을 뿐이었다.

　때로 우리는 인생에서 설명하기 어려운 일들을 경험한다. 그날 내가 잠든 시간에 사람들이 깨어 있지 않았다면, 데일리스팟이 영웅이란 인물을 발견하지 못했다면, 혹은 켄타우로스라는 닉네임을 가진 녹사가 깊은 밤 컴퓨터 속에 들어가 있지 않고 잠을 잤다면…… 수많은 가정들이 수많은 가능성을 가지고 우리 앞을 나풀나풀 날아다니는 것이다. 그날 밤, 우리는 깨어 있었고 무언가를 선택했다. 역사는 그렇게 이루어지는 법이다.

오프라인 창립총회

어수선하던 영사모는 창립 콘서트를 준비하는 과정에서 조직화하기 시작했다. 교내 록 동아리 리드 싱어인 도현주가 회장으로 추대되었으며 다른 많은 사람도 각자의 쓰임새대로 배치되었다. 순전히 자발적인 참여였다. 그 와중에 도현주의 록 동아리 회원 모두가 영사모에 합류했다. 그것은 영웅에게 날개를 달아 준 사건이었다. 도현주는 고교 때부터 얼굴이 알려진 기타리스트이자 리드 싱어로서 각 학교의 축제마다 초대되는 실력파였고, 그가 이끄는 밴드 '블랙홀' 단원들도 알 만한 사람은 다 아는 유명한 연주자들이었다. 그녀와 블랙홀은 영사모 창립 콘서트에 앞서 길놀이 행사를 도맡았다.

도발적인 화장에 폭탄이라도 맞은 듯 사방으로 치켜세운 머리, 핫팬츠와 롱부츠의 옷차림, 그 위에 주렁주렁 걸고 있는 주물 장식품들. 도현주는 흡사 우주 전사 같았다. 밴드 주자들이 악기를 조율하는 동안 그녀는 무대에 올라 흐느적거리며 몸을 풀었다. 길 가던 학생들이 발길을 멈췄다. 도현주의 도발적인 차림새와 유혹적인 몸짓은 모든 이의 시선을 끌기에 충분했다.

나는 무대를 빙 돌아가며 그녀의 사진을 찍었다. 도현주는 사양하듯 내숭을 떨다가도 찰칵찰칵 소리를 내는 카메라의 리듬에 맞춰 본능적으로 포즈를 잡았다. 앞모습, 옆모습, 뒷모습, 깜찍한 눈웃음, 눈꺼풀을 내리고 반쯤 입을 벌린 몽환적인 포즈까지 그녀는 프로 모델 같았다. 단순히 어떤 포즈를 잡느냐를 넘어서 자기 몸의 각 부분이 얘기하는 소리를 들을 줄 아는 여자였다.

도현주가 공연을 시작했다. 처음엔 부드럽고 낮은 음색으로 마치 누군가와 얘기하듯 노래했다. 발길을 멈춘 학생들이 조금씩 그녀 곁으로 다가와 앉았다. 나는 계속해서 사진을 찍어 댔다. 이제는 그녀만을 찍진 않았다. 그날 밤의 모든 것을 카메라에 담고 싶었다. 블랙홀 단원 한 사람 한 사람이 음악에 몰입한 순간순간을 찍었고 바닥에 앉아 넋 놓고 도현주의 미끈한 다리를 쳐다보는 남학생의 얼빠진 표정과 끼리끼리 모여 앉아 수다를 떠는 여학생들의 모습을 카메라에 담았다.

좀 더 먼 곳으로 렌즈의 초점을 맞추다가 나는 멈칫했다. 무대 뒤에 있는 녹사가 렌즈에 잡혔다. 걱정한 대로 그는 불안해하며 의자에 앉았다 섰다를 반복하고 있었다.

아침에도 녹사의 상태는 제법 심각해 보였다. 덩치에 어울리지 않게 엄지손톱을 물어뜯으며 그가 말했다.

"실은 나 대인 공포증이 있어. 사람이 많은 곳에 가면 손이 떨리고 흥분해서 자꾸만 실수하게 돼. 나도 모르게 말이야."

가만히 보니 엄지손톱뿐이 아니었다. 다른 손가락들도 설핏설핏 피가 난 흔적들이 보였고 침에 퉁퉁 불은 나머지 손톱이 물렁물렁해 보일 정도인 손가락도 있었다.

"괜찮아. 나랑 유정민이 곁에 있을 텐데 뭘."

내가 따뜻한 녹차를 끓여 주며 그를 달랬다. 괴팍하게만 느껴지던 녹사가 아이처럼 겁내는 모습을 보니 안쓰러운 생각마저 들었다. 차를 마신 후, 그의 기분이 조금 안정되었다 싶을 때 넌지시 물었다.

"참 알다가도 모르겠단 말이야. 형 같은 사람이 어떻게 해병대에 들어간 거야?"

녹사가 사실을 털어놓았다.

"그게 말이야, 대인 공포증을 극복해 볼까 하고 자원입대한 건데 사실은 의병 제대 했어. 문제를 일으켰다고 했잖아."

"그때 형이 말한 살인?"

"응."

나는 입을 꾹 다물어 버렸다. 그리고 녹사가 안쓰럽다는 생각 같은 건 다시는 하지 않기로 마음을 다졌다. 그저 내 일에 방해가 된다고 해서 사람을 죽이겠다는 생각. 아니, 생각을 넘어 그런 행동을 할 수 있는 사람과는 말도 섞고 싶지 않았다.

녹사의 겉모습은 그런대로 산뜻했다. 오랜만에 깨끗하게 손질한 녹사의 머리카락은 검은 윤기로 반들거렸고 버석한 각질을 벗겨 낸 피부도 매끈해 보였다. 녹사 옆에는 정민이 있었다. 나는 멀리서 두 사람의 모습을 한 화면에 담아 한 컷 찍은 다음에 그들 쪽으로 걸어 갔다.

"몰라보겠는데, 형."

나는 녹사에게 용기를 불어넣어 주기 위해 그렇게 말했다.

"영웅을 만나게 되다니, 떨려."

떨리기까지 하다니. 녹사의 반응이 우스워 보일 정도였다. 마치 선망하던 연예인을 기다리는 여고생 같았다.

"긴장할 거 없어. 영웅은 그냥 보통 사람이야. 우리랑 똑같은."

내가 녹사의 어깨를 툭 치며 말했다. 나로서는 그의 긴장을 풀어 줄 요량에서였다.

"아냐."

녹사가 버럭 소리치는 바람에 되레 내가 놀랐다.

"영웅은 달라. 그는 선택받은 자야."

녹사가 영웅을 특별한 존재로 생각하는 것은 익히 알고 있었다. 하지만 이건 좀 도가 지나치지 않은가. 나는 비죽비죽 새어 나오는 웃음을 주체 못하며 장난스럽게 물었다.

"선택받았다고? 누구한테?"

내 반응이 눈에 거슬렸을 법도 한데 녹사는 그런 것쯤 상관없다는 듯이 진지한 목소리로 대답했다.

"대중들이. 아니, 어쩌면 신이 선택한 것일지도 몰라."

영사모 회원들에게 영웅이 우상이요 환상이란 걸 내가 모르는 바는 아니었다. 그러나 언젠가 녹사가 영웅은 메시아라고 말했을 때처럼 나는 오싹한 한기를 느꼈다.

"설마 영웅이 진짜 메시아라고 생각하는 건 아니겠지, 형? 그럼 우리가 무슨 사교 집단 같아지잖아."

어색해진 상황을 그렇게 웃어넘겼다. 사람들의 마음을 끄는 영웅의 매력을 나도 인정한다. 그처럼 사욕이 없는 사람, 그처럼 대범한 인간은 흔치 않다. 무엇보다 영웅은 순수했다. 간혹 그 순수함이 지나쳐 실수를 연발하기도 하지만 그만큼 두려움 없이 앞만 보고 전진할 수 있는 에너지원이기도 했다. 아무리 그래도 지금은 21세기다. 과학이 신의 영역 대부분을 점령한 마당에 생뚱맞게도 메시아라니, 선택받은 자라니……. 정민도 새어 나오는 웃음을 감추려 고개를 숙이는 것 같았다.

녹사가 오매불망 기다리던 메시아가 무대 뒤에 나타났다. 광장에 모습을 드러내기 전에 소수 정예 부대를 만나기 위해서였다. 특유의 과장된 걸음걸이로 영웅이 성큼성큼 다가오자 녹사가 앞으로 걸어 나갔다. 흡사 무엇에 홀린 표정으로 녹사는 그와 영웅 중간에 서 있던 나를 밀쳤으면서도 의식하지 못했다. 그의 눈엔 오로지 영웅만 보이는 것 같았다. 영웅에게 다가갈수록 녹사의 안색이 파리해지는 것을 나는 불안하게 지켜보았다. 영웅의 시선이 녹사에게 닿았다. 녹사의 얼굴에서 그나마 남아 있던 핏기가 사라지며 창백해졌다. 영웅의 얼굴에도 미소가 사라졌다. 남녀가 한눈에 반한다는 말처럼 두 사람이 서로를 본 순간 무언가 공감이 이루어진 모양이었다. 둘은 한동안 거리를 유지한 채 말없이 서로를 탐색하는 것 같았다. 이해하지 못할 풍경이었다. 저 둘은 지금 어떤 교감을 나누는 것일까? 마치 텅 빈 광장에 영웅과 녹사 두 사람만 있는 것 같았다. 영웅이 먼저 손을 내밀었다.

"녹사 동지."

나는 귀를 의심했다. 녹사를 처음 만난 영웅이 그를 동지라고 부른 것이다. 녹사는 영웅과 악수하는 대신 손을 덥석 끌어당겨 자기 가슴에 댔다. 가슴에서 전해지는 뜨거운 무엇이 녹사의 볼을 타고 흘렀다. 영웅의 눈에서도 반짝하고 햇빛에 반사되는 물기를 나는 보았다.

다음 차례로 정민과 내가 영웅과 악수를 했다. 영웅의 손은 미지근했다. 차갑지도 따듯하지도 않은, 몸집에 비해 크고 거친 손이었다.

광장에선 조금씩 도현주의 목소리에 힘이 실리고 있었다. 그날의 마지막 수업이 끝나자 광장은 사람들로 꽉 채워졌다. 블랙홀의 연주가 빠르게 음과 음 사이를 오갔고, 기다렸다는 듯이 도현주의 목소리가 폭발했다. 몸짓 하나하나에서 묻어나는 힘과 정열이, 찢어지듯 내지르는 고음이 바닥에 앉아 있는 사람들을 일으켜 세웠다. 아는 사이건 모르는 사이건, 여자이건 남자이건 상관없이, 어깨동무하고 몸을 부딪치며 춤을 추었다. 그리고 가슴에 담았던 무언가를 털어 내듯 함성을 내질렀다. 도현주가 빼어난 로커임은 두말할 여지도 없었다. 그녀의 몸짓에 따라 청중은 움직이는 물결이 되었다가 마구 날뛰는 종마가 되었다. 광장은 그들이 내뿜는 에너지로 폭발할 것만 같았다. 그녀는 행복했다. 사람들도 행복했다. 그들의 춤사위에 함께 휩쓸리며 사진을 찍는 나도 행복했다. 지금 이 순간만큼은 모두 하나가 된 것이다. 가슴 깊숙한 곳으로부터 서로에 대한 무한한 애정이 터질 듯 차올라 오는 것을 느꼈다.

도현주는 전생에 주술사였는지도 모르겠다. 그녀는 우리 모두를 감전시켰다. 주문을 외우듯이 그녀의 입술이 빠르게 움직였다. 신열에 들뜬 무당 같았다. 이제 무대를 움직이는 것은 그녀의 의지가 아니었다. 대본 없이 이루어지는 즉흥극처럼 청중과 그녀의 교감이 무대를 움직였다. 사람들의 반응에 따라 그녀의 노래와 몸짓이 결정되고 그녀의 몸짓에 따라 사람들의 반응이 결정되었다. 너나없이 모두가 한 몸임을 의심하지 않았다. 누군가 무대 위의 도현주에게 빨간 스카프를 던졌다. 그녀가 그것을 받아 들고 흔들며 소리쳤다.

"영사모!"

청중이 받았다.

"영사모, 영사모!"

다시 그녀가 소리쳤다.

"나영웅!"

다시 청중이 받았다.

"나영웅, 나영웅!"

그녀가 빨간 스카프를 흔들어 대자 무대 아래의 영사모 회원들도 빨간 스카프를 꺼내 흔들어 댔다. 이내 빨간 물결이 광장 전체를 채웠다.

마치 극적으로 연출된 장면처럼 함성 사이를 뚫고 영웅이 나타났다. 그는 낡은 티셔츠에 청바지 차림이었다. 크고 둥근 얼굴에 짧은 다리. 무대 위의 영웅은 너무나 평범했다. 아니, 평범하다는 말은 그의 외모를 다 설명해 주는 말이 아니다. 약간은 촌스럽고 약간은 조화롭지 못하고 그렇다고 반항적이지도 않았다. 그를 한 시간여나 기다리던 사람들이 실망할지도 모른다는 생각이 들었다. 정민이 눈을 반짝이며 말했다.

"다듬어지지 않은 원석 같은 매력. 그게 있어, 영웅한테는."

다른 사람들도 영웅의 새로운 매력을 발견한 것일까. 실망하기는 커녕 그들은 열광하며 소리쳤다.

"나영웅, 나영웅!"

빨간 스카프의 물결 속에서 영웅의 입술이 속사포처럼 움직였다.

"우리가 진정으로 원하는 것이 무엇입니까? 돈 없어도 공부할 수 있는 학교. 빽 없어도 성공할 수 있는 사회. 그것이면 되는 거 아닙니까?"

붉은 물결 사이로 박수 소리와 함성이 들끓었다.

"부정부패 없는 학교, 구시대의 망령이 설치지 않는 학교, 차별 없이 평등한 학교, 그런 학교 한번 만들어 보자는 것이 저 나영웅의 소망입니다."

"나영웅, 나영웅!"

대중이 불러 주는 그의 이름은 이전까지의 그의 이름이 아닐 터였다. 영웅의 스타성은 기대 이상이었다. 사람들은 끝없이 모여들었고, 빨간 스카프를 흔들어 댔다.

내가 정민을 돌아보았을 때 그녀는 눈물을 흘리고 있었다. 손등으로 눈물을 닦아 내면서 그녀도 열정적으로 소리쳤다.

"나영웅, 나영웅!"

나는 두리번거리며 녹사를 찾아보았다. 조금 전까지 심하게 손을 떨고 있었는데 대체 어디로 간 거지?

녹사는 일찌감치 동아리 방에 돌아와 있었다. 광장에 있을 때의 대인 공포증은 온데간데없고 거짓말처럼 멀쩡한 모습이었다.

"유정민은 감동해서 막 울던데 형은 아니네."

"내가 어린애냐?"

녹사에게 적응하지 못하고 당황하는 건 언제나 나였다.

주몽 쪽에서도 영사모의 바람이 심상치 않다는 것을 깨달은 듯했다. 은연중에 영사모를 비방하는 글들이 학보에 실리기 시작했다. 영사모를 특정 후보 지지를 목적으로 만들어진 오빠부대라고 폄하했다. 심지어 영사모의 등 뒤에는 그들을 이용하려는 어떤 정치 세력이 존재한다고도 했다. 뭐 그 정도쯤이야, 영사모도 코웃음을 치고 그냥 넘어가는 것 같았다. 사실대로 말하자면 데일리스팟에 실린 글들이 그보다 훨씬 더 수위가 높았다. 익명성을 보장하는 인터넷의 세계는 그야말로 주몽 안티 세력의 근거지였다. 날마다 원색적인 비난과 욕설로 도배되다시피 했고, 주몽은 이유 없이 난도질당하기 일쑤였다.

하지만 어느 날의 기사 하나는 정규 학보로서의 품위를 잊어도 한참 잊은 수준이었다. 어디서 구했는지 주몽과 영웅의 초등학교 생활 기록부가 비교 공개되었다. 주몽의 생활 기록부는 간단명료했다. 모범생의 모범 생활 기록부였다. 거기에는 '성실하고 예의 바르고' 로 시작하여 '학업 성적 매우 우수함'으로 마무리되어 있었다. 그러나 영웅의 생활 기록부는 좀 특별했다. 3분의 1 페이지 정도로 길게, 여백도 없이 빼곡하게 채워진 작은 글씨들을 요약하면 다음과 같다.

'기복이 심한 성격임. 학업 성적 우수하나 책임감이 부족함. 다분히 실현 불가능한 공상에 사로잡혀 있을 때가 많음. 리더십 있으나 분쟁을 잘 일으킴.'

학보사 김문 기자가 쓴 기사의 목적은 뻔했다. 영웅과 주몽 두 사람 중에 누가 학생회장감인지 묻고 싶은 거였다. 주몽의 생활 기록부는 어디 하나 흠잡을 데 없는 엘리트 증명서 같았다. 반면에 영웅의 생활 기록부는 어딘지 모르게 부정적인 의구심을 갖게 했는데 그 자체만으로도 논란의 여지가 있는 흥미로운 문장이었다. 주몽 지지자들은 역시나 했지만 영사모 회원들은 크게 반발했다.

정민이 발 빠르게 데일리스팟에 반박 기사를 냈다. 수완 좋게 영웅의 중학교 생활 기록부를 구해서 인터넷에 올린 것이다. 거기엔 영웅에 대해 초등학교 생활 기록부와는 다른 의견이 기록되어 있었다.

'리더십 강하고 정의롭다. 두뇌 회전 빠르고 민첩하다.'

한 사람을 두고 두 교사의 평가가 이토록 다를 수가 있을까. 그날 밤 영사모 사이트는 뜨겁게 달구어졌다. 의견은 많았지만, 모두가 비슷한 말들이었다. 그 밤이 다 가기도 전에 영웅의 초등학교 담임이었던 문 교사는 교사 자격이 없는 무지막지한 인간으로 매도되었다.

─큰 그릇을 알아보지도 못한 주제에 비난까지 하다니, 간이 배 밖으로 나왔군.

─개인적인 유감이 없고서야 교사라는 작자가 그따위 글을 어떻게 평생 남을 생활 기록부에 담을 수가 있어?

─제자의 인생에 대해 한 치의 애정도 없는 교사를 교단에서 쫓아

냅시다!

대부분 위와 같은 반응이었지만 훨씬 더 단세포적인 비난과 욕설도 많이 올라왔다. 그 일의 여파는 거기서 끝나지 않았다. 며칠 후나는 영사모 중 일부가 문 교사가 재직 중인 학교에 찾아가 소란을 피웠다는 말을 들었다. 그리고 또 얼마 후엔 문 교사가 사표를 내고 모습을 감췄다는 소식도 들었다. 결국 문 교사는 아들 같은 학생들에게 모욕을 당하고 자괴감에 빠져 학교를 그만둔 것이다. 나로서도 할 말을 잃었지만 정민도 논평을 자제하고 입을 꾹 다물었다. 따지고 보면 처음에 일을 벌인 김문의 기사도 문제지만 뒤이은 정민의 기사가 열성 영사모들의 분노에 기름을 부은 셈이었다.

"알고 있니? 영웅이 설혜수에게 차였다는 거."

나는 이 말을 영사모의 창립 콘서트를 염탐하러 온 익치에게 들었다. 상상 이상의 열기에 심기가 꼬였을 법도 하다. 나는 익치가 일부러 정보를 흘린다는 인상을 받았다.

"꼴좋게 됐지 뭐. 짜식, 주제 파악도 못하고 우리 대장한테 자꾸 덤빈단 말야."

내가 묻지 않았음에도 익치는 상황을 자세히 설명해 주었다. 아마도 영웅은 이전까지의 바라만 보던 사랑법을 포기한 모양이었다. 요즘은 설혜수의 뒤를 열심히 쫓아다닌다고 했다. 결국은 거절당하고 마는 데이트 신청을 꾸준히 하면서 말이다.

"사내자식이 뱃도 없지. 질질 짜기까지 할 건 뭐냐. 다시 생각해 달라면서."

그 말만큼은 믿어지지 않았다. 아무리 사랑에 눈이 멀었다고 해도 내가 아는 영웅은 거절당했다고 질질 짤 정도의 사내는 아니었다. 내가 픽 웃어 버리자 익치도 따라 웃었다.

"너도 못 믿겠지? 나도 믿어지지 않더라."

"어떻게 알았어?"

"내 눈으로 직접 본 거야."

"설마."

"못 믿겠으면 10시쯤에 여자 기숙사 뒤쪽 등나무 벤치에 가 봐. 영웅이 매일 밤 거기서 설혜수를 기다리니까."

"매일 밤 그런단 말야?"

"오늘도 나온다면 나흘째인 셈이야."

나는 설마 하면서도 익치가 알려 준 시간에 여학생 기숙사 뒤편 등나무 벤치로 나가 보았다. 거리를 두고 숨어서 기다리는데 정말로 영웅이 나타났다. 그리고 스마트폰을 들고 누군가의 전화번호를 눌렀다. 신호가 갔지만, 상대방이 받지 않는 모양이었다. 열 번쯤 지치지도 않고 계속한 끝에 드디어 누군가와 연결이 되었다. 몇 마디 나누다가 그가 화를 냈다. 화를 내며 발까지 굴렀다. 나는 드러내지 않고 좀 더 가까이 다가갔다. 얼마 후 설혜수가 나왔다. 그녀는 평상복 차림으로 야구 모자를 깊이 눌러쓰고 나왔는데 아무래도 타인의 시선을 피하고 싶은 모양이었다. 그녀가 영웅에게 무어라 말하고는 돌아서는 것이 보였다. 뒤이어 영웅이 그녀의 팔을 잡아채며 말하는 소리가 들렸다. 그는 딱할 정도로 격해져 있었다.

"주몽 때문입니까? 그 자식을 사랑해서요?"

설혜수가 돌아섰다. 단호한 몸짓이었다.

"그래요. 그를 사랑해요. 적어도 그는 당신처럼 무례하진 않으니까."

그녀가 영웅의 손을 뿌리치고 기숙사 안으로 들어가 버렸다. 영웅이 일없이 땅바닥에 발길질을 해 대며 화풀이를 했다.

"저는 절대로 포기하지 않습니다. 주몽 때문이라면 더더욱 포기 못합니다."

아마도 설혜수가 그 말까지는 듣지 못했을 것이다. 그러나 나는 똑똑히 들었다. 주몽이라는 이름에 실린 분노와 적대감을…….

그랬었구나. 항상 주몽을 의식하며 사는 건 정민만이 아니었구나. 나는 영웅의 울부짖음에서 질투심 이외에도 얽히고설킨 수많은 감정을 느꼈다. 어디서 나타났는지 도현주가 영웅에게 다가가고 있었다. 나는 그들에게서 멀리 떨어졌다. 그 둘이 무어라 한동안 얘기를 나누더니 함께 교문 쪽으로 향했다. 술 한잔하러 가는 거겠지. 암컷에게 차인 수컷은 위로받을 권리가 있으니까.

나는 내 방으로 돌아왔다. 그리고 한동안 생각에 잠겼다. 누군가는 사랑을 얻었고 누군가는 사랑에 차였다. 매일 일어나는 일상사일 뿐이다. 그럼에도 나는 그날 밤 내내 설혜수와 영웅과 주몽. 이 세 사람에게서 벗어나지 못했다. 왜 영웅은 항상 주몽과 정면 대결을 선택하는 것일까. 왜 늘 그를 의식하고 경계하는 것일까. 복잡한 사념들이 꼬리에 꼬리를 물었다.

침대에서 몸을 뒤틀다 시계를 보니 새벽 4시가 조금 넘은 시각이었다. 나는 더 이상 잠을 자는 것을 포기하고 일어나 영사모 사이트에 들어갔다. 나처럼 잠들지 못한 사람들이 여전히 많았다. 토론방에 들어가 보았다. 뭔가 색다른 분위기가 감지되었다. 동아리 방에 있는 녹사도 거기 들어와 있었다.

－오늘부터 나는 안중근 의사가 되겠습니다. 학교의 개혁을 가로막는 반개혁 세력을 타파하는 데 이 한 목숨 초개같이 버릴 생각입니다.

어젯밤에 술을 좀 마신 모양이군. 그래도 이건 좀 과하지 않은가. 아이디가 안중근이라는 누군가의 글을 읽으며 나는 싱겁게 웃었다. 댓글이 줄줄이 올라왔다.

－안 의사님, 박수 먼저 쳐 드리고요. 그런데 구체적으로 뭘 할 건디요?

－그대의 용기에 감복했음. 나도 안중근 지지 회원.

－젤 먼저 수구꼴통들의 아지트인 학보사부터 확 불살라 버리자구용, 안 의사님.

재빠르게 다음 말이 떴다.

－바로 그 일을 해야겠소. 매일 아침 우리를 분노케 하는 것. 학보

사를 내가 점령하겠소.

　-점령? 아, 으떠케?

　누군가의 댓글이 안중근의 답보다 먼저 올라왔다.

　-다 계획이 있겠지. 일급 보안 사항을 자꾸 불라고 허는 당신, 주몽 쪽 스파이지?

　그때 또 누군가가 새로 입장했다.

　-개지랄덜 허고 있네. 아무나 안중근 된다냐? 허풍 떨다가 금방 꼬리 내리고 찌그러질 것들이 소란 떨기는.

　-옳은 말씀. 안중근은 행동 먼저 보여 주라!

　침묵. 안중근이 침묵했다. 정말로 꼬리를 내리고 도망쳐 버린 모양이었다. 아무리 기다려도 안중근의 다음 글은 올라오지 않았다. 나는 멍하니 손을 멈추고 있었다. 웬일인지 녹사의 댓글도 보이지 않았다. 그럼 그렇지. 설마 그렇게까지 정신이 나간 사람들은 아니겠지. 아무래도 아이디가 안중근인 누군가는 어제 언론과의 전쟁을 선포한 영웅의 연설에 감명을 받은 모양이었다. 영웅은 사사건건 바짓가랑이를 물고 늘어지는 학보사를 제일 먼저 갈아엎어야 한다고 말했었다.

　창밖을 보니 하얗게 날이 새고 있었다. 꺼림칙한 기분도 털어 낼 겸 나는 겉옷을 걸치고 밖으로 나갔다. 혼자서 산책하기엔 더없이 좋은 시간이었다.

이성과 감성

　동아리 방 한쪽에서 나와 녹사 그리고 도현주가 맥주를 마시고 있었다. 정민이 뛰어 들어오더니 우리를 시청각실로 끌고 갔다. 그곳에 있는 대형 TV 화면에 주몽의 선거용 CF가 흘러나오고 있었다. 화면 속의 주몽은 흠잡을 데 없이 완벽한 미소를 짓고 있었다. 훤칠한 키. 필요 이상 반듯하고 높은 콧날, 자칫 예민하고 날카로워 보이기 쉬운 인상을 상쇄시켜 주는 부드러운 입매. 누가 고른 것인지 감색 정장도 참 잘 어울렸다.

　"으, 저 엄숙주의자."

　정민이 비명을 지르듯이 얼굴을 찌푸리며 말했다.

　"형은 주몽만 보면 과잉 반응이더라."

　정민이 찔끔하며 오리발을 내밀었다.

　"내가 언제 과잉 반응 했다고 그래? 괜히 생사람 잡고 있어."

나는 심술이 났다.

"내 보기엔 영화배우 뺨치게 잘생겼는데 뭘, 안 그래?"

내가 도현주를 쳐다보며 지원을 요청했다.

"저 정도면 잘생겼다고 할 수 있지. 솔직히."

도현주가 기대를 저버리지 않고 내 말에 동조하자 정민이 약이 오른 모양이다.

"눈 좀 크게 뜨고 자세히 봐라. 저거 다 화장발이잖아. 남자가 TV에 나온다고 얼굴에 떡을 쳤네요, 아주."

말은 그렇게 하면서도 정민은 화면에서 눈을 떼지 못했다. 나도 그랬다. 하지만 녹사는 TV 화면을 한 번 흘끗 쳐다보더니 뒤돌아서 다시 동아리 방으로 가 버렸다. 아마도 자기 컴퓨터 안에 들어 있는 꿀단지가 벌써 그리워진 모양이었다. 도현주는 무덤덤한 표정으로 봉지째 가져온 땅콩을 한 알 한 알 공중에 던졌다가 입으로 받아먹으면서 말했다.

"귀엽게 말도 잘하네."

주몽이 예의 그 살인 미소를 지으며 말하고 있었다.

"친애하는 세계대학 학우 여러분. 우리는 지금 21세기의 무한 경쟁 시대에……."

주몽은 재미없는 선거용 멘트를 모범적으로 날리고 있었다. 그런 그의 모습이 나를 서글프게 했다. 타인에 의해 정해진 자기 이미지에서 조금도 벗어나지 못하는 것이 주몽의 한계라는 생각이 들었다.

기대에 부응한다는 것, 의무를 다한다는 것, 그리고 책임을 진다는 것의 중압감 때문일 것이다. 나는 주몽의 모습에 겹쳐 영웅을 상상해 보았다. 정민도 그런 모양이었다.

"주몽과 같은 방법으로 가다가는 영웅은 망하고 말 거야."

정민이 푸욱 한숨을 내쉬며 말했다.

"내 생각도 그래."

영웅에게 아무리 좋은 양복을 입혀 놓아도 주몽과 같은 그림이 나오기는 어렵다는 데 의견이 모였다.

"네 생각에 영웅만의 이미지는 뭐냐?"

정민이 나에게 물었다.

"글쎄…… 여학생들은 그를 개구리 동자라고 하던데."

"왕자도 아니고 동자는 또 뭐냐? 키가 작아서?"

"아마도."

도현주와 정민이 동시에 웃음을 터뜨렸다.

"영웅의 이미지는 한마디로 촌티야. 그걸로 가자."

"뭐로 가자고?"

"주몽이 세련미라면 영웅은 촌티, 촌티로 몰아가자고."

"말도 안 돼."

나와 도현주가 펄쩍 뛰었다.

"두고 봐라. 영웅의 촌티가 주몽의 세련미를 압도할 테니까."

정민이 자세히 설명했다.

"매스이모셔널리티라고 못 들어 봤냐? 대중의 정서는 전염성이 강하다는 말이야. 극장 같은 데서 경험해 봤을 거야. 별로 우스운 장면도 아닌데 누군가 한쪽에서 킥킥 웃으면 다른 쪽에서도 켁켁 웃어. 그러면서 웃음은 들불처럼 전염되는 거야. 실제로 미국에서는 영화를 개봉할 때 웃음 전염 부대를 극장의 요소요소에 배치한다는 말을 들었어. 우리도 그 전략을 써 보는 거야. 영웅의 촌티를 전염시켜 보자고."

내가 무슨 말인지 선뜻 이해하지 못하자, 답답해진 정민이 바싹 붙어 앉아 속삭였다.

"그러니까 탁아, 너랑 나랑 둘이서 영웅의 CF를 찍어 보자는 거야. 전염성이 강한 촌티 콘셉트로."

나는 웃었다.

"농담하는 거지, 형? CF, 그거 그렇게 간단한 거 아니야. 프로들도 몇 날 며칠 걸리는 작업이라고."

이틀 후, 정민은 영웅에게 양복 대신 청바지에 빨간 티셔츠를 입혔다. 그것도 만화 캐릭터인 개구리 왕눈이가 큼지막하게 그려진 티셔츠였는데 정민이 세 시간이나 동대문 시장을 뒤져서 건진 거라고 했다. 거기다 도현주에게 빌린 낡은 통기타를 영웅의 어깨에 매어 주었다. 영웅이 서툰 솜씨로 기타를 치고 노래를 불렀다. 영웅은 기타를 처음 만져 본다고 했다.

"긴 밤 지새우고 풀잎마다 맺힌."

노래라도 잘 불러 주면 좋으련만. 영웅은 구제 불능의 음치였다. 박자를 놓칠 때마다 그가 잇몸을 보이며 멋쩍게 웃었다. 지극히 촌티 나는 웃음이었다.

"컷."

정민이 소리쳤다.

"좋았어. 이걸 학내 방송에 내보내서 먼저 반응을 살펴보자."

겨우 두 번째 촬영에 오케이 사인이 떨어진 거였다.

"다시 찍자, 형. 연습 좀 제대로 하고 찍어 보자고."

그 상태로 그냥 내보냈다가는 웃음거리가 될 것 같았다. 촬영을 담당한 내 자존심도 있으니 어떻게든 좀 더 나은 그림이 나오게 하고 싶었다. 도무지 협조가 되지 않는 영웅도 영웅이었지만 매사에 빈틈없던 정민이 갑자기 될 대로 되라는 식으로 나가는 것에 나는 짜증이 났다.

"주몽 쪽은 일곱 번이나 다시 찍었다더라."

가까스로 화를 누그러뜨리며 내가 말했다. 주몽이 이미 프로 CF팀하고 촬영을 끝냈다는 말까지는 하지 않았다. 정민이 제안하긴 했지만, 막판에 해 보겠다고 욕심을 내고 덤빈 건 다름 아닌 나였다.

"어차피 주몽보다 좋은 그림이 안 나온다면 노력이나 열정이나 뭐 그런 거라도 하나쯤은 보여 줘야 하지 않겠어?"

내가 사정 조로 말했다.

"알아, 알아. 나도 안다고. 그래도 그냥 이걸로 가 보자."

아무도 가지 않는 길을 두려움 없이 가는 것. 그것이 유정민 스타일이었고, 그때 정민은 정말로 그렇게 했다. 그리고 불행하게도 나는 그런 정민을 좋아했다.

사랑이란 어쩌면 내 안에서 자라는 나무 같다는 생각을 한다. 처음엔 무시해도 좋을 만큼 작은 씨앗이 가슴에 둥지를 틀고 자리한다. 그리고 몸 안에 부드러운 뿌리털을 내리기 시작한다. 스무 살, 젊은 사내의 몸속엔 넘치도록 충분한 양분이 있고 그 양분을 먹고 점점 자라난 뿌리털은 처음엔 부드럽게, 외로운 청춘을 애무하듯이 몸 안의 갖가지 장기들에 파고든다. 그때까지만 해도 아프다기보다는 간지러운 통증 정도로 견딜 만하다. 그러나 시간이 더 지나고 사랑이 더 자라면 어느새 동아줄처럼 굵고 거친 뿌리가 온몸을 드세게 조여 온다. 그때부턴 어쩔 도리가 없다. 내버려 두거나 캐내거나 고통은 마찬가지다. 나를 지배하는 무자비한 통증. 그것이 사랑일 것이므로.

정민으로 인해 내 안에서 자라난 뿌리털들이 심장에, 허파에, 그리고 간에 드세게 파고드는 통증을 느낀 것은 그즈음이었다. 어쩌면 나는 처음부터 알고 있었을 것이다. 씨앗이 자리하는 것. 내 안에 뿌리를 내리는 것. 그리고 점점 자라나는 것까지. 정민을 처음 본 날 데일리스팟이 뭐하는 동아리인지도 모르면서 그녀가 가자는 대로 무작정 따라간 것부터가 충분히 나답지 않은 행동이었다. 아마도 그날 유정민이라는 씨앗이 내 안에 들어왔을 것이다. 내가 틈을 보인 사이 첩자처럼…….

깨달은 이상 어떻게든 정민에게 내 마음을 전해야 했다. 나는 용기를 내서 한 가지 일을 계획했다. 조용한 자리에 그녀를 따로 불러내는 방법. 나는 가장 평범하고 가장 거짓말 같지 않은 핑계인 생일턱을 내겠다고 했다. 나는 용의주도하게 그녀의 스케줄을 검토해서 날짜를 잡았고 그녀를 학교 근처 레스토랑 '프라이데이'로 불러냈다. 나는 우리 관계의 방향 전환을 모색하고 있었다. 점점 뜨거워지는 내 감정과는 달리 정민에게는 우리 사이가 시종일관 좋은 선후배, 동료 그리고 친구 사이일 뿐이었다. 그것도 나쁘지는 않았다. 열정은 아니지만, 냉정도 아니었으니까. 내가 유별나게 굴지만 않는다면 우리는 대학 시절 내내 차분한 우정을 키워 갈 수 있을 것이다. 그러나 그 차분함이, 그 평화스러움이 나를 견딜 수 없게 만들 거라는 것도 알고 있었다. 내가 바라는 것은 작더라도 우리 관계에 파장이 이는 것이었다. 그녀가 나를 만만한 후배로만, 챙겨 주어야 할 동생으로만 여기는 게 못마땅했다. 우린 겨우 한 살 차이였고 생일까지 따져 보면 겨우 다섯 달하고 이틀 차이였다. 나는 두려웠다. 그녀와의 편안한 관계가 계속될수록, 그 편안함에 길들여진 나머지 영원히 그 자리에 안주하게 될까 봐 조바심이 났다.

정민에게서 10분 정도 늦을 것 같다는 문자가 왔다. 그 시간 동안 나는 또 다른 가능성 때문에 괴로워해야 했다. 만약 그녀가 내 제안을 거절하거나 일거에 뭉개 버린다면. 그렇게 된다면 앞으로 우리 사인 어떻게 되는 걸까. 우정이라 불리는 이런 감정마저 산산조각이 나는 것은 아닐까. 나는 내게 물었다. 그냥 이대로 지내는 것도 나쁘진 않잖아. 뭘 더 바라?

정민이 도착할 때까지 무릎에 손바닥의 땀을 다섯 번쯤 닦았던 것 같다. 정민이 부드럽게 열리는 자동문 사이로 막 들어섰을 때 나는 잠시 뻘쭘했다. 그녀는 평소대로 낡은 청바지에 청재킷 차림이었다. 나도 그냥 청바지나 입고 나올걸. 나는 입학 선물로 받은 넥타이까지 매고 최대한 성장하고 있었다. 머리도 치켜세워 무스를 발랐다. 그녀가 나를 보더니 조금 놀라는 눈치였다. 나는 긴장했다. 그녀가 생일이 뭐 이렇게 대단하게 치러야 할 행사냐고 물어오기라도 한 것처럼.

"생일 축하해. 아차, 선물을 깜박했네."

정민이 자기 머리를 쥐어박기라도 할 것 같아서 내가 말했다.

"됐네요. 자기 생일도 잊어버리는 형한테 내가 선물까지 기대하겠어. 설마."

그렇게 뻘쭘하던 분위기가 무마되고 있었다. 우리는 똑같이 감자를 곁들인 랍스터 요리를 주문했는데 그런대로 맛이 있었다. 하지만 나는 반 정도밖에 먹지 못했다. 정민이 내 것까지 가져다가 남김없이 먹었다. 후식으로 나온 아이스크림을 떠먹으며 그녀가 말했다.

"생일 턱이 너무 거하다야. 나야 고맙지만."

"그렇게 많이 먹어 대는데 그게 다 어디로 가는 거야? 하긴 형 성질머리에 살이 제자리에 붙어 있을 수도 없겠다."

내가 왜 그런 말을 했는지 모르겠다. 배배 꼬여서 정민의 가장 아픈 콤플렉스를 건드리고 말았다. 어쩌다 내 시선이 거기에 머문 것일까. 정민이 자신의 절벽 가슴을 물끄러미 내려다보며 말했다.

"내 가슴이 이렇게 된 건 저 유명한 다윈 박사가 자세히 설명해 놓았거든. 그것도 몇백 년 전에."

"진화론을 말하는 거야?"

"바로 그거야. 남자들 틈에서 기를 쓰고 살아남으려다 보니 이렇게 진화한 거지, 뭐."

내가 천연덕스럽게 맞받아쳤다.

"진화가 아니라 퇴화 같은데?"

정민이 너털웃음을 터뜨렸다. 그리고 두 손을 번쩍 들어 항복 표시를 했다. 긴장이 풀린 나도 오랫동안 웃었다. 유쾌했다. 나는 되도록 충격적이지 않게, 지극히 일상적으로 들리도록 애쓰며 말했다.

"다른 사람들이 보면 우리 둘이 사귀는 것 같겠다, 그치?"

나는 사귀는, 이라는 단어가 도드라져 들리지 않기를 기도했다.

"응."

정민이 플라스틱 스푼을 입에 물고 건성으로 대답했다. 조금 섭섭했다.

"우리 지금 어떻다고 생각해, 유정민."

"뭐얼?"

내가 평소대로 형이라 부르지 않는 것을 정민이 눈치챘을까. 그녀가 뭔가 생각하는 눈치였다.

"내가 한 발짝 다가가도 괜찮겠냐고 묻는 거야. 지금."

차마 정민을 똑바로 쳐다볼 용기가 나지 않았다. 나는 민망해져서 내 앞의 오렌지 주스 잔에 꽂힌 스트로를 쪽쪽 빨았다.

"그거 술이냐? 취했어?"

보나 마나 내 얼굴이 벌겋게 달아올랐을 것이다. 이렇게 무안을 줄 건 뭐람. 정민이 일부러 짓궂게 굴고 있다는 생각이 들었다. 나는 물러서지 않았다. 젠장, 어떻게 쥐어짠 용기인데.

"생각해 봐. 시간 충분히 줄게."

이제야 내가 농담하는 게 아니란 걸 알아챈 것일까. 정민이 성급하게 뭐라 말하려다가 입을 다물었다. 내가 그녀를 좋아하고 있다는 것을 정민도 알고 있을 것이다. 어쩌면 내가 내 감정을 알아차리기도 전에 그녀가 먼저 눈치챘는지도 모르고. 그러면서도 저렇게 천연덕스러운 표정으로 시치미를 떼는 것인가.

나는 화난 척하며 일어섰다. 사실 화가 나진 않았다. 하지만 벌건 얼굴로 처분만을 기다리며 여자 앞에 앉아 있어야 하는 상황이 끔찍해서 얼른 그 자리를 빠져나오고 싶었다. 내가 원하는 건 정민이 우리 사이를 한 번쯤 고민해 주었으면 하는 거니까. 그저 제 성질대로 단칼에 베어 버리듯 내 감정을 잘라 내지만 않는다면 오늘은 그것으로 족했다.

"나 먼저 갈게. 오후 수업이 있어."

수업이 있었지만 나는 강의실에 들어가지 않았다. 강의실 뒤쪽의 구석진 벤치에 앉아 담배를 꺼냈다. 열 개비 정도 피우고 났더니 차임벨이 울렸다. 수업이 끝난 것이다.

우리는 한동안 서먹서먹했다. 정민이 나와 단둘이 있는 것을 피하는 눈치였고 나 또한 그랬다. 그렇게 지나가는 하루하루가 내게는 고문이었다. 지친 나머지 차라리 정민이 우리 사이를 끝내 주기를 바라는 마음이 들기도 했다. 어떤 결정이라도 아무것도 결정하지 않은 긴장 상태보다는 나을 것 같았다. 그러나 정민은 그렇게 하지 않았다. 며칠이 지나자 정민의 얼굴에서 고민의 빛이 사라졌다. 나는 다시 희망을 가졌지만 그뿐. 그녀는 아무런 설명도 해 주지 않았다. 나는 다시 실망했다. 그리고 또 희망의 아침이 오고, 실망의 저녁이 왔다. 그렇게 하루하루 끔찍한 며칠이 더 지나갔다.

상황이 우리를 구했다. 정민과 내가 서로에 대한 사적인 감정을 접어 두고 함께 일할 수밖에 없는 상황이 만들어진 것이다. 우리는 영웅의 CF 2탄을 찍어야 했다. 정민은 이번엔 더 노골적인 촌티로 가자고 했다. 녹사도 적극적으로 끼어들었다.

"드라마를 찾아야 해. 보란 듯이 역경을 이겨 내는 휴먼 드라마."

"영웅을 주몽과 차별화시키는 전략은 그거밖에 없어."

웬일로 정민과 녹사의 손발이 척척 맞았다.

"영웅적인 모험담이나 순수한 사랑, 그런 산뜻한 게 먹히지 않을까. 요즘 애들은 가난에 찌들고 힘든 거, 그런 거 별로 좋아하지 않아."

내가 반대 의견을 냈다.

"아냐, 요즘 애들일수록 인간적인 드라마에 더 감동 먹을걸. 그것이 덜 산뜻할지는 몰라도 더 마음을 울리기 때문이지."

녹사가 자기주장을 굽히지 않았다.

"그래, 일단 감동 콘셉트로 표심을 휘어잡은 후에 미래의 역량에 대해서도 확신을 주는 그런 전략으로 가자."

정민의 결론이었다. 끝내는 나도 찬성했다. 이미 방송을 탄 1탄에 이어지는 내용이 되려면 아무래도 그쪽으로 가는 것이 더 자연스럽겠다는 생각이 들어서였다.

영웅 시리즈 1탄이 학내 방송을 통해 TV에 나왔을 때의 반응은 서로 엇갈렸다고 봐야 한다. 눈길을 끈 것은 확실했으나 주몽의 화려하고 세련된 화면에 밀리는 듯했고, 영웅의 촌티가 주몽의 세련미를 더 돋보이게 했다고 항의하는 영사모 회원들도 있었다. 그러나 정민은 흔들리지 않았다.

"일단 쳐다는 봤잖아. 그럼 됐지. 재미있다는 사람들도 많던데."

나는 아예 화면을 제대로 쳐다보지도 못했다. 촬영을 담당한 스스로가 부끄러워서 얼굴이 화끈거렸다. 특히 문제의 그 장면, 영웅이 기타를 치고 노래를 부르며 눈물을 흘리는 그 생뚱맞은 장면이 나올 때마다 등허리에 스멀스멀 벌레가 기어가는 느낌이었다. 그렇지만 녹사는 그 화면을 뚫어져라 보고 또 보았다. 주몽의 CF는 한 번 흘낏 흘려보았을 뿐인 녹사가 말이다.

"대체 무엇이 녹사 형을 움직인 거야?"

정민은 그저 빙그레 웃을 뿐이었다. 나는 생각했다. 살아 숨 쉬는 심장을 가졌다기보다 허수아비처럼 볏짚으로 만든 심장을 달고 있을 것 같은 녹사의 감성을 움직인 것이 무엇이든 간에 정민이 처음부터 예견하고 의도한 것이라고.

CF 2탄을 찍을 즈음엔 나도 영웅의 촌티에 익숙해져 있었다. 그리고 정민이 화면에서 얻어 내려는 이미지도 어느 정도 파악하게 되었다.

촬영 장비를 빌린 차에 싣고 우리는 영웅의 시골집으로 내려갔다. 그리고 영웅과 그의 어머니의 생활을 있는 그대로 카메라에 담았다. 나는 그들 모자母子의 이마에 쌍둥이처럼 박혀 있는 골 깊은 주름을 클로즈업했다. 거기엔 고난의 냄새, 정직한 땀의 냄새가 배어 있었다. 나는 주몽의 뽀얀 귀공자풍의 얼굴과는 정반대의 이미지를 화면에 담으려고 노력했다. 이번엔 별다른 의견 충돌 없이 CF가 완성되었다.

화면으로 보는 영웅은 확실히 뙤약볕에 타고 발에 흙 묻히고 산 사람의 모습이었다. 그는 인권 변호사가 꿈이라고 했다. 가난해서 인문고가 아닌 상고에 들어갔지만 독학으로 전국에서 엘리트만 모인다는 세계대학교에 합격한 입지전적 인물의 면모를 최대한 화면에 담았다. 화면 속 영웅의 눈물은 바로 가난한 자의 눈물이었고 소외된 자의 눈물이었다. 넋을 놓고 화면을 보던 녹사의 눈에서도 눈물 한 방울이 떨어지는 것을 나는 보았다. 우리가 만든 CF가 녹사처럼 메마른 감성의 소유자한테도 먹힌 것이다. 그만큼 만만찮은 최루성을 가지고 있었다는 얘기가 된다.

방송의 위력은 대단했다. 하루가 지나가기도 전에 영웅의 CF 2탄의 위력이 기대를 앞지르기 시작했다. 감동적이라는 반응이 데일리 스팟 게시판을 온통 도배하고 있었다. 나는 자신감으로 으쓱해졌다. 아마추어인 우리 팀이 주몽의 프로 CF 팀을 보기 좋게 물 먹인 셈이었다. 영웅의 지지도가 가파르게 상승했고 주춤하던 영사모의 회원수도 다시 증가했다. 날마다 집계되는 각 후보의 인터넷 지지도에서 영웅이 주몽을 앞지르기 시작한 것도 그즈음부터였다. 나는 복잡한 기분에 휩싸였다. 내가 아는 상식이 반란을 일으키는 것 같았다. 우리가 만든 사실적이고 진부한 CF는 나영웅을 영웅으로 만들었고 반면에 영웅처럼 보이고자 온갖 기교를 부린 주몽의 CF는 주몽을 그저 평범한 인물로 만들어 버렸다. 이런 결과를 어떻게 설명해야 하나? 그것이 과연 CF 두 편 때문일까? 너무도 절묘한 타이밍 때문에, 아니라고 하는 것이 더 무리인 것 같았다.

그렇다고 긍정적인 효과만 가져온 것은 아니었다. 시종 걱정되는 측면이 있었는데 그것은 우리의 CF로 인해 영웅이 점점 우상화되어 간다는 것이었다. 사람들이 자신의 이성적인 판단에 의존하기보다 점점 정형화된 영웅의 이미지에 현혹된다는 느낌이 들었다. 그것이 마음에 걸렸다. 내가 영웅의 CF를 맡은 건 정민처럼 영웅에게 올인하겠다는 의도가 아니었다. 어떻게든 방송계에 한 발을 걸치고 싶어 했던 나로서는 CF를 경험할 좋은 기회였고, 게다가 정민과 함께할 수 있는 일이었다. 나로선 해 보겠다고 덤비는 것이 당연했다. 하지만 그 결과에 대해서는 충분히 고민하지 않았다. 내가 한 일의 결과를 통제할 수 없다는 사실이 나를 어리둥절하게 만들었다.

내가 정민의 소매를 잡아끌었다. 둘이서만 얘기하고 싶은 게 있었다.

"CF 때문에 사람들이 변했어."

정민이 피식 웃었다.

"나영웅이 정말 영웅이라도 되는 줄 아나 봐. 멀쩡한 사람들이 광신도처럼 행동하잖아."

정민이 눈살을 찌푸렸다. 광신도라는 말이 귀에 거슬리는 모양이었다.

"바보야, 세상에 영웅은 없는 거야. 영웅을 필요로 하는 사람들이 있을 뿐이지. 영웅은 어차피 누군가에 의해서 만들어지게 되어 있고 우리가 그 일을 해낸 거야. 그뿐이라고."

나는 소름이 끼쳤다. 정민은 처음부터 다 알고 있었다는 말이 아닌가.

"그렇다면 좋아. 만약 우리가 만든 영웅이 나중에 진짜 영웅이 되어 주지 않으면 어떡할래? 그럼 우린 사기꾼이 되는 거야."

정민이 나를 빤히 바라보았다. 그녀의 눈빛은 많은 생각을 담은 듯 깊었으나 나는 거기서 오만함만을 읽었다.

"탁이 너, 겁나는 거구나."

"그래, 겁나 죽겠어. 가도 너무 멀리 간 것 같아서. 이쯤에서 브레이크를 걸고 싶어."

정민이 벌컥 화를 냈다.

"브레이크 따윈 없어. 이런 일은 결국 끝까지 갈 수밖에 없는 거야."

"사람들이 변하는 게 두려워서 그래, 형."

나는 생각하곤 한다. 그때 내 두려움의 정체가 지금처럼 선명했다면 어땠을까. 정민을 설득할 만큼이라도 선명했다면. 하지만 나는 그때 내 두려움의 실체가 무엇인지도 잘 몰랐다. 변명처럼 들리겠지만 나는 갓 스무 살의 평범한 대학생일 뿐이었다. 그래서 지금 알고 있는 것들을 그때도 알았더라면 하고 아쉬워할 수밖에 없는 것이다.

내 걱정과는 상관없이 이미 내 품을 떠난 영웅의 CF는 스스로의 길을 가고 있었다. 화면 속의 영웅은 그물에서 막 건져 올린 물고기처럼 신선한 매력이 있었고 사람들은 점점 영웅을 보통 학생과는 다른 선택받은 자로 생각하는 것 같았다. 나는 혼란스러웠다. 영웅에 대해 모두가 알고 있는 어떤 훌륭한 점을 나만 모르고 있는 것은 아닐까? 모두가 그를 영웅이라고 하는데 나만 부득부득 아니라고 하는 건 나의 치졸하기 짝이 없는 질투심 때문이 아닐까? 나는 생각이 많아졌고 그만큼 자신이 없어졌다.

인터넷에 들어가면 영웅의 인기는 금방 확인할 수 있었다. 한창 뜬다는 연예인이나 프로 정치인을 훨씬 능가하는 수준이었다. 그즈음 타 대학에서도 영웅의 팬클럽이 생겼다는 말이 들려오기도 했다.

영웅의 상승세에 긴장하는 것은 주몽만이 아니었다. 그동안 소극적으로 양측의 동향을 지켜보던 학교 당국이 움직이기 시작했다. 거기엔 속사정이 있었다. 학교의 주권 문제 이외에도 영웅이 쏟아 내는 공약들을 살펴보면 학교의 기존 체계를 모두 뒤엎겠다는 내용이었다. 만약 영웅이 당선된다면 학교로선 골치 아픈 분란거리를 싸안게 되는 거나 마찬가지였다. 총장 이하 교직원들은 점점 노골적으로 주몽을 밀어 주기 시작했으며 반대로 영웅에게는 달갑지 않은 영향력을 행사하려 들었다.

영사모의 세력이 커지자 영웅의 발언권이 세진 것은 당연한 수순이었다. 영사모는 이제 몇몇 아웃사이더들의 모임이 아니라 강력한 결집력을 가진 세력 집단이었다. 영웅은 본능적으로 그것을 알고 있었고 새로 얻은 자신의 권력을 활용할 줄도 알았다. 그는 선거 관리를 논의하기 위해 열린 대의원 회의에서 그것을 충분히 증명해 보였다.

대의원 회의가 시작되었지만, 분위기는 냉랭했다. 예상과는 다른 영웅의 바람 때문이었다. 대의원들은 그것을 어떻게 받아들여야 할지 난감해하는 눈치였다. 일시적인 호기심은 아닌지, 얼마만큼 지속될지 누구도 쉽게 장담하지 못하는 바람이었다. 대의원들이 앉은 좌석도 중앙 통로를 기준으로 확연히 구분되었다. 좌측은 영웅 지지파, 우측은 주몽 지지파. 누구라도 당장 알 수 있을 만큼 분위기가 달랐다. 좌측에선 시끌벅적 서로 안부를 묻고 적극적으로 옆자리를 권하는 반면, 우측에선 좌측 사람들의 경솔한 움직임을 참아 주느라 애쓰고 있다는 굳은 표정들이었다.

좌측 맨 앞줄에 나란히 앉은 영웅과 유정민이 간간이 귀엣말을 나누는 것이 보였다. 두 사람은 보란 듯이 자신들의 친분을 과시하면서 거리낌 없이 지지자들을 끌어모았는데, 우측에 친한 사람이 앉아 있으면 드러내 놓고 좌측으로 자리를 옮겨 줄 것을 권했다. 이 같은 노골적인 세 과시가 주몽 측의 불만을 샀다.

"여긴 대의원 회의장입니다. 정해진 자리가 있는 것이 아니니 아무 데나 원하는 자리에 앉으시면 됩니다."

임시 의장을 맡은 김우현의 발언이었다. 분명히 영웅 측에 노골적으로 불만을 표시한 말이었다.

회의는 순서대로 진행됐다. 선거 때까지의 일정과 그 준비 과정을 설명하는 지극히 형식적인 자리였고, 그럭저럭 회의가 끝나 가려 할

즈음이었다. 영웅이 작심한 듯 발언권을 얻어 마이크를 잡았다. 그리고 새로운 제안을 내놓았다. 학교와 대의원 회의가 선거에서 중립을 지키겠다고 약속했으나 자신은 그것을 믿을 수가 없으니 각 진영에서 동수로 선거 관리 위원을 선출해서 엄정하게 선거를 관리 감시하는 것이 좋겠다는 의견이었다.

"그런 예는 타 대학 선거에서도 들어 본 적이 없습니다."

"들어 본 적이 없는 것을 하면 안 된다는 법이라도 있습니까? 필요하다면 우리 대학에서 제일 먼저 시도할 수도 있는 거지요."

익치가 나섰다.

"나 후보께서는 심사숙고한 다음에 발언해 주시는 게 어떻겠습니까? 이번 선거는 다음 선거의, 다음 선거는 그다음 선거의 전례가되는 겁니다. 기분 내키는 대로 이랬다저랬다 하면."

"기분 내키는 대로라고요? 천만에요. 새로운 시도는 무조건 거부하는 것이야말로 수구꼴통들의 안이한 사고방식 아닙니까?"

"뭐? 수구꼴통?"

양 진영 간에 가시 돋친 설전이 계속되었으므로 더 이상 회의는 진전되지 못했다. 이런 충돌은 회의 시작부터 예견된 일이기도 했다. 아무 소득 없이 회의가 끝났고, 시작될 때보다 확연하게 분파된 모습으로 서로를 외면한 채 흩어졌다.

문제는 더 확대되었다. 학교의 식당이나 학생회관이나 휴게실이나 운동장이나 할 것 없이 학생들이 두 파로 나뉘어 티격태격했다. 언제부터 저렇게 서로를 향해 감정의 벽을 쌓아 올린 것일까. 대립과 갈등은 주몽과 영웅만의 것이 아니라 이제 그들을 지지하는 세력과 세력 간의 문제가 되어 있었고 그 싸움의 중심엔 영사모가 있었다.

영사모는 누구나 회원이 될 수 있었으며 자발적으로 움직이는 학생 조직이었다. 단과 대학별로 하위 조직이 있었지만, 조직이라고도 할 수 없는 수준이었고 인터넷 사이트를 중심으로 공지가 뜨면 몰려다니는 팬클럽 성격의 모임이었다. 그런 점이 자금력이나 조직력을 갖춘 주몽 측을 어리둥절하게 만들었는데 지금까지의 선거전에서는 볼 수 없었던 새로운 시도이기 때문이었다.

영웅의 새로운 시도. 그것은 적어도 영사모 내에서는 성공하고 있었다. 온라인상에는 입김이 센 다른 논객들도 많았지만, 유명세를 어느 정도 치르고 나면 안티 세력이 생겨나기 마련이었다. 그러나 영웅은 달랐다. 그가 하루에도 몇 번씩 인터넷에 들어가 글을 올렸는데 안티 세력의 흔적은 없었다. 영웅의 글에 섣불리 안티 댓글을 달았다간 벌 떼같이 달려드는 영사모에게 호된 수모를 당하기 때문이기도 했지만, 무엇보다도 사람들은 영웅이 분출하는 에너지에 압도되는 것 같았다. 영웅은 단기간에 단순 명쾌함과 분석력, 그리고 가슴을 뛰게 하는 순수함, 흠잡을 데 없는 도덕성을 갖춘 스타로 떠올랐다.

영사모의 응집력 또한 놀라운 점이 있었다. 그동안 학내 문제에 무관심하고 이기적으로 공부만 한다는 평을 듣던 의대생들이나 고시 준비생들까지 인터넷에 끌어들여 몸집을 불려 나갔다. 차츰 조직력도 갖춰 나갔다. 그들은 주요 안건은 오프라인 정기 회의를 통해, 그 외의 안건은 수시로 온라인 회의를 열어 결정했다. 모든 안건은 투표를 통해 결정했고 투표는 전자 투표 방식을 채용했다.

영사모가 학내의 최대 파워 조직이 되어 가는 속도는 전례 없이 신속했다. 영웅이 그와 같은 움직임에 고무되는 것은 당연했다. 영사모는 처음부터 그를 지지하기 위해 만들어진 조직이었으므로 그 충성도는 K팝 스타들의 팬클럽 못지않은 수준이었고 시간이 지날수록 그 자체의 활력으로 자석처럼 사람들을 빨아들였다. 회원 각자가 거대 파워 조직의 일원으로서 소속감을 즐겼다는 얘기다. 시간이 흐를수록 조직이 어떤 목소리를 내느냐 하는 진지한 문제보다는 단순하게 서로 어울리고 춤과 노래로 스트레스를 해소하려는 욕구가 그들을 중앙 광장으로 이끌었다. 스스로 용광로처럼 달아오르고, 지칠 때까지 춤추며 젊음을 발산할 기회를 영사모가 제공해 주는 셈이었다. 그것은 도현주와 블랙홀이 있었기 때문에 가능한 일이기도 했다.

내 안의 적

한밤중이었다. 난데없는 경적 소리에 놀라 잠이 깼다. 창밖으로
학교 쪽에서 불기둥이 너울대는 것이 보였다. 아무거나 걸치고 밖으
로 뛰어나왔다. 기숙사 밖에는 이미 많은 학생이 몰려나와 우왕좌왕
하고 있었다.

"어디야, 어디서 불이 난 거야?"

"학보사. 어떤 미친놈이 불을 질렀대."

순간 한 가지 생각이 뇌리를 스쳐 지나갔다. 나는 오토바이를 타
고 동아리 방으로 달렸다. 녹사를 찾아야 한다고 생각한 건 얼마 전
그와 나눈 대화 때문이었다.

"뭔가 전환점이 필요해."

녹사가 컴퓨터 화면을 들여다보며 말했다.

"타오르는 불길에 화악 기름을 붓는 것처럼."

내가 무심결에 말참견했다.

"아이디가 안중근이라는 그놈이지? 한동안 잠잠하더니 또 글을 올리는가 보네?"

"안중근?"

"학보사에 불을 지르겠다던 미친놈, 몰라?"

"학보사에 불? 그거 괜찮은 생각이네."

농담인 줄 알았는데 현실이 되다니 악몽을 꾸는 것만 같았다. 동아리 방에 녹사는 없었다. 그러나 녹사의 컴퓨터가 켜져 있었다. 조금 전까지 그가 동아리 방에 있었다는 증거였다. 가슴이 쿵쾅거렸다. 녹사의 책상 밑을 확인해 보았다. 며칠 전부터 그곳에 있던 검은 가방이 보이지 않았다. 갑자기 다리에 힘이 풀려 풀썩하고 바닥에 주저앉고 말았다. 녹사는 발이 불편한 걸 감수하면서도 가방을 굳이 자기 책상 밑에 두고 있었다. 이상하다고 생각했지만 그게 무엇인지 확인해 볼 생각까지는 하지 못했다. 무심히 지나가는 말투로 물어보긴 했다.

"뭔데 그렇게 애지중지야?"

"별거 아냐."

녹사가 발로 툭툭 건드려 소리를 들려주었던 것 같다. 플라스틱 페트병 소리가 났었는데. 동아리 방을 다 뒤졌지만 검은 가방은 없었다.

"기어이 일을 저지르고 말았어."

녹사는 무슨 생각을 하든지 어떤 계획을 세우든지 언제나 내 상상력을 앞지른다. 나중에 경찰의 수사 결과를 듣고 안 일이지만, 그는 자신이 직접 안중근 의사가 되겠다고 결심한 모양이었다. 학보사에 불을 지르기 직전에 대학 총장과 대학 사무실에, 그리고 언론사와 시민 단체 등에도 자신의 범행 취지를 담은 유인물을 보내는 치밀함을 보였다. 나는 정민과 연락을 취하고 아직도 켜져 있는 녹사의 컴퓨터 안에 들어가 보았다. 거기엔 녹사의 글이 올라와 있었다.

'세계대학 학우 여러분, 저는 오늘 밤 안중근 의사의 뒤를 이어 애국열사의 길을 가려고 합니다.'

"미친놈."

나도 모르게 주먹으로 녹사의 컴퓨터를 쳐 버렸다. 삐비비빅 컴퓨터가 비명을 질렀다. 나는 그 소리가 싫어서 아예 코드를 빼 버렸다. 분명 무언가가 잘못되었고 거기엔 내 책임도 있었다.

나는 스스로에게 화가 났다. 내가 한 말과 내가 쓴 글의 파장을 감당하지 못하고 당황하는 꼴이라니. 배설하듯 함부로 인터넷에 올린 글들이 퍼 나르기에 의해 무한 전파되고, 확인 절차 없이 대중이 믿게 되는 현실. 오늘 같은 일을 미리 예견하고 대비해야 했다. 하지만 나는 어디서부터 바로잡아야 하는지, 어떻게 해야 이런 부작용을 막을 수 있는지 막막하기만 했다. 생각이 생각을 앞질렀다. 앞으로 어떤 일들이 더 일어날 것인가? 머리카락이 쭈뼛쭈뼛 곤두서는 두려움 속에 나는 몸을 떨었다.

녹사의 학보사 방화 사건은 학내외에 큰 파장을 일으켰다. 경찰이 수사에 나서는 바람에 학교는 벌집을 쑤신 듯이 소란스러웠다. 나는 논평을 자제하고 짤막하게 확인된 사실만을 기사로 올렸다.

'오늘 새벽 4시경 학보사 전소. 경찰, 방화로 추정, 현장에서 용의자 안녹사(컴퓨터 공학부 재학 중) 군을 체포.'

곧바로 수많은 글이 올라왔다. 이제 데일리스팟은 글을 올리는 사람과 읽는 사람이 따로 있는 신문이 아니었다. 모두가 자유롭게 의견을 개진할 수 있는 체제로 가고 있었다. 그러나 신기한 것은 모든 글이 결국은 한 방향으로만 흐르게 된다는 거였다. 누군가 대세와 다른 의견을 올리면 그 누군가는 금세 벌 떼처럼 달려든 네티즌들에 의해 발기발기 찢겨져서 슬그머니 꼬리를 감추고 사라져야 했다. 녹사 사건에 대한 댓글도 마찬가지였다. 누군가 '오랜만에 듣는 가슴 후련한 소식'이라고 글을 올리자 수많은 사람이 몰려들어 녹사를 구국 열사로 치켜세웠다. 그리고 가뭄에 콩 나듯 띄엄띄엄 올라오는 녹사에 대한 비판의 글은 '역적'이나 '아르바이트 댓글러'로 몰려 여론의 뭇매를 맞아야 했다. 스스로 자신의 글을 삭제하고 사이트에서 달아나야만 끝나는 매질이었다. 얼마 후 데일리스팟 게시판은 다른 의견 하나도 없이 녹사에 대한 지지와 학교의 처신에 대한 비난 글로 도배되었다.

반면에 녹사의 방화 사건으로 3일 만에 나온 학보는 긴 사설을 통해 그 사건을 이렇게 다루었다.

'우리는 이번 사건에서 요즘 들어 한층 심화된 대중 사회적 군중 심리 조작이라는 병리 현상의 한 단면을 발견하고 걱정하지 않을 수 없다. 정치적 의도를 가진 일부 선동 세력이 특정 인물이나 기관에 대해 반민주적, 반역사적이란 낙인을 찍어 공격을 개시하면 그 선동 세력과 맥이 닿는 미디어를 선두로 익명의 인터넷 논객들이 달려들고 그들의 암시, 세뇌에 의해 정신적 저항력을 상실한 군중이 행동으로 떠밀리는 집단 최면 증상의 연장선 상에서 이번 방화 사건이 발생한 것으로 보인다.'

오래전부터 치밀하게 계획을 세운 증거들이 경찰 조사 과정에서 새로이 발견되었다. 녹사는 자신의 홈페이지에 학보사 무력 점거 계획서를 미리 올려놓은 모양인데, 그 계획서라는 것이 얼마나 치밀하고 대범한지 나는 그만 얼이 빠지고 말았다. 녹사는 학보사 무단 점거 날짜를 미리 정해 두고 공격대를 모집하여 본부조와 2개의 지원조로 나누고 각 조는 책임자 1명과 홍보 요원 1명 그리고 경비 요원 2명씩을 배정할 계획이었다. 또한 이러한 자신들의 행동은 학보사의 폐지와 선거의 공정성을 목적으로 한다고 밝혔다. 정규 방송의 9시 뉴스에도 사건이 보도되었는데 경찰에 잡힌 녹사의 얼굴이 잠시 화면에 잡혔다. 그의 초췌한 얼굴에 기자 한 사람이 마이크를 가져다 댔다. 미리 준비한 원고가 있었던 모양이다. 더듬더듬 떨리는 목소리였지만 어쨌든 녹사는 자신의 의견을 공개적으로 밝힌 셈이었다.

'내 행동에는 추호의 후회도 없다. 세계대학의 미래를 위해 공공의 적 학보사는 반드시 없어져야 한다. 나는 투사다. 모든 것은 역사가 증명해 줄 것이다. 다만 아쉬운 점이 있다면 목적한 바를 완벽하게 이루어 내지 못한 것일 뿐.'

나는 한동안 데일리스팟에 기사를 올리지 않았다. 내가 올린 글이 내가 모르는 사람에게 어떤 영향을 끼칠지 미리 알지 못한다는 것이 무서웠다. 갈수록 담배만 늘어 갔다.

며칠이 지났다. 나는 컴퓨터를 켜지 않았고, 아무도 만나지 않았고, 수업도 빼먹었다. 곧 특별 관리 학생 명단에 오를 테고, 나는 제적당하기 전에 얼른 휴학계를 낼 생각이었다. 큰 것을 포기하면 오히려 마음이 편안해지는 모양이다. 세상 사람 모두 커다란 꿈을 가지고 아등바등 사다리를 올라가야 하는 건 아닐 것이다. 나같이 평범한 사람은 그저 평범한 대로 존재할 가치가 있지 않을까?

어머니가 모르는 나의 꿈은 고고학자가 되는 거였다. 무엇보다도 작업복에 배낭 하나만 걸치면 어디든 떠날 수 있는 그런 자유가 멋있어 보였다. 지금이라도 늦지 않았다고 스스로를 위로하며 나는 몽상에 빠져들었다. 학교를 그만두고 중국에 있는 둔황에 가면 어떨까? 거기서 한동안 벽화나 연구하며 살지 뭐. 틈나는 대로 관광 가이드나 사진사로 일하면 입에 풀칠은 할 수 있을 거야. 여자? 그거야 그때그때 조달하면 되는 거고, 없다고 해도 죽는 건 아니니까. 이런 몽상 속에서의 나는 행복하다. 행복하기 때문에 되도록 오랫동안 그 속에서 빠져나오고 싶지 않았다. 누에고치처럼 나는 내 안에 자리를 잡고 칩거에 들어갔다.

주몽이 나를 찾아왔다. 그가 내 방을 방문한 것은 그때가 처음이었다. 그가 사 온 소주와 마른오징어로 우리는 파티를 즐겼다. 장식품이라곤 옷장 문에 걸어 놓은 이효리의 브로마이드와 인도산 코끼리 조각상(행운을 불러온다고 어머니가 주신) 하나가 달랑 책상 위에 놓였을 뿐인 소박하고 허전한 내 방을 그는 마음에 들어 했다.

"너 닮았다."

얼마 안 되는 내 소유물을 훑어본 주몽이 말했다.

"재미없는 거?"

내가 물었다.

"과장하지 않는 거. 굳이 꾸미지 않고 있는 그대로인 거."

둘이 함께 소주잔을 부딪쳤다. 주몽과 마주하면 나는 기분이 좋아

170

진다. 뭔가 통하는 기분. 따뜻함과 냉정한 통찰력을 함께 지녔음에
도 다소 우울해 보이는 그의 내면. 그는 함께 있으면 편안해지는 사
내였다.

"지금까지처럼 데일리스팟에 남아 있어 줘."

주몽의 부탁은 나로서는 의외였다. 내가 정민과 함께 만든 영웅의
CF로 인해 그가 얼마나 큰 타격을 입었는지는 내가 더 잘 알았다.

"싫어. 다 싫어졌어. 학교를 떠날 거야."

"그건 안 돼."

학교를 그만두든 말든 내 개인적인 일일 뿐, 주몽이 선택권을 가
진 일이 아니었다. 그럼에도 주몽이 강하게 반대하고 나오자 나는
약간 어리벙벙했다.

"지나친 간섭은 사양하겠어."

더 이상 다가오지 말라고 분명하게 선을 그었는데도 주몽은 물러
서지 않았다. 바짝 붙어 앉더니 나를 설득하려 들었다.

"영사모 내부에도 이성적인 판단을 할 수 있는 사람이 필요해. 한
사람이라도 말이야."

"똑똑한 애들 많잖아. 유정민이랑 도현주랑 그리고……."

주몽이 답답해했다.

"아니, 그 애들은 몰라. 우리가 이런 식으로 휩쓸리는 게 옳지 않
다는 거. 힘들더라도 남아 있어 줘. 그걸 부탁하러 온 거야."

주몽이 돌아간 뒤 나는 우울해졌다. 주몽이 믿어 주는 내 의지가

너무 보잘것없고 내 무능이 서글퍼서 눈물이 나올 것만 같았다.

동아리 방에 다시 나갔다. 달력을 보니 일주일 만이었다. 녹사가 없는 동아리 방은 비어 있었다. 경찰의 수색으로 집기들이 마구 흩어져 있었고, 정민도 보이지 않았다. 나는 정민에게 전화를 걸어 지금 어디 있는지를 물었다. 그녀는 농구 코트 옆에서 열리고 있는 영사모 모임에 참석 중이었다. 나도 그쪽으로 갔다. 영사모가 둥그렇게 원을 그리고 모여 앉아 있는데, 영웅이 그 원 한가운데 서서 연설 중이었다.

"여러분, 오늘이 바로 제가 학생회장 후보로서, 여러분의 사랑을 넘치게 받아 온 영사모 회원으로서, 그리고 자랑스러운 세계대학 학생으로서 여러분과 만나는 마지막 날인지도 모릅니다."

그가 울먹였다. 아랫입술을 지그시 깨물고 격한 슬픔을 억누르며 가까스로 말을 이어 갔다.

"목숨보다 의리가 중요한 사나이로서 저는 안녹사 동지와 죄를 나누려 합니다."

영웅은 녹사의 방화 사건에 대해 지지 않아도 되는 책임을 스스로에게 지우려는 감동적인 모습을 연출하는 중이었다. 모두가 숙연해졌다. 낮게 가라앉은 영웅의 목소리가 다시 이어졌다.

"저는 제 발로 걸어서 경찰서로 가겠습니다. 학보사 방화 사건은 저로서도 유감스러운 일이었습니다. 그렇지만 자신을 희생해서라도 정정당당한 선거, 대학다운 깨끗한 선거 문화를 만들고야 말겠다는 녹사 동지의 충정을 잊을 수가 없습니다. 그래서 저는 안녹사 동지의 구속을 바라보고만 있을 수는 없다고 결심했습니다. 학내 문제에 경찰을 불러들이는 학교 당국에 항의하는 뜻에서라도 제 스스로 경찰서를 찾아가겠습니다. 가서 말하겠습니다. 기득권 언론의 횡포를 막으려 한 안녹사 동지에게 죄가 있다면 저 영웅에게는 더 큰 죄가 있다고, 나부터 구속하라고 외칠 것입니다. 그리고 경찰의 판단을 겸허하게 기다리겠습니다."

연설이 끝났지만, 영사모는 흩어지지 않았다. 서로가 서로를 끌어안고 위로했다. 그들은 영웅을 호위하듯 에워싸고 정문 쪽으로 향했다.

그날 밤 인터넷에서는 예상대로 학내 문제에 경찰을 끌어들이고 발 빠르게 녹사를 구속해 버린 학교 당국에 대한 지탄의 소리가 높았다. 그리고 학보사의 일방적인 주몽 지지 성향에 대한 비판도 일었다. 그런데 어찌 된 일인지 그 모든 비난의 화살이 마침내는 주몽을 향하고 있었다. 주몽이 개입하지 않았는데도 모든 일이 그의 잘못 때문에 일어난 일이고, 녹사는 정의감에 불탄 죄밖에 없다는 시각이었다. 가해자가 피해자로 인식되고 엉뚱한 사람이 욕을 먹는 상황이 벌어진 것이다.

영웅은 스스로 공언한 대로 경찰서를 찾아가서 자신이 죄인이라며 막무가내로 들이대다가 수모를 당하고 조롱거리가 되었다. 그렇다고 영웅이 순순히 물러날 사람은 아니었다. 밤새도록 그는 경찰과 주거니 받거니 실랑이를 벌였다. 경찰은 공무 집행 방해죄를 적용해서 구속하겠다고 엄포를 놓다가, 새벽녘이 되자 태도를 바꾸어 영웅의 행동을 젊고 순수해서 부려 보는 객기로 용서하고 달래서 돌려보냈다는 후일담이 들려왔다.

"트위터에 들어가 봐. 난리가 났어."
정민이 호들갑을 떨었다.
"왜?"
"왜라니. 승전고가 울리고 있잖아. 사람들이 불같이 뜨거워지고 있어."
이번 일로 영사모는 전환점을 통과하는 것 같았다. 녹사의 방화 사건이 타오르는 불길에 기름을 부은 듯 영사모를 들끓게 했고 상대적으로 약세이던 영웅을 대세로 인식시키는 효과를 가져왔다. 학보사 폐지나 선거의 공정성 운운하지만 정작 녹사가 노린 것은 이것이었구나. 눈에 보이는 것이 전부라고 믿는 것이 얼마나 순진한 것인가를 나는 비로소 깨달았다.
오랜만에 얼굴을 마주한 나와 정민은 골프 연습장 뒤쪽 한적한 벤치로 가서 나란히 앉았다. 하늘은 더없이 맑았고 그 속에 양털 구름이 느릿느릿 기어가고 있었다. 그 하늘 아래서 우리 두 사람은 서먹하고 어색한 나머지 서로의 시선을 피하기에 바빴다. 두서없이 영웅의 근황을 떠들어 대던 정민이 조용해졌다. 정민이 한동안 핑계를 대며 단둘이 있는 시간을 피해 왔다는 것을 나는 알고 있었다. 하지만 나의 참을성은 바닥이 났고, 이제는 직접 그녀가 대답해 주길 바랐다. 공연히 키 큰 잡풀을 뜯어 만지작거리던 그녀가 어렵게 입을 열었다.

"너랑은 싫어."

예상은 했다. 내가 정민의 애인이 될 확률은 이효리랑 사귀게 될 확률만큼이나 낮다는 것을 예감하고 있었다. 그런데도 나는 확인해야 했다. 언제까지 정민의 뒤나 따라다니며 보내기엔 나의 스무 살이, 내 청춘이 서러울 것 같았다. 남자의 자존심이고 뭐고 둘둘 말아 쓰레기통에 넣어 버린 후여서 나는 배짱이 두둑해져 있었다. 어차피 일어날 일은 피한다고 달라지지 않는다. 나도 모르게 눈물이 우두둑 무릎에 떨어졌다. 결국 나는 무너져 내린 자존심을 부여안고 이렇게 소리치고 말았다.

"왜? 왜 나랑은 안 되는데?"

가슴이 찢어지는 것 같았다. 팔뚝만큼이나 굵어진 칡뿌리가 드세게 심장을 파고들며 생살을 찢어 놓는 중이었다. 이렇게까지 처참해질 수 있다니. 나는 이제 남자도 아니다. 수컷의 너절한 속내. 평생 암컷의 궁둥이나 졸졸 따라다녀야 하는 저주받은 본능이 적나라하게 눈앞에 펼쳐지고 있었다.

"그걸 몰라서 묻니?"

정민이 갑자기 나를 일으켜 세우더니 거칠게 끌어안았다. 그리고 쿵 입술에 입술을 박았다. 젠장, 이 여자가 키스도 할 줄 모르는구나. 나도 마찬가지였다.

"봐, 아무 느낌도 안 나잖아. 너도 그렇지?"

느낌이고 뭐고 나는 당황해서 뭐가 뭔지 통 분간하지 못했다. 그러면서도 혹 쳐다보는 사람이 없나 두리번거리기에 바빴다. 확 떼어 내서 던져 버리고픈 나의 소심증. 나는 그 순간 아무 행동도 못한 것이 아쉬워 내내 가슴이 쓰렸다. 에라, 모르겠다, 뜨겁게 끌어안고 정말로 키스해 버릴 절호의 기회였는데 말이다. 나는 왜 항상 허둥대다가 일을 망쳐 버리는 것일까.

뒤늦게 정신을 차려 보니 나로서는 느낌이 전혀 없는 것은 아니었다. 뭐랄까, 두근두근 마음이 설레지는 않았다 해도 확실히 좋은 느낌이 있었다. 향수 냄새가 아닌 깨끗한 비누 냄새도 좋았고, 내 턱에 닿는 그녀의 머리카락 감촉도 좋았다. 그러나 정민은 아무 느낌이 없다고 한다. 나는 선택해야 했다. 내 느낌을 정민에게 강요해서 우리 둘 사이를 망쳐 버리든가, 아니면 정민의 느낌을 받아들여 예전 상태로라도 관계를 지속시키든가.

"형은 브래지어도 안 하냐?"

그녀가 나를 끌어안을 때 느껴진 그녀의 절벽 가슴이 생각나서 농담을 건넸다.

"할 필요가 없어서 그런다, 왜?"

정민이 가슴을 들이대며 웃었다. 나도 웃었다. 이것으로 우리는 예전 관계로 환원되어도 좋다는 합의를 본 것일까?

"많이 생각했어. 너랑 사귀면 어떨까 하고."

"……."

나는 초조하게 다음 말을 기다렸다. 마음의 짐을 벗어 버려서일까. 정민의 목소리는 훨씬 가벼워져 있었다.

"만약 너랑 나, 둘이 잔다면……."

고개를 들어 그녀를 바라보았다. 나는 애가 타서 입술이 타들어 가는데 그녀는 비죽비죽 웃음을 흘렸다.

"근친상간하는 느낌일 거 같아. 그건 좀 곤란하지 않겠냐?"

나는 충격을 받았다. 근친상간이라니. 방금 총알이 날아와 박힌 가슴 언저리를 살살 문질렀다. 아팠다. 근친상간의 느낌이 어떤 건지는 몰라도 나는 그 이상의 상처를 입었다.

"상처받았다면 미안해."

정신을 잃을 때까지 술을 마셨던 것 같다. 정민과 나란히 어깨동무하고 내 방으로 들어왔던 것까지는 기억이 난다. 깨어 보니 정민이 내 옆에 잠들어 있었다. 무슨 일이 일어난 건가? 옷차림을 보아하니 그렇지는 않은 것 같았다.

침대 끝에 앉아 담배 한 대를 다 피울 때까지 정민은 잠에서 깨어나지 않았다. 그녀는 처음부터 깨어 있었는지도 모르겠다. 차라리 잘된 일인지도 몰라. 이참에 근친상간의 느낌이 아니라는 것을 확실히 보여 주면 되잖아. 마음을 다져 먹고 그녀에게 다가간 나는 그녀의 눈에서 흐르는 눈물을 보았다. 옷을 입은 채로 조용히 그녀를 안아 주었다. 설움에 겨운 누이를 달래 주듯이 조용히 어깨를 다독였다. 그녀가 흘리는 눈물의 의미를 알 것 같았다.

연합 전선

"아무래도 우리 사이트에 짭새들이 드나드나 보다."

학교 진입로에 전경들이 운집해 있었다. 하나, 둘, 셋, 넷. 창문을 창살로 막은 연두색 버스가 줄을 서고 그 안에서 방패와 곤봉으로 무장한 전경들이 쏟아져 나왔다.

"놈들이 아니라면 오늘 새벽에 결정된 일을 저들이 어떻게 알고 왔겠어?"

"알고 온 걸까?"

"누군가 불러들인 거야. 틀림없어."

전경들의 무거운 발소리가 동아리 방까지 들려왔다. 덩달아 내 숨소리마저 무거워지는 것 같았다. 얼추 세어 보니 100명도 넘는 것 같았다.

"영사모는 몇 명이나 모일까?"

내가 물었다.

"다 모여야지. 수적으로 밀리지 않으려면."

전투를 앞둔 병사처럼 정민이 씩씩댔다.

"주몽 그 자식이 불러들인 거야. 비겁하게."

"왜 주몽이라고 생각해?"

"아님 누구겠니?"

더 이상 이의를 달지 못했다. 그즈음엔 주몽을 옹호하는 말을 하는 것은 물론, 인터넷 사이트에 들어가기도 겁이 났다. 그곳엔 오직 주몽에 대한 오해, 오해로 인한 미움, 미움이 쌓인 적의뿐이었다. 주몽이 그런 글을 읽었다면 충분히 경찰을 부를 만큼 두려웠을 것이다.

"어떻게 될까?"

내가 물었다.

"뭐가?"

"오늘 일 말이야."

"계획대로 가야지. 이제 물리적 충돌은 피할 수 없게 됐어."

빨간 티에 빨간 머플러 차림으로 중앙 광장 쪽으로 걸어가는 영사모 회장 도현주와 결사대의 모습이 보였다. 나는 카메라를 들고 동아리 방을 나와 그들의 뒤를 따라갔다. 약속된 시간이 다가왔다. 중앙 광장에 영사모 회원들이 모여들기 시작했다. 도현주는 회장답게 회원들 하나하나와 교감을 나누며 용기를 북돋우고 있었다. 그녀에게서 조금 불안한 기색이 엿보였다. 시간이 다 되었는데도 모인 학생 수가 예상한 수에 미치지 못해서일까. 아니면 정문 앞에 포진한 전경의 수에 겁을 먹은 것일까. 그녀 앞에 카메라를 들이대자 그녀는 입술을 앙다물고 주먹을 불끈 쥐어 보였다.

도서관 창문으로 빠끔히 얼굴을 내밀고 있는 학생들이 보였다. 강의실에도 잔디밭에도 광장에 모이진 않았지만 지켜보고 있는 학생들이 있었다. 도현주가 마이크를 잡았다.

"친애하는 세계대학 학우 여러분."

마이크가 웅웅거렸다.

"여러분은 우리의 안녹사 동지가 경찰에게 개처럼 끌려가는 모습을 보았을 것입니다. 왜 그는 학보사에 불을 질렀을까요?"

사람들의 시선이 천천히 도현주에게 모였다.

"우리를 대신하여 학보사의 불공정한 편파 보도에 항의하다가 그렇게 된 것 아닙니까?"

소음이 잦아들고 조용해진 속에 도현주의 목소리만 도드라졌다.

"이 시대가, 이 나라의 교육이, 그리고 우리가 영웅 후보를 지지하는 데에는 그럴 만한 이유가 있습니다. 영사모 여러분, 세련되고 잘생겨서 우리가 영웅 후보를 지지하는 것입니까?"

도현주가 마이크의 방향을 청중에게로 돌렸다. 침묵은 끝나고 함성이 일었다.

"아니요."

마이크를 다시 자기 쪽으로 돌린 도현주의 표정에 불안이 가시고 미소가 떠올랐다. 그녀는 여유 있게 농담까지 건넸다.

"사실 제가 보기에도 영웅 후보는 지극히 촌스러운 사람입니다. 그리고 누구보다도 못생겼어요."

여기저기서 웃음소리가 새어 나왔다.

"그럼에도 불구하고 저는 뜨거운 가슴으로 영웅 후보를 지지합니다. 여러분도 그렇습니까?"

다시 팔을 뻗어 마이크의 방향을 아래로 돌렸다.

"네에."

도현주는 청중의 호응에 더욱더 힘을 얻었다. 그녀가 외쳤다. 자신감에 찬 목소리였다.

"학우 여러분, 모두 중앙 광장으로 모입시다. 우리 스스로 적들에게서 안녹사 동지를 구해 냅시다"

"구해 냅시다!"

"구해 냅시다!"

메아리인가. 함성 소리가 여기저기서 울리는 것 같았다.

영사모 결사대 다섯 명이 총장실 앞에서 총장과의 면담을 요구했다. 총장의 비서가 이런저런 핑계를 대고 있었고 총장은 문 안에서 꼼짝도 하지 않았다. 시간이 지루하게 흘렀다. 한참 후에 총장실 문이 열렸다. 영사모 결사대가 쿵쿵거리며 들어갔다. 정민과 나는 총장과 학생들의 면담을 취재하기 위해 따라 들어갔다. 결사대는 총장에게 두 가지 협상 조건을 제시했다. 녹사를 풀어 줄 것과 선거에서 중립을 지켜 줄 것. 총장은 난감한 표정을 지었다.

"선거 중립이야 지금까지처럼 철저하게 지켜질 테지만 유감스럽게도 안녹사 군은 엄연한 범법 행위로 구속된 것입니다. 학교로서도 어쩔 수 없는 일이에요."

총장의 대답에 결사대 중 한 명이 분노를 터뜨렸다,

"총장, 지금까지 선거 중립을 지켰다고 말했어?"

거침없는 반말에 총장은 물론 거기 있던 사람들 모두 놀란 눈길로 목소리의 주인공을 쳐다보았다. 눈매가 사나워 보이는 결사대 중 한 명이었다. 나머지 결사대들도 한마디씩 동조하고 나섰다.

"당신 제정신이야?"

"우리가 장난하러 여기 온 줄 알아?"

"더 들을 것도 없어. 확 까부숴 버려."

결사대의 거친 말투에 총장은 기가 질린 표정이었다. 노크 소리가 났다. 소식을 듣고 총장을 도우러 온 정 교수와 김 교수였다. 결사대는 눈짓으로 의논하더니 문을 열었다. 그러나 사탕 하나로 어린아이 달래듯 하려 드는 교수들은 결사대를 설득하지 못했다. 결사대가 갑자기 교수들의 등 뒤에서 출입문을 잠그더니 열려 있던 창문도 모두 닫아걸었다. 그리고 그들 중 두 명은 몽둥이를 들고 출입문 앞에 버티고 섰다.

"뭐, 뭐야, 자네들, 지금 우릴 감금하겠다는 건가?"

"그렇습니다. 경찰이 안녹사 군을 석방할 때까지 우린 총장님과 교수님을 감금하겠습니다."

결사대 대장의 선언이었다.

"자네들, 당장 퇴학시킬 수도 있어."

한 사람 한 사람 찍어 누르듯이 손가락으로 지적하며 김 교수가 엄포를 놓았지만, 결사대는 비웃을 뿐이었다.

"저리 비켜. 나는 나가야 해."

이번엔 정 교수가 학생들을 밀치고 출입문 쪽으로 나가려다 한 학생이 밀어붙이는 바람에 소파에 나동그라졌다. 밀어 버린 학생은 코웃음을 쳤고 다른 사람들은 민망해서 고개를 돌렸다. 그리고 오랜 침묵이 시작되었다. 서로의 숨소리만 들리는 긴장된 시간이었다.

광장에서는 도현주의 길놀이 공연이 끝나고 영웅이 연설하는 중이었다. 굳게 닫힌 창문 틈으로 들려오는 나지막한 소음 속에 영웅 특유의 억양이 느껴졌다.

"저어……."

정 교수가 엉거주춤 일어섰다. 인상을 잔뜩 쓴 모습이 몸의 어딘가 이상이 있는 것 같았다.

"화장실 좀 가야겠는데."

결사대는 아무런 대꾸도 하지 않았다.

"전립선염이 있어서 참기 힘들다네. 어떻게 좀 안 되겠나?"

침묵. 그리고 또 침묵. 정 교수의 얼굴이 곤혹스러움으로 까맣게 타들어 갔다. 정민이 빈 음료수병 하나를 정 교수에게 내밀며 고개를 떨어뜨렸다. 다른 말은 없었다. 어이없는 표정의 정 교수가 할 수 없이 그것을 받아 들고 구석으로 가더니 벽 쪽으로 돌아섰다.

떨어지는 낙숫물 소리가 숨소리도 멎은 듯한 적막 속에서 모든 이의 귀를 견딜 수 없게 만들었다. 감히 누구도 입을 열지 못했다. 총장은 결사대에게 둘러싸여 소파에 앉아 있었는데 틱 장애가 있는 사람처럼 계속해서 안면 근육을 실룩거렸다.

"자네들이 계속 이러면, 유감스럽지만 경찰을 부를 수밖에 없네."

학생들이 비웃었다. 눈을 감아 버린 총장이 손에 쥔 호두 알을 거칠게 부딪쳤다. 불편한 침묵의 시간이 흘렀다. 중앙 광장에서는 도현주의 노랫소리가 들려오고 교문 밖에선 전경들이 중무장을 한 채학교 안을 노려보고 있었다. 그들 중 누군가가 무전기로 명령을 받고 있는 것이 흐릿하게 보였다. 명령을 받은 누군가는 또 누군가에게 명령을 내리는 것 같았다.

전경들이 열을 지어 학교 안으로 들어왔다. 중앙 광장까지 진입해서 한데 모여 있는 영사모를 에워싸더니 순식간에 대오를 흩어 놓았다. 총장실에 갇혀 밖을 내려다보던 내 손에 땀이 고였다. 몽둥이를 든 결사대 한 명이 섬뜩한 목소리로 소리쳤다.

"죽음으로 사수한다."

깜짝 놀란 시선들이 일시에 그에게 쏠렸는데 그는 정말이지 결연한 표정이었다. 곧이어 계단을 올라오는 군화 소리가 들렸다. 그리고 총장실 문을 사이에 두고 밀고 당기는 힘겨루기가 시작되었다. 수가 적은 결사대가 밀리며 문이 열리자 전경 세 명이 넘어지면서 안으로 쏟아져 들어왔다.

"문 닫아. 빨리."

다음 전경이 들이닥치기 전에 문이 닫히고 소파며 책상으로 신속하게 바리케이드가 쳐졌다. 그리고 아수라장.

나는 정민을 구석으로 밀어붙이고 더 이상 아무것도 보지 못하도록 몸으로 감싸 버렸다. 등 뒤에서 한동안 격투가 벌어졌다. 그리고 조용해졌다. 뒤를 돌아보니 결사대는 세 명의 전경들에게서 뺏은 무기를 들고 있었고 군장을 모두 빼앗긴 전경들은 속옷 차림으로 묶여 있었다. 몽둥이세례를 받은 전경들의 얼굴에는 여기저기 상처가 나 있었다. 결사대의 모습도 크게 다르지는 않았다. 속옷 차림으로 묶여 있던 전경 한 명이 입안에서 한 움큼 피를 뱉어 냈는데 그 속에서 무언가가 또르르 대리석 바닥에 굴렀다. 이빨이었다. 허망하게 앞니가 빠져 버린 것을 안 전경은 엉엉 소리 내어 울었다. 그는 도무지 이 상황을 이해할 수 없다는 듯이 어린애처럼 엄마, 엄마아, 하고 자기 어머니를 서럽게 불러 댔다.

"시끄러 새꺄."

누군가가 그를 발로 찼다. 울음소리가 뚝 그쳤다. 정민이 내 품을 빠져나가더니 서랍장 여기저기를 뒤져 구급상자를 찾아냈다. 그녀는 겁에 질린 채 눈만 동그랗게 뜨고 있는 전경에게 다가가 빠진 앞니 자리에 탈지면을 끼워 주었다. 나는 여자인 정민이 충격을 받지 않을까 걱정했다. 그러나 그녀는 침착했고 마치 전경의 어머니라도 되는 것처럼 행동했다.

대치 상황이 계속되었다. 이미 날은 저물었고 정 교수는 또 한 번 페트병에 낙숫물을 받아 냈다. 창밖을 바라보던 정민이 급작스레 내 옆구리를 찔러 댔다. 그녀의 시선을 따라가 보니 주몽이 몽우회 멤버들과 함께 광장으로 들어서고 있었다. 영사모가 우우 소리를 내며 야유했다. 주몽은 개의치 않고 영웅이 있는 곳으로 곧장 걸어갔다. 멀리서 보기에 둘이서 뭔가 설전을 벌이는 것처럼 보였다. 영사모가 일제히 일어나 두 사람을 겹겹이 에워쌌다.

정 교수가 민망한 얼굴로 다시 일어섰다. 그의 얼굴엔 식은땀이 줄줄 흐르고 있었다.

"총장님, 제가 당뇨도 있는데 하루 종일 아무것도 못 먹었더니……."

총장이 소파에서 일어서더니 정 교수를 그 자리에 눕혔다.

"학생들."

총장이 무겁게 입을 떼었지만, 다음 말이 쉽지는 않은 듯했다. 몇 번이나 혀로 입술을 축인 후에 겨우 말을 이었다.

"정 교수님을 병원으로 모시도록 도와주시게."

총장의 목소리에는 이미 권위도 자존심도 사라지고 없었다. 하지만 결사대는 아직 팔팔한 20대였다.

"안녹사 군을 풀어 주는 게 먼저입니다. 그리고 전경들을 학교 안에서 모두 물리세요."

총장은 침묵한 채 호두 알만 만지작거렸다. 그때 총장실 전화벨이 울렸다. 주몽이었다.

"총장님, 전경을 교문 밖으로 물려 주세요. 학내의 일은 학내에서 해결해야 합니다."

"그러기에는 이미 수위를 넘지 않았나?"

"모든 일은 제게 맡겨 주시고 일단 그렇게 해 주십시오. 부탁드립니다, 총장님."

"……."

"총장니임."

"알겠네."

주몽과 통화를 마친 총장이 전화기 버튼을 빠르게 눌렀다. 누워 있던 정 교수가 고개를 돌렸다. 그는 고통과 수치심으로 몸 둘 바를 몰라 했다. 총장이 누군가와 통화했다. 5분여가 지났을까. 대열을 갖춰 선 전경들이 교문 밖으로 물러나기 시작했다.

상황 종료. 정 교수는 구급차에 실려 병원으로 갔고 중앙 광장에선 영사모 회원들이 얼싸안고 춤을 추었다. 나와 정민은 끝까지 결사대의 뒤를 쫓았다. 그들은 포로로 잡은 전경 셋을 교문으로 끌고 갔다. 그리고 거기서 녹사와 맞교환했다. 환호하는 영사모 회원들이 에워싼 가운데 영웅과 녹사가 뜨거운 포옹을 나눴다. 감격의 박수가 터져 나왔다. 동지를 구해 냈다는 자부심으로 영사모가 다시 한 번 하나가 되는 순간이었다.

나는 그들을 뒤로하고 기숙사로 향했다. 긴장했던 탓에 피로하기도 했지만, 그보다는 힘의 논리에 의해 상황이 판가름 나는 하루를 보낸 뒤여서 뭐가 옳고 그른지 머릿속이 뒤죽박죽이었다. 익숙한 발소리가 들려 뒤돌아보니 정민이 내 뒤를 따라오고 있었다. 나는 기다렸다가 그녀와 나란히 걸으며 물었다.

"괜찮은 거지?"

정민의 표정이 어두웠다. 그녀가 아무리 남자처럼 드센 여자라 해도 오늘은 힘든 하루였을 것이다.

"머리가 지끈거리는 것 빼곤 괜찮아."

나도 머리가 아팠다. 한꺼번에 긴장이 풀린 탓인지 다리도 휘청거렸다.

"주몽이 나서 줘서 다행이야. 그치?"

정민이 고개를 끄덕였다. 주몽의 결단이 더 큰 불상사를 막았다는 것에 동의하는 거였다. 오늘 주몽은 용기가 무엇인지를 보여 주었다. 세상 어려운 줄 모르고 자란 부잣집 막내둥이라 어쩔 수 없겠거니 했던 것이 나의 편견이었음을 일깨워 주었다. 나는 그에게 사과하고 싶었다. 대놓고 말하기가 쑥스러우면 그저 악수라도 하고 싶었다.

"주몽 선배에게 가는 길인데 같이 갈까?"

"혼자 가라. 난 좀 자야겠어."

그래, 좀 멋쩍을 수 있겠다. 나는 정민의 마음을 이해하고 혼자서 주몽을 찾아갔다.

그는 방에 있었다. 우리는 캔 맥주 하나씩 들고 옥상으로 올라갔다. 어두운 대기 속에 학교 건물이 낮게 가라앉아 있었는데 유독 중앙 광장만은 아직도 소란스러웠다. 영사모의 축제가 계속되고 있었다. 주몽과 나는 그 모습을 바라보았다.

"전경들이 물러가기 전에 선배와 영웅이 무슨 얘기를 나눴던 것 같던데?"

"왜 굳이 이런 방법을 쓰냐고 물었어. 대화로 해결해도 되는 일인데, 왜 무리를 지어서 각목을 휘두르고 교수님을 감금하고 그렇게 하느냐고."

내가 고개를 끄덕였다. 주몽의 입장이 이해되었다.

"도대체 왕주몽이란 놈은 어떻게 생겨 먹었기에 이렇게도 미워하는 사람들이 많은 것일까?"

주몽이 남의 말을 하듯이 허공에 대고 혼잣말을 했다. 그의 옆얼굴이 쓸쓸해 보였다.

"영웅을 두고 하는 말이야?"

"……."

나는 그의 기분을 이해했지만 해 줄 말이 없었다.

"혹시 너도 그러니?"

진지한 표정으로 주몽이 물었다.

"뭐가?"

"다른 애들처럼 너도 나를 미워하느냐고?"

내가 웃었다. 사람의 감정이란 상호 작용하기 마련이다. 내가 그에게 호감을 가졌음을 그가 모를 리 없었다. 그의 어깨를 두드려 주었다. 그가 위로받고 싶어 한다는 느낌이 들었다.

"형을 좋아하는 사람들도 많아. 나도 그렇고. 그렇다고 오해하지는 마. 선거에서 한 표 찍어 주겠다는 말은 아니니까."

주몽의 기분을 풀어 줄 생각으로 농담을 건넨 것이었다. 그런데 그가 예상외로 심각하게 받아들였다.

"어쩌면 네가 누굴 찍을지 고민할 일이 없어질지도 모르겠다."

"그건 또 무슨 말이야?"

"영웅이 제안해 왔어. 단일화하자고. 선거를 해 보나 마나 나는 자기를 이길 수 없다고 큰소리치면서."

무슨 꿍꿍이속일까. 나는 이리저리 생각을 굴려 보았다. 영웅이 먼저 치고 나오는 걸 보면 뭔가 속셈이 있는 것 같았다.

"그래서 형은 뭐라고 했어?"

"다음에 따로 만나서 얘기하자고 했어. 그런데 탁이 너도 선거에서 내가 영웅에게 질 거라고 생각하니?"

"누가 이기고 지는지는 뚜껑을 열어 봐야 아는 거야. 저쪽에서 하는 말에 공연히 끌려들지 마. 심리전일지도 모르니까."

기숙사에 돌아오자 녹사가 짐을 꾸리고 있었다. 석방되긴 했으나 출교 조치는 면하지 못한 모양이다. 그는 다소 살이 빠지고 의기소침해져 있었다. 하지만 안광만은 전보다 더 형형해 보였다. 나는 녹사의 가방을 버스 정류장까지 들어다 주었을 뿐 어떤 위로의 말도 해 줄 수가 없었다. 녹사의 행동에 지나친 면이 있었다는 건 인정하지만 젊은 컴퓨터 천재의 인생을 학교가 아무 주저함도 없이 낙인찍어 내팽개친 것이 아닌가. 나는 학교에 대해, 그리고 주몽에 대해 배신감이 들었다. 녹사가 제적을 피할 수 있도록 주몽이 노력하겠다고 했었는데.

"쳇, 주몽도 별수 없나 보군."

나 혼자 중얼거리는 말을 녹사가 알아들은 모양이었다.

"주몽이 왜?"

"형이 제적당하지 않도록 총장과 협상해 본다고 했거든."

"순진하긴. 누구보다도 내가 학교에서 사라지길 바라는 놈이 주몽이야."

"미안해, 형. 아무런 도움도 못 돼서."

나는 녹사에게 막연한 부채 의식을 가지고 있었다. 어쩌면 다 같이 나눠 져야 했던 짐을 녹사 혼자서 지고 떠난다는 그런 생각이 나를 힘들게 했다.

"나는 학교를 떠나는 게 아냐."

지금 학교에서 쫓겨나는 길이면서 무슨 소린가 했다.

"학교는 나를 버렸지만 나는 학교를 버릴 수가 없거든."

"알아. 형 맘 다 이해해."

그렇게 녹사를 버스에 태워 보냈다. 학교가 자신을 버렸지만, 자신은 학교를 버릴 수 없다는 그의 마지막 말이 무슨 뜻일까 의아하긴 했지만, 깊이 생각해 보지 않았다. 그런데 밤늦게, 늘 하던 대로 컴퓨터를 켜고 인터넷에 들어간 나는 녹사가 한 말의 실제 의미를 알게 되었다. 녹사가 버젓이 그곳에 있었다. 다음 날도 그다음 날도 학교를 떠난 녹사는 언제나 그곳에 있었다. 영웅이 경찰서까지 찾아가서 녹사를 구하지 못하면 자신도 함께 구속되겠다고 항의했던 것에 감동받은 것일까? 출교 조치를 당한 녹사는 더 마음껏 더 자유롭게 인터넷을 떠돌며 글을 남기고 동맹군을 모으고 더 치열하게 영웅의 선거 운동을 하고 있었다.

며칠 동안 녹사가 올린 글을 빠짐없이 읽은 나는 그가 누군가 희생양을 찾고 있거나 보복을 원한다는 느낌을 받았다. 문장 고수들의 글을 보면, 글자로 직접 표현하지는 않지만, 행간에 깔아 놓은 은근한 저의가 느껴질 때가 있다. 증거를 남기지 않으려는 범죄자처럼 말이다. 녹사의 글이 그랬다. 제적을 당한 울분이라면 충분히 그럴 수 있겠지, 이해하고 넘어갈 수도 있었다. 하지만 문제는 녹사가 글을 올리면 무조건 영사모가 동조하고 나선다는 것이었다. 한 사람 한 사람은 약하지만 모이면 힘이 생기고 그 힘으로 자신들의 요구를 관철할 수 있다는 것을 경험한 영사모였다. 그들에게 분별력 따위는 필요 없었다. 그저 아군인가 적군인가만 중요했다. 누군가의 의견에 댓글이 붙고 그 댓글에 또 다른 댓글이 붙으면서 녹사의 출교 조치는 영사모의 세력 약화를 꾀하는 주몽의 간계로 결론지어졌다. 그것은 물길 같은 것이었다. 모두가 한 방향으로만 흐르는. 더구나 그것이 이처럼 거센 물길이라면 거스른다는 것은 아예 불가능한 일인지도 모른다는 생각이 들었다.

분연히 일어난 영사모 덕분에 영웅의 지지도는 나날이 상승세를 탔다. 그는 더 이상 약자가 아니었으며 누구라도 그의 목소리에 귀를 기울이지 않을 수 없었다. 어느 날 공개적으로 영웅이 후보 단일화 문제를 거론했다. 영웅과 주몽의 표가 합쳐져야만 상대적으로 학생 수가 많은 자연대 이기찬 후보와 맞서 승산이 있다는 것이었다. 그런 주장이야 어느 선거에서든 누군가는 들고 나왔다가 시간이 지나면서 저절로 시들해지는 것이 아닌가. 처음에 나는 그러한 수순을 밟을 거라고 생각했다.

그러나 영웅은 보다 적극적이었다. 사람들이 시큰둥한 반응을 보이자 그는 작심하고 발언의 수위를 높여 갔다. 자신은 아무런 사심도 없으며 두 사람 중 지지도가 높은 후보가 단일 후보가 되면, 깨끗이 승복하겠다고 선수를 치고 나왔다. 서너 번 잽을 날리다가 어퍼컷 하나로 게임을 마무리하려는 권투 선수처럼 영웅의 제안은 사람들을 놀라게 했다. 사람들은 갑자기 조용해졌다. 영사모 게시판에서

조차 찬반 의견보다는 계산기를 두드리는 소리만 요란할 뿐이었다. 아무리 영웅이 상승세를 타고 있다고는 하지만 실제로 주몽보다 표를 많이 얻을 수 있을지는 영사모도 섣불리 장담하지 못하는 상황이었다. 영웅은 거기서 한 발 더 치고 나갔다. 툭 하고 미끼를 던져 주듯이 이번엔 인터넷 예비 선거를 공개적으로 실시해 보자고 했다. 예비 선거에서 지는 사람이 깨끗이 후보를 양보하자는 통 큰 제안. 이번에는 영사모 회원들의 반대가 만만찮았다. 그들에게마저 그것은 무모한 도전으로 보였기 때문이다.

공은 주몽에게 넘어갔다. 아직도 영웅의 인기를 일시적인 바람이라고 생각하는 몽우회의 의견은 분분했다. 며칠간의 장고 끝에 결국 주몽은 그 제안을 받아들이기로 했다. 앞뒤 생각 없이 혀가 구르는 대로 할 말 다 하는 영웅의 즉발성에 화가 났지만, 다른 선택은 있을 수 없었다. 이미 넘어온 공을 받지 않으면 영웅은 또 비겁하다고 주몽의 뒤통수를 칠 것이 뻔했으므로. 본 선거든 예비 선거든 넌 아직 나를 이길 수 없어. 주몽은 그렇게 생각했다. 아무리 주판알을 짜게 굴려 보아도 아직은 영웅에게 밀리지 않을 것만 같았다. 몽우회의 참모 중 한 사람인 허진은 이참에 명분을 주어 영웅의 퇴로를 열어 주는 것도 괜찮은 방법이라고 말했다. 주몽은 어느 정도 자신감을 회복하고 기꺼이 영웅의 제안을 받아들이겠노라고 선언했다.

그러나 인터넷 예비 선거의 결과는 예상 밖이었다. 막상막하를 달리다가 막판에 영웅이 주몽을 앞선 것이다. 그것도 오차 범위 안에서. 당황한 몽우회가 겨우 정신을 차리고 내놓은 패인 분석에 의하면, 이미 여러 번 인터넷 투표를 통해 의견을 표현하는 일에 단련된 영사모 회원들이 대거 참여한 반면, 주몽의 지지자들은 예비 선거니 인터넷 선거니 하는 것에 큰 의의를 두지 않았고 이틀에 걸쳐 치러진 예비 선거에 대해 아예 모르고 있던 학생들도 많았다는 것이었다. 그것은 자신만만했던 주몽 부대가 홍보전에서 밀렸고 예비 선거 참여를 적극적으로 독려하지 않은 탓도 있었다. 하지만 약속은 약속이고 결과는 이미 나온 뒤였다.

"방법이 없어. 약속을 지킬 수밖에."

주몽이 말했다. 그의 표정에서 읽을 수 있는 수심의 깊이는 깊었다.

"미안해, 대장."

허진이 풀이 죽어 말했다.

"결정은 내가 한 거야. 네 탓이라고 생각하지 마, 진아."

주몽이 허진의 어깨에 팔을 둘렀다.

"아직 방법이 전혀 없는 건 아냐."

허진이 침착하게 말을 이었다.

"결국 일이 이렇게 되고 말았지만, 처음부터 다시 생각해 보자고. 대장이 왜 학생회장이 되려고 하는지부터."

"그거야, 왕 회장님의 유언이……."

익치의 말 중간에 허진이 다시 끼어들었다.

"맞아. 대장은 왕 회장님의 유언을 받들고자 했어. 유언을 달리 해석하는 사람들도 있지만, 그분의 진의는 학교를 대장에게 상속하는 거였어. 세계대학을 세계 10위권 안의 명문 대학으로 성장시키는 게 그분의 마지막 소원이었다고 들었어. 이 나라의 미래를 책임질 엘리트 교육의 산실로 말이야."

"누가 그걸 모르냐?"

익치가 답답하다는 듯이 끼어들자 주몽이 손을 들어 그를 제지했다. 허진이 하던 말을 계속했다.

"그렇다면 말야, 어떻게든 그 목적만 이루면 되지 않을까. 학생회장이든 부회장이든 감투의 색깔과 상관없이 말이야."

모두가 생각에 빠져들었다.

"그러니까 진이 네 말은 영웅에게 단일 후보를 내주는 대신 대장이 그의 러닝메이트가 되라는 거냐?"

"그래."

익치가 거세게 반발하고 나섰다.

"참 맥 빠지는 소리들 하고 있네. 죽 쒀서 개 주자는 거야 뭐야? 일은 우리가 다 만들어 놓고 영웅 같은 놈한테 학생회장 자리를 빼앗기는 게 말이 돼?"

허진도 지지 않고 맞받아쳤다.

"예비 선거 결과가 이렇게 나왔는데 본 선거에서 이길 수 있다고 장담할 수 있어? 차라리 발 빠르게 실속 차리는 게 낫다는 거지."

"너 아직도 영웅이 어떤 놈인지 잘 모르는구나. 학생회장과 부회장과는 하늘과 땅 차이야. 그렇잖아도 영웅이 대장 알기를 지 발바닥의 뭐처럼 아는데 말야. 만약 그렇게 돼 봐라. 대장을 지 부하처럼 부리면서 으스댈 거 아냐. 난 그 꼴은 못 봐. 죽어도 못 본다고."

주몽의 안색이 심각하게 변했다.

"익치, 그럼 네 생각을 말해 봐?"

익치는 망설임 없이 말을 뱉어 냈다.

"약속은 무슨 약속이야. 첨부터 하지 말았어야 할 약속인데."

"그럼?"

"한 번쯤 말을 번복한다고 큰일 안 나. 세상엔 지킬 필요가 없는 약속도 있는 거니까."

"그건 안 돼. 지금 신뢰를 잃으면 아무것도 기약할 수 없고, 우리가 관리해 온 대장 이미지에 치명적인 손상을 입는다고."

허진이 브레이크를 걸었다.

"아, 그러니까 적당한 핑곗거리를 찾으면 될 거 아냐. 인터넷 선거가 조작되었다든가, 영웅 쪽에서 먼저 약속을 지키지 않았다든가, 적당히 뒤집어씌우자고."

주몽이 익치를 조용히 쏘아보았다. 아마도 그로선 받아들이기 힘든 제안 같았다.

"왜? 내가 비겁해 보여?"

아무도 그렇다고 말하진 않았지만, 표정으로 보아선 모두 그렇다고 말하고 있었다.

"어차피 먹고 먹히는 게 세상사야? 우리가 영웅을 안 잡아먹으면 영웅한테 잡아먹히게 되어 있다는 걸 명심해야 돼."

모두가 그에게서 고개를 돌렸다. 상종 못할 별종이라는 표시였다. 그러나 주몽은 익치의 말을 곰곰이 새겨듣는 눈치였다. 하지만 허진의 말도 일리가 있지 않은가.

"물길을 바꾸려고 하면 안 돼. 그냥 물길에 올라타야 해. 영웅을 봐. 재빨리 무임승차했잖아. 그를 탓할 수도 없어. 그것도 능력이니까. 운이 영웅에게 있는 것 같아. 인정할 건 깨끗이 인정하자."

언제나 과묵하던 김우현의 말이었다.

"연합해야 해, 주몽. 어떻게든 우리는 학생회에 참여해야 하니까. 지금은 그것 하나만 목표로 삼자. 회장이든 부회장이든 그게 뭐가 대수야. 학교가 누구 손에 들어가느냐 하는 판국인데."

"맞아. 크게 생각해야 해. 영웅은 어차피 학생회장에 당선되어도 얼굴마담 노릇밖에 할 게 없을 거야. 만약 연합하지 않아서 다른 단과 대학 후보가 당선되면 영사모는 틀림없이 주몽을 씹어 댈 거야. 주몽이 약속을 지키지 않아서 영웅이 낙선했다고 몰아붙이겠지. 그 화살은 또 어떻게 감당할래? 영사모는 마치 피라니아들 같아. 우르르 달려들어 물어뜯으면 뼈 한 조각 남지 않는다고."

주몽이 눈을 감고 고뇌에 빠져들었다. 어떻게 해야 한단 말인가. 김우현이 다가가 그의 어깨에 다정하게 팔을 둘렀다. 이 잘생긴 귀공자는 일신그룹 후계자였다.

"나야 거저 준대도 학생회장 같은 건 하고 싶지 않지만 네가 진정으로 원한다면 영사모 같은 사이버 세력을 얻어야 해. 그들이 옳건 그르건 그런 건 문제가 아냐. 그들이 피라니아같이 상대를 물어뜯는대도 상관없어. 그들의 세력을 등에 업어야 성공할 수 있는 시대가 온 거니까."

주몽이 장난스럽게 우현의 이마에 자신의 이마를 박았다.

"맞는 말이야."

"아— 새로운 세상 인터넷으로 오세요."

김우현이 자기 자리로 돌아오면서 마이크로소프트사의 CM송을 흥얼거렸다. 그의 표정엔 얄궂은 미소가 걸려 있었다.

"모두 충고 고마워. 오늘 밤 한잔하자. 그리고 허진, 네가 영웅 캠프에 가서 약속을 잡아. 그를 만나겠어."

"알았어, 대장."

주몽은 마음을 결정한 모양이었다. 한층 표정이 밝아졌다.

학생회관에서 기자 회견이 열렸다. 주몽은 이미 준비해 간 원고를 읽어 내려갔다. 그의 목소리는 무겁게 가라앉아 있었다.

"저는 새 시대의 도래를 염원하는 세계대학 학우들의 기대에 화답하기 위해서 결단을 내렸습니다. 저 주몽은 오늘부로 학생회장 후보를 사퇴합니다. 앞으로는 나영웅 후보와 상호 협력하여……."

주몽의 기자 회견이 끝나자 영웅이 다가가 주몽과 포옹하는 장면을 연출했다. 두 사람은 얼굴 가득 미소를 짓고 서로의 손을 높이 쳐들었다. 나는 그 순간을 놓치지 않고 사진을 찍어 두었다.

영사모 모임에서 긴장이 느껴지지 않은 건 처음이었다. 단일화 발표 이후 그 축하 모임이 중앙 광장에서 열렸다. 요즘 들어 시도 때도 없이 핑계만 있으면 모여서 노래 부르고 춤추는 집단이 된 영사모였다. 그들 속에서 춤을 추던 영웅은 얼굴 가득 새어 나오는 웃음을 감추지 못했다. 그에게는 당선 소식을 듣는 것만큼이나 기쁜 날이었을 것이다.

주몽과 나 그리고 몇몇은 그 자리를 피해 기숙사로 돌아왔다. 주몽은 피곤해 보였다. 영웅과 함께 미소를 짓고 있었지만, 그는 유쾌할 수 없었다. 그는 오랜 시간 이번 선거를 위해 준비해 왔다. 그 많은 노력의 순간들이 바람처럼 뇌리를 스쳤다. 영사모의 방해 공작, 영웅과의 끝없는 줄다리기, 선거용 CF를 찍기 위해 소비한 시간과 노력, 그리고 전혀 반겨 주지 않는 형을 찾아가 고개를 숙인 일까지 쉬운 일이라곤 아무것도 없었다. 그런데도 일이 이렇게 되고 만 것이다. 주몽은 기숙사 옥상에서 학교 쪽을 바라보면서 점점 착잡해지는 기분을 다스리고 있었다. 그는 곰곰이 생각했다. 아쉽기만 한 것은 아니었다. 이제부터 함께 손을 잡아야 할 영웅을 질투하는 것도 아니었다. 산악회 회원들을 이끌고 우여곡절 끝에 정상에 오른 순간 다시 산에서 내려갈 일을 걱정해야 하는 등반대장처럼, 주몽은 광장의 환호성을 들으며 또 다른 걱정거리를 싸안고 있었다.

"한바탕 굿판이 벌어진 것 같아."

"한풀이 굿판인지, 희망의 굿판인지 빨리 선거가 끝나야지 그렇지 않으면 모두가 미쳐 버리겠어."

내가 말했다.

"나도 저들과 함께 미칠 수 있다면 얼마나 좋을까? 지금 내 기분을 어떻게 설명해야 할지 모르겠지만, 어쨌든 나는 영웅이 부러워. 정말 부러워."

주몽이 웃었다. 쓰디쓴 웃음이었다.

"선배가 못 말리는 감상주의자라서 그래."

내가 말했다. 하지만 바로 옆에 서 있던 익치의 해석은 유별나게도 시니컬했다.

"저게 바로 광주 항쟁, 6·10…… 88올림픽 그리고 4년마다 열리는 월드컵까지 우리 역사상 주기적으로 분출하는 화산 폭발의 에너지야. 저렇게 모여서 떼춤을 추며 에너지를 발산하는 것이 가장 부작용이 적은 방법이긴 하지만 거기에 어떤 의미를 갖다 붙이는 건 곤란해."

나는 익치와 논쟁을 벌였다.

"모르겠어? 저건 바람이야. 이제까지는 없던 새로운 움직임."

"두고 보면 알겠지. 니 말대로 바람이라고 해도 시간이 지나면 가라앉기 마련이니까. 아, 더워서일지도 모르겠다. 오늘 같은 열대야에 기숙사에 처박혀 있긴 힘든 게 우리 청춘이잖아?"

"내 생각엔 저 바람이 쭈욱 선거 때까지 갈 것 같은데."

"아니, 곧바로 이성을 찾을 거야. 우린 대학생이지 철부지가 아니니까."

아무래도 익치가 물러서지 않을 것 같아 나는 주몽에게 고개를 돌렸다.

"너무 빨리 포기한 건 아닐까?"

익치가 또 끼어들었다.

"내 말이 그 말이야. 허진이 약속을 받아 냈다지만 영웅 같은 기회주의자를 믿을 수가 있어야지."

"약속? 무슨 약속?"

내가 물었다.

"별거 아냐."

주몽이 뭔가 숨기려는 듯 어물쩍 넘어가려 했다. 익치도 아차, 싶었는지 곧바로 입을 다물었으므로 나는 그 약속이라는 것에 대해 호기심이 일었다. 나중에 익치를 구워삶아서 알아내야지. 그러나 익치를 구워삶을 필요도 없이 자연스레 알게 되었다. 그것은 영웅이 당선될 경우 주몽을 부회장으로 지명한다는 거였다. 주몽이 내게까지 비밀로 하려 한 것이었는데 영웅에게는 비밀일 필요가 없었던 모양이다. 내가 그 밀약이라는 걸 알았을 땐 이미 모두가 알고 있었다.

주몽과 헤어져 내 방으로 돌아가는 길에 나는 발길을 멈췄다. 오늘도 영웅이 설혜수를 기다리고 있을까? 순간적인 호기심이 나를 지배했다. 역시나 여학생 기숙사 뒤편 등나무 밑 벤치에는 누군가가 있었다. 내게 등을 보이고 선 자세로 여학생관 3층 불 켜진 창문을 뚫어져라 노려보고 있는 남학생이 있었다. 어두웠고 내게 등을 보이고 있었으므로 얼굴을 확인하진 못했지만 나는 영웅이 틀림없다고 생각했다. 끈질긴 거 하나는 알아줘야겠군. 나는 발길을 돌렸다.

하지만 그날 일이 거기서 끝나지는 않은 모양이었다. 내가 목격한 것은 거기까지이니 확인할 수는 없지만, 영웅의 끈질긴 의지가 그날 밤만큼은 전혀 다른 방식으로 증명된 모양이다. 많은 사람이 궁금해하겠지만 나로서도 어쩔 수 없다. 그것은 선거 전야제에서 영웅이 직접 언급한 말에서 짐작할 수밖에.

전야제

선거 전야제는 해가 지는 오후 7시로 공지되었지만, 그보다 훨씬 이전부터 중앙 광장은 붉은 물결로 채워졌다. 낮 동안 충분히 달궈진 아스팔트 위에 학생들이 자리를 잡고 앉았다. 전교생이 모인 듯했다. 몇몇 과에서는 출석 체크하듯 대표들이 인원 점검을 했고, 삼삼오오 친한 사람끼리 참석한 학생들은 연신 스마트폰을 눌러 대며 서로의 존재를 확인했다. 아무것도 강제하지 않았지만, 모든 것이 강제된 연대감이었다. 4년마다 되풀이되는 월드컵 축구 응원전 같았다. 여학생들의 과감한 노출은 이제 익숙한 풍경이었다. 금방이라도 아찔한 순간이 연출될 것 같은 탱크톱에 핫팬츠를 입은 여학생들이 파티 걸처럼 과장된 몸짓으로 분위기를 달구었다. 남학생들은 주로 페이스 페인팅으로 멋을 부렸다. 색색의 물감으로 뺨에 가로줄을 긋거나 태극기를 그려 넣는 것은 보통이었고, 얼굴 전체에 영웅의 캐리커처를 솜씨 좋게 그려 넣는가 하면, 머리에 수탉처럼 볏을 달거나 윗몸 전체를 도화지 삼아 한반도 지도를 그려 넣은 학생도 보였다. 설명하기 힘든 미묘한 흥분이 일었다. 그들은 스스럼없이 어깨동무하고 엉덩이를 부딪치고 손을 잡고 춤을 추었다. 마치 인디언 전사들의 출정식 같았다.

해가 지자 짙은 분장 탓에 사람들은 누가 누군지 분간할 수 없게 되었다. 누군가는 붉은 가면을 쓰고 있었고, 누군가는 붉은 두건을 두르고 있었으며, 모두 다 붉은 티셔츠를 입고 있었다. 어쩌면 누가 누군지 분간할 필요가 없었는지도 모르겠다. 그들은 '개인'이 아니라 '무리'가 되기 위해 모인 것이고 그것이면 족한 사람들이었다. 한 번도 연습한 적 없지만, 그날 밤 붉은 무리의 군무는 일사불란했다. 그들이 검지로 허공을 가리키며 소리치면, 그 손가락 끝 어딘가에는 의심할 여지 없이 새로운 세상, 새로운 천국이 존재하는 것 같았다.

도현주가 무대 위로 뛰어올랐다. 그녀는 태극기를 망토처럼 두르고 붉은 탱크톱에 붉은 핫팬츠 그리고 검은 부츠 차림이었다. 도현주의 시원스러운 목소리가 터져 나왔다.

"오 필승 꼬레아, 오 필승 세계대."

붉은 옷을 입은 영사모들이 따라 불렀다.

"오 필승 꼬레아 오오오오 에……."

하얀 옷을 입은 몽우회도 따라 불렀다. 두 단체가 사이좋게 어울렸다. 무대 뒤에는 영웅과 주몽의 다정한 모습이 보였다. 언뜻 설혜수의 모습도 보였던 것 같다. 그런데 그녀는 하얀 스카프가 아닌 붉은 스카프를 목에 두르고 있었다.

나는 정민을 찾아 두리번거렸다. 오늘 같은 날 당연히 보여야 할 그녀의 모습이 어디에도 없었다. 얼마 전 정민에게 보기 좋게 딱지를 맞은 이후, 나는 엄연한 사실을 사실로 인정하지 못해서 어려움을 겪었다. 이전처럼 후배로, 동생으로 지내기로 마음먹었지만, 막상 그녀의 얼굴을 대하는 순간이 못 견디게 어색했다. 내게 있어 마음을 접는 것은 마음을 주는 것보다도 훨씬 힘든 일이었다. 그렇더라도 나는 여전히 정민이 보고 싶었다. 그녀가 눈앞에 보여야 안심이 되었다.

영웅이 마지막 연설을 준비했다. 밤 10시를 기해 모든 선거 운동이 막을 내리게 되어 있었다. 주몽을 상대로 한 싸움에서 영웅이 승리한 것이다. 연합이 실현된 이상, 선거 결과는 너무도 뻔해 보였다. 그는 자신에게는 사람을 끌어모으는 재능이 있으며 사람들이 모이면 힘이 생기고, 그 힘이면 무엇이든 할 수 있다는 것을 기쁜 마음으로 받아들였다.

영웅이 자신감에 찬 모습으로 단상에 올라가 손을 흔들었다. 그는 순간적으로 아찔했다. 목마른 눈빛, 너무도 간절한 눈빛들이 한꺼번에 자신을 향하고 있었다. 조금 불안했다. 자신이 이 정도로 위대한 인물일까? 저들의 목마름을 채워 줄 무언가를 과연 가지고 있는 것일까? 그는 고개를 흔들었다. 지금은 그런 골치 아픈 생각을 할 때가 아니다. 저들에게 자신의 몸을 내놓고 그저 앞으로 나아가면 된다. 시냇물이 모여 강물이 되고 강물이 모여 바다가 되듯이 저들의 함성이 점점 더 거대한 물길이 되어 흐르도록 내버려 두면 되는 것이다. 영웅은 몸 안의 모든 에너지가 위로 치솟는 느낌이 들었다. 그의 목소리와 몸짓에 차츰 열기가 더해졌다.

"나영웅은 여러분을 사랑합니다."

지금 이 순간 어찌 저들을 사랑하지 않을 수 있겠는가. 그를 지지하는 영사모는 물론이고 흙과 바람과 나무와 풀 한 포기까지 세상의 모든 것이 사랑스럽게 느껴졌다. 무엇보다도 자랑스러운 자신의 모습을 그는 뜨겁게 사랑했다.

"우리도 영웅을 사랑합니다."

영웅은 뜨거운 호응을 보여 주는 영사모를 내려다보며 생각했다. 얼마 전 주몽의 캠프에서 만나자는 연락이 왔을 때 별다른 기대는 하지 않았다. 자신이 주몽의 입장이었어도 선뜻 후보 단일화 제안을 받아들이기는 어려웠을 것이다. 그러나 주몽은 거래를 받아들여 후보를 사퇴하겠다고 말했다. 그는 철부지 귀공자일 뿐이야. 영웅의 입꼬리가 귀에 걸렸다. 그의 인생 어디에 이만한 선물이 또 있을 것인가. 영웅은 이것저것 따지지 않고 덥석 주몽이 내민 손을 잡았다. 영웅 입장에서는 주몽이 내놓은 조건이란 것도 너무나 사소한 것이었다. 부회장 직을 달라니 그게 뭐 대수라고. 선거 참모들은 무언가 다른 꿍꿍이가 있을 거라며 몸을 사렸지만, 영웅은 크게 한 번 웃었을 뿐이었다. 부회장이 누가 되든 무슨 상관인가. 어차피 학생회는 회장을 중심으로 운영될 텐데. 그는 주몽의 어리석음을 비웃으며 조건을 수락했고, 곧바로 주몽의 후보 사퇴 기자 회견이 이어졌다. 이제 태양은 둘이 아니고 하나가 되었다.

영웅은 자신도 모르게 감격하여 눈물을 찔끔거렸다. 지나온 20여 년의 인생이 눈앞에 스쳐 지나갔다. 그는 한참 동안 말을 잇지 못했다. 목소리를 진정시키기가 쉽지 않았다. 그는 천천히, 그리고 심사숙고하여 말문을 열었다.

"사랑하는 영사모 여러분, 우리는 최선을 다했습니다. 저와 여러분은 그동안 한 몸이었습니다. 하늘은 스스로 돕는 자를 돕는다더니 이제 하늘도 우리 편입니다. 밤새도록 축제를 벌입시다. 영웅은 여러분을 사랑합니다."

영사모들이 모두 일어나더니 일제히 스크럼을 짜고 함께 움직였다. 북소리가 장단을 맞춰 주었다.

"영웅!"

둥.

"영웅!"

둥둥.

"영웅!"

둥둥둥.

누군가 고안한 새로운 춤이 유행하고 있었다. 영웅이 무리 속에서 설혜수를 발견한 모양이다. 그가 손을 들어 북소리를 멈추게 한 다음 뜬금없이 계획에 없던 발언을 했다.

"부끄럽지만 오늘, 여러분에게 꼭 소개하고 싶은 사람이 있습니다. 혹시라도 내일 제가 낙선하면 다시는 기회가 없을 테니까요."

썰렁한 농담이었지만 사람들은 조용히 귀를 기울였다.

"저 영웅이 죽자 살자 따라다니던 한 여성이 있다는 것을 여러분도 잘 아실 겁니다. 지난 1년간 싸나이의 순정을 바친 끝에 드디어……."

영웅이 원하는 반응을 끌어내기 위해 뜸을 들였다.

"드디어 사랑을 얻었습니다."

와아- 하는 웃음소리와 박수 소리가 함께 터졌다. 다음 순간 나는 놀라지 않을 수 없었다. 군중 속에서 설혜수가 일어나더니 손으로 얼굴을 가리고 황망히 사라지는 것이 아닌가. 그녀의 뒷모습을 바라보던 영웅의 표정에 아쉬움이 남았다.

"제 여자가 좀 부끄럼이 많습니다. 인사시키려고 했더니 숨어 버리네요."

잠시 동안 김이 빠진 분위기였지만 곧 사람들은 영웅의 여자가 누군가 하는 호기심으로 주위를 두리번거렸다.

"에, 한 가지만 힌트를 드리자면 그녀는 세계대학 최고의 미인입니다."

설혜수의 빨강 스카프는 그래서였구나. 나는 얼른 주몽 쪽을 바라보았다. 주몽은 겉으로는 별다른 반응을 보이지 않았다. 하지만 요 며칠 그가 몹시 우울해하고 있었다는 것을 나는 알고 있었다. 예비 선거부터 후보 단일화까지 계속되는 일정에 스트레스를 받았기 때문이겠지 짐작했는데 사실은 설혜수 때문이었나 보다. 나는 익치에게 속 시원한 대답을 들을 수 있었다.

"영웅 그 자식은 뭐든 우리 대장이 가진 건 다 빼앗아야 직성이 풀리는 새끼야. 치사하게 여자까지 뺏는 거 좀 봐라."

하지만 결과적으로 영웅은 주몽에게서 설혜수를 빼앗지는 못한 듯하다. 설혜수는 그해 가을, 소리 없이 학교에서 사라졌다. 유학을 갔다는 말도 있고, 재벌가에 시집을 갔다는 소문도 있었다. 어찌 됐든 설혜수는 그날 이후 다시는 학교에 모습을 보이지 않았다.

단 아래에서 작은 움직임이 일었다. 빨간 옷을 입은 영사모의 한 편에 하얀 옷을 입은 몽우회 회원들이 있었는데 그들의 수는 훨씬 적었지만 영사모에 뒤질세라 주몽을 열렬히 지지해 주었다. 그리고 그중 한 여학생이 특별한 물건을 준비해 왔다. 작은 피켓이었다. 그녀는 그것을 들고 맨 앞으로 걸어 나오더니 영웅의 면전에서 흔들어 댔다.

'부회장은 주몽. 진정한 세계대학 수호자는 주몽.'

영웅의 눈에 분노가 일고 볼 근육이 움칠움칠 경련을 일으켰다.

"아니, 지금 누가 부회장을 이야기하는 겁니까?"

두서없이 허공을 떠돌던 소음들이 단번에 사라졌다.

"여기 부회장 할 만한 사람이 주몽 한 사람밖에 없습니까? 당장 그것 치우세요."

서슬 퍼런 영웅의 고함 소리에 놀란 주몽의 지지자는 그 자리에 얼어붙었다. 그녀는 자신의 사소한 행동이 몰고 온 예상 밖의 파장을 이해할 틈도 없이 얼떨떨하게 서 있다가 영사모에게 포위당했다. 영사모들이 피켓을 빼앗아 바닥에 내팽개치고 발로 짓밟았다.

주몽이 자리에서 벌떡 일어났다. 그의 눈에 불꽃이 튀었다. 주몽을 호위하듯 몽우회 사람들도 씩씩거리며 일어섰다. 그러나 영웅은 이미 선을 넘고 있었다. 그에게 주몽은 이제 안중에도 없는 사람이었다.

"우리 영사모에 주몽만 한 인재는 얼마든지 있습니다. 유정민도 있고, 정영진도 있고, 추선 학우도 있습니다. 주몽이 후보를 사퇴하는 대신 부회장 직을 달라고 하는데 나는 그럴 생각이 없습니다."

소란이 일었다. 주몽의 얼굴이 수치심으로 벌겋게 달아오르더니 자리를 박차고 나갔다. 몽우회 핵심 멤버들이 그의 뒤를 따랐고 주몽의 지지자들은 이 상황을 어떻게 받아들여야 할지 몰라 우왕좌왕했다. 그때서야 영웅에게 아차 하는 생각이 스친 모양이다. 조금만 더 참을걸. 오늘 밤만 무사히 넘기면 되는데. 단상 아래를 보니 주몽을 비아냥거리던 추선과 정영진이 안절부절못하면서 하나둘 떠나가는 주몽의 지지자들을 아쉬운 듯이 바라보고 있었다.

영사모 대열에서 누군가가 소리쳤다.

"갈 테면 가라. 너희 같은 부르주아들과 연합할 생각은 처음부터 없었다."

누군가가 동조하고 나섰다.

"맞아. 저들과는 절대로 하나가 될 수 없어."

영웅은 생각했다. 그래, 애초부터 연합할 생각은 없었다. 될 대로 되라지. 대세는 이미 기울었는데 주몽이 뭘 어쩌겠는가. 그는 두려움을 떨쳐 내고 소리쳤다.

"저 영웅은 부회장 자리를 밀실에서 거래할 생각은 추호도 없습니다. 그건 야합이고 부정부패 아닙니까?"

"옳소."

"영웅, 영웅!"

몽우회 중 몇몇은 영사모와 서로 몸을 밀치며 싸움을 벌였고, 몇몇은 서로 삿대질을 하며 으르렁거렸지만, 대부분은 공포에 휩싸여 뒷걸음질을 쳤다.

"누굴 탓해. 주몽 자식이 바보지."

실망하여 뒤돌아서는 몽우회 회원의 말이었다.

"먹고 먹히는 선거 판에서 양보라니 무슨 개뼈다귀 같은 소린가 했어."

"결국 영웅에게 이용만 당한 거야, 안 그래?"

누군가는 푸념을 늘어놓았고 사람들은 고개를 끄덕였다. 그리고 이제는 아무 희망도 없다는 듯이 발길을 돌렸다. 그들은 영웅에 대한 분노보다도 주몽에 대한 원망이 더 사무치는 모양이었다.

"주몽 자식 마음이 너무 약해. 부잣집 막둥이로 태어나 세상 어려운 줄 모르고 살아서 그렇지 뭐."

광장 한구석에서 그 모든 원망의 소리를 들으며 주몽이 영웅을 기다리고 있었다.

"대장, 보자마자 한 대 갈겨 버려. 개자식, 영사모 믿고 눈에 뵈는 게 없어."

익치가 한 소리 했지만, 주몽은 동요하지 않았다. 다만 오른손을 불끈 쥐었을 뿐이다. 영웅이 몇 명의 영사모를 이끌고 나타났다. 그는 내가 없는 말 했느냐, 사실대로 말한 것뿐이다, 그렇게 말하듯 아래턱을 들어 올리고 거만하게 주몽을 노려보았다.

주몽이 영웅에게 다가갔다. 한 대 갈겨야 분이 풀리겠다는 듯 불끈 쥔 주먹이 부르르 떨렸다. 그러나 그는 영웅의 어깨를 거칠게 한 번 밀쳤을 뿐이었다. 주몽이 영웅을 노려보며 물었다.

"너는 왜 나를 그토록 미워하는 거냐?"

영웅이 주몽의 시선을 정면으로 맞받으며 대답했다.

"난 말이야, 세상 사람 모두에게 져도 너한테만은 지고 싶지 않거든."

영웅이 잔인하게 웃었다. 이미 끝난 게임인데 할 테면 해 봐라, 하는 식이었다.

"날 이기고 싶어서라고? 단지 그것뿐이라고?"

나는 문득 주몽의 눈을 보았다. 거기엔 증오라기보다는 더할 수 없는 슬픔이 고여 있었다.

"비열한 자식. 자기 어머니를 두고 맹세까지 하고서도 손바닥 뒤집듯이 약속을 뒤집었어."

주몽이 자신의 캠프로 돌아오자 허진이 몸 둘 바를 몰라 하며 그렇게 말했다. 그는 이번 단일화를 막후에서 조정한 사람이었다.

"미안해, 대장. 내가 영웅 자식을 믿은 게 잘못이야."

다른 사람들도 험한 말을 주고받았다.

"이제라도 단일화는 무효라고 선언해야 해. 우리만 우습게 되기 전에."

"시간이 없어. 상황 끝이야."

"보기 좋게 사기 당한 꼴이라니."

주몽은 두통을 호소했다. 모든 후회스러운 일들로 머리가 깨질 것만 같았다.

"내 꼴이 이게 뭐냐. 아버지께 면목 없게 됐어."

"대장, 지금이라도 뒤집어야 해."

"영웅이 당선되느니 차라리 자연대의 이기찬 후보가 당선되는 것이 나아."

"무엇이 최선일까? 지금 이 상황에서."

두 손으로 머리를 싸안은 채 주몽이 물었다. 지친 목소리였다.

"당장 연합을 취소한다고 해도 그것을 사람들에게 알릴 방도가 없잖아."

"있어. 있다고."

익치가 자기 스마트폰을 흔들며 흥분했다.

"우리의 조직은 아직 살아 있어. 이것만 있으면 모든 것이 가능하다고."

어쩐 일인지 사람들이 모두 나를 쳐다보았다. 이전과는 확연히 다른 눈빛이었다. 나를 스파이로 의심하는 건가? 내가 어이없어 하는 사이 익치가 주몽을 이끌고 천막 안으로 들어가며 말했다.

"보안이 필요한 사안이야."

그들을 따라 들어가려 했지만 입구에서 누군가 나를 막아섰다. 어쩔 수 없이 밖에서 귀를 기울이는 수밖에 없었다. 주몽 일행이 들어간 천막 안에서 곧바로 고성이 터져 나오더니 누군가 주먹으로 벽을 친 모양이다. 천으로 된 벽이 밖으로 불룩 튀어나왔다가 탄력으로 원상 복구되면서 천막 전체가 부르르 떨었다. 간간이 주몽의 목소리도 흘러나왔지만 무슨 말인지 정확히 알아들을 수가 없었다. 하지만 그가 대단히 흥분한 상태라는 것은 알 수 있었다. 주몽은 아마도 자신의 발등을 찍고 싶을 것이다. 하지만 선거 운동 시한이 지났

216

는데 아무리 자신의 성급함을 책망한들 무슨 소용이 있겠는가.

주몽이 그의 아버지 왕 회장 이야기를 해 준 적이 있다. 주몽이 국
문과에 가서 소설을 쓰고 싶다고 고집을 부렸을 때 왕 회장은 그를
조용히 타일렀다고 한다. 어차피 승부사의 길을 가도록 태어난 사람
이 소설을 쓴다는 것은, 생각의 영역을 넓혀 줄 수는 있겠지만, 승부
사로서의 에너지는 고갈시킬 거라고. 왕 회장은 아들인 주몽을 누구
보다 잘 알고 있었던 것이다. 때로는 아이 같기도, 때로는 현자 같기
도 했다는 왕 회장에 대한 낯선 경외심으로 가슴이 뜨듯해졌다. 하
지만 나는 주몽이 소설을 썼으면 더 좋았을 것이라고 생각한다. 짧
은 나의 안목으로도 승부사보다는 가난한 소설가로 살아가는 것이
주몽의 적성에는 더 맞을 것 같았다.

"연합이 깨졌다는 사실을 지지자들에게 알릴 방법이 있다고? 자
세히 말해 봐."

주몽의 목소리가 가느다랗게 떨렸다.

"SNS를 활용하는 거야. 먼저 여기 있는 멤버들이 트위터나 페이스
북에 글을 올리고 그 글을 되도록 많은 팔로어가 무한 전파하게 하
는 거지. 늦어도 새벽까지는 전교생이 소식을 알게 될 거야."

"좋아. 전교생을 트위터로 불러내자. 영웅이 비열한 배신자라는
걸 모두가 알게 해야 해."

천막을 빠져나온 몽우회 멤버들이 각자의 할 일을 찾아 흩어지고
주몽과 익치만 남았다. 주몽이 자신 없는 말투로 물었다.

"만약에 말이야, 우리가 빠져도 영웅이 자연대 이기찬 후보를 누르고 당선되면 그때는 어떻게 하지?"

"그런 일이 일어나게 해선 안 돼, 절대로."

익치가 대답했다. 그것은 주몽으로서도 상상조차 하기 싫은 가정이었다.

밤의 허리춤에서 바람이 새어 나왔다. 오호츠크 해를 건너온 비의 전령이었다. 주몽을 에워싸고 몽우회 멤버들이 다시 광장에 모습을 드러냈다. 주몽의 손에는 A4용지가 들려 있었다. 급하게 쓴 연설문이었다. 주몽은 단상 쪽으로 향했다. 무언가 심상치 않은 기운을 감지한 영사모들이 주몽을 막으려 했고, 이제는 확연히 줄어든 몽우회 회원들은 주몽에게 길을 터 주려 영사모와 몸싸움을 벌였다. 가까스로 주몽이 단상에 올라갔다. 그리고 마이크 앞으로 뚜벅뚜벅 걸어갔다. 무겁고도 단호한 걸음걸이였다. 영웅이 있는 곳엔 시선 한 번 주지 않고 그는 준비해 온 원고를 읽었다. 그의 목소리는 추를 단 그물처럼 무겁게 가라앉았다.

"사랑하는 세계대학 학우 여러분, 이제 우리는 선거를 불과 몇 시간 앞두고 있습니다. 유감스럽게도……."

주몽이 괴로운 듯 입술을 깨물었다.

"저와 나영웅 후보와의 연합이 무효가 되었음을 선언합니다. 연합은 없습니다. 학우 여러분, 세계대학의 운명이 여러분 한 사람 한 사람의 손에 달려 있습니다."

"주둥이 닥치지 못해."

"빨리 끌어내려."

주몽의 말이 채 끝나기도 전에 어둠 속에서 소란이 일었다. 영사모들이 주몽을 향해 아귀처럼 달려든 것이다. 주몽의 목소리는 영사모의 고함 소리에 묻혀 들리지 않았고, 곧이어 누군가가 마이크를 꺼 버렸다. 주몽은 멈추지 않고 연설문을 계속 읽어 나갔다. 하지만 가까이 있는 몇몇 사람을 제외하고는 들리지도 않았다. 그러거나 말 거나 주몽은 준비한 원고를 끝까지 읽으려 했다. 그러는 것만이 자신에게 남은 마지막 자존심을 지키는 일이라고 생각하는 모양이었다. 그의 목소리는 의외로 침착했고, 그의 표정은 음울했으나 동요의 빛은 없었다. 자신의 판단 착오를 부정하지도 않았다.

연설문을 다 읽은 후, 주몽이 뒤돌아 단상에서 내려오려고 했다. 그러나 이미 질서는 흐트러졌고 분노한 영사모들이 그의 앞을 가로막았다. 주몽은 떠밀리면서도 몸가짐을 흐트러뜨리지 않으려 애를 쓰는 모습이 역력했다. 몰려들던 영사모 중엔 그런 주몽의 의연한 태도에 흠칫하며 비켜서 주는 사람이 있었다. 올라갈 때보다 더 어렵게 주몽이 단상에서 내려왔다. 익치와 몇몇이 그를 지근거리에서 보호해 주었지만 그들의 힘만으로 여기저기서 튀어나오는 영사모의 펀치를 막는 것이 쉬운 일은 아니었다.

비가 내리기 시작했다. 낮 동안 대지를 달구었던 열기가 제 풀에 지쳐 비가 된 듯했다. 그러나 사람들은 광장을 떠나지 않았다. 대부분 빨간 티셔츠를 입고 빨간 풍선을 들고 빨간 띠를 두른 영사모 회원들이었다.

"적들이 마지막 발악을 하고 있습니다. 지금까지 누려 온 기득권을 지키려고 악랄하게 게거품을 물며 버티는 겁니다."

마이크가 없어도 허공을 쩌렁쩌렁 울리는 목소리의 주인공이 박수를 받으며 나타났다. 대체 어디서 나타난 거야? 예고도 없이 갑자기 나타난 격한 목소리에 나는 귀를 의심했다. 북소리가 울렸다. 나는 트럭 위에 만들어진 간이 무대 위로 뛰어 올라가 사람들 속을 살펴보았다. 어두웠고 모두가 진한 분장을 하고 있어서 누가 누군지 알아보기가 쉽지 않았다. 기어이 목소리의 주인공을 찾아냈다. 녹사가 분명했다. 그런데 이상했다. 대인 공포증이 있는 녹사가 지금은 투사처럼 용감하지 않은가. 나는 눈앞의 상황을 믿을 수가 없었다.

"영웅."

둥둥둥.

"영웅."

둥둥둥.

부들부들 떨리는 녹사의 목소리에 맞춰 북소리가 울렸다. 그런데 그의 옆에 또 한 사람이 있었다. 정민이었다. 그녀는 작은 몸으로 한사코 녹사의 앞을 가로막으려 했다. 이리 밀리고 저리 밀리면서 녹사의 옷자락을 필사적으로 잡고 늘어졌다. 녹사가 거칠게 그녀를 밀어붙이며 앞으로 나아가려고 했다. 밀리고 있는 정민을 구하기 위해 내가 그녀 쪽으로 향하자 정민이 소리쳤다.

"주몽에게 가. 그를 보호해."

한 치 앞도 보이지 않는 인산인해 속에서, 온갖 욕지거리와 협박이 난무하는 속에서 주몽은 한 걸음 한 걸음을 뗐다. 조금 전 왔던 그 길인데 왜 이렇게 먼 것일까? 누군가에게 얻어터져 코피를 흘리고 있는 익치가 보였다. 익치는 가래를 뱉듯 시커멓게 엉긴 핏덩이를 한 움큼 뱉어 내더니 발밑에 떨어진 그것을 보고 황당한 표정으로 웃었다.

"경찰을 불러야 돼. 얘들이 미쳤어, 모두 미쳤⋯⋯."

주먹이 한꺼번에 익치에게 쏟아졌고, 그가 나동그라졌다. 그 바람에 나는 녹사의 움직임을 놓쳤다. 정민의 모습도 보이지 않았다. 그러나 언뜻 익치의 주위에서 녹사의 얼굴을 본 것 같기도 했다. 유난히 퀭한 그의 눈빛을. 하지만 내가 다시 눈을 부릅떴을 땐 온통 붉은 칠을 한 얼굴들이 모두 녹사 같았다.

주몽은 동요하지 않으려 애를 썼다. 얼마 전 학내 문제로 경찰을 부른 총장 때문에 여론의 뭇매를 맞은 기억이 생생하게 되살아났다. 망설여졌다. 그는 한쪽 손을 바지 주머니 속에 넣고 스마트폰을 만지작거리고 있었다. 그가 주머니에서 손을 뺐다. 빈손이었다. 광장을 벗어나려고 다시 걸음을 옮겼다. 어느새 주몽 곁엔 아는 얼굴이라곤 하나도 보이지 않았다. 붉은 얼굴. 번득이는 시선들뿐이었다. 누군가 주몽을 툭 밀쳤다. 휘청하며 주몽이 중심을 잃었다. 반대편에서 누군가가 또 툭 밀쳤다. 그는 또 휘청했다.

"비켜, 비켜. 저리 비키란 말야."

다급하게 주몽을 향해 다가가려는 몸부림이 있었다. 정민이었다. 그녀는 주몽 가까이 있는 내게 소리쳤다.

"녹사가 그쪽으로 갔어. 그는 제정신이 아냐."

그녀의 울부짖음은 차라리 공포에 가까웠다. 깡마른 몸집의 그녀는 사람들의 물살에 이리저리 휩쓸렸다. 한 치의 공간도 없이 사람들 틈에 끼여 있는 주몽을 바라보며 그녀는 울부짖었다.

"도망쳐, 주몽."

나도 공포를 느꼈다. 말없이 주몽을 노려보는 분노의 눈빛들이 섬뜩했다. 주몽은 울부짖는 정민을 바라보다가 결심한 듯 주머니에서 스마트폰을 꺼냈다. 경찰을 부르기로 작정한 것이다. 스마트폰 화면에 선명하게 파란빛이 나타났다. 꾹꾹 그의 손가락이 번호를 누르는 순간, 누군가가 그의 손을 탁 쳤다. 스마트폰이 그의 손에서 떨어져 바닥에 굴렀다. 주몽이 발밑을 두리번거렸다. 어느새 녹사는 주몽의 코앞까지 다가가 있었다. 나는 녹사의 눈빛을 보았다. 약이라도 먹은 것인가. 그의 눈빛은 먹이를 노리는 맹수의 그것과 흡사했다. 내가 녹사를 밀쳤다. 하지만 덩치 큰 녹사를 어쩌지 못했고, 나와 주몽은 사람들 틈에 갇혀 버렸다. 돌아설 공간조차 없었다. 사방을 둘러

보아도 시뻘건 눈빛뿐이었다.

빗방울이 자못 굵어져 있었다. 사람들의 머리에서, 뺨에서, 이마에서, 그리고 눈가에서 불그죽죽한 물감이 빗물과 함께 흘러내렸다. 그 모습은 참으로 괴기스러웠다. 천둥소리와 함께 비명 소리가 들렸는지 어땠는지 잘 모르겠다. 눈 깜짝할 사이에 나와 주몽 사이를 몇 사람이 파고들어 갈라놓았다. 나는 손을 뻗었다.

"손을 잡아, 주몽."

내 손을 잡으려고 주몽이 손을 뻗는 것을 분명히 보았다. 그러나 잠시 후, 붉은 물결 속에 단 하나의 하얀 점이었던 주몽은 보이지 않았다.

"주모옹."

내가 소리쳤다. 그때 허리를 구부린 주몽의 모습이 보였다. 누군가의 가랑이 밑에 주몽의 스마트폰이 떨어져 있었다. 사각형의 작은 물체에서 나오는 선명한 파란빛이 그는 무척 반가웠을 것이다. 주몽이 손을 뻗었다. 닿을 것만 같았다. 조금만 더 손을 뻗으면 닿을 것만 같았다. 그가 몸을 더 굽혔고 누군가의 엉덩이에 들이받혀 중심을 잃었다. 넘어진 그는 이리저리 사람들에 치이면서도 내 손을 잡으려고 길게 손을 뻗었다. 나도 손을 뻗었다.

"조금만 조금만 더."

멀리서 경적 소리가 들렸다.

"경찰이닷"

사람들이 동요하기 시작했다. 발걸음 소리가 빨라지고 여기저기서 비명 소리가 들렸다. 나는 뒤에서 밀고 들어오는 사람들의 힘에 밀려 카메라를 놓쳤다. 나는 발밑을 두리번거리지 않았다. 누군가의 발등에 누워 있는 카메라가 보였지만 그냥 내버려 두었다. 나는 사람의 물결이 흐르는 대로 밀리고 또 밀렸다. 발밑에 무언가 물컹하고 기분 나쁜 것이 밟히는 느낌이 들었다. 심장이 멎는 것 같았다. 나는 아래를 내려다보지 않았다. 다만 울부짖으며 소리칠 뿐이었다.

"주몽, 일어서, 일어나란 말야."

나는 멈출 수 없었다. 누군가가 내 등을 밀면 나도 똑같이 앞사람의 등을 밀어내서 내 한 몸 있을 공간을 확보했다. 어깨와 어깨가 부딪치고 뒤에 있는 사람이 여자인지 남자인지 내 엉덩이가 스스로 알게 되는 밀집된 상황이었다.

"안 돼, 안 돼!"

멀리서 정민의 울부짖음이 처절하게 들려왔다.

밤이 걸어간 흔적

　그 밤의 격정이 휩쓸고 지나간 광장에서 멀리 떨어져 있던 사람들은 그날 일을 단지 웃지 못할 해프닝쯤으로 여겼다. 영웅과 연합 전선을 펴기 위해 후보를 사퇴하겠다며 기자 회견을 한 주몽이 불과 몇 시간 만에 손바닥 뒤집듯 연합 파기를 선언했다. 애들 장난도 아니고 도대체 둘 사이에 무슨 일이 있었던 거야? 사이좋게 권력을 나누기로 했다가 한쪽이 배신한 거라고? 세상일이 다 그렇지 뭐. 사람들은 실소를 머금었다.

　몽우회가 마지막 수단으로 SNS를 이용해 지지자들에게 호소한 것도 결과적으로 별 효과를 보지 못했다. '연합은 깨졌다. 연합은 깨졌다……' 반복되는 메시지를 본 사람들은 이게 무슨 개그 콘서트 같은 상황이냐고 어이없어 하면서도 트위터나 인터넷으로 달려 나갔다. 밤사이 그곳은 시골 장날처럼 시끌벅적했다. 서로가 서로에게 묻고, 놀라고, 댓글을 달고, 퍼 나르며 분주하게 움직였다. 그러는 사이 사람들은 뭐가 뭔지 통 알 수 없게 되었다. 어떤 글이 최초의 트윗이고 어떤 글이 리트윗인지, 어떤 말이 진실이고 어떤 말이 허위인지, 얘기를 나눌수록 모호해져서 새벽이 다가올 즈음에는 이게 개그인지 현실인지 알쏭달쏭해지고 만 것이다. 그러던 사람들이 어느 순간 조용해졌다. 전날 밤, 중앙 광장에서 일어난 더 놀라운 사건을 전해 들은 것이다. 함부로 입방아를 찧기엔 너무나 충격이 컸던 것일까. 지퍼를 채운 듯 모두가 입을 다물어 버렸다.

나는 한 발자국도 방 밖으로 나가지 않았다. 먹지 않아도 배고프지 않았고, 잠을 자지 않아도 졸리지 않았다. 완전한 적막. 나는 그 속에 숨어들었다. 멍하니 창밖만 바라보았다. 비는 언제부터 내린 것일까? 줄곧 창밖을 보고 있었으면서도 나는 비가 오는 걸 모르고 있었다. 비가 비로 느껴지지 않았고 소리가 소리로 들리지 않았다. 기억 상실증 환자처럼 뇌가 하얗게 탈색된 것만 같았다.

지난밤의 일이 먼 전생의 일이라도 되는 것처럼 가물가물했다. 주몽이 내 손을 잡았던가, 안 잡았던가? 내가 밟았던 물컹한 무엇, 그 소름 끼치던 전율의 정체는 무엇이었을까? 머릿속에서 생각이 구겨지더니 감쪽같이 사라지고 새하얀 백지가 되어 나타났다. 아니야. 나는 아무것도 밟지 않았어.

학교는 숨죽이고 있었다. 그 많던 학생들은 다 어디로 숨은 것일까. 빗줄기가 본관 건물을 끌어안고 수직으로 떨어지더니 먼지처럼 뿌연 안개가 되어 광장으로 흩어졌다. 나는 생각에 잠겼다. 나를 멈추지 못하게 등을 떠민 건 무엇이었을까? 당연히 생존 욕구였지. 넘어지면 죽을 수도 있는 상황이었으므로 나는 살고 싶었을 뿐이야. 내겐 아무 잘못도 없어. 나는 경찰에게도 그렇게 말할 작정이었다. 그러나 그날처럼 빛이라곤 하나도 없이 비가 오는 밤이면 나는 잠 못 이루고 벼랑 끝에 서야 한다. 파도처럼 덮쳐 오는 기억들, 의심들에 몸을 떠밀리면서.

비가 멎었다. 살아남은 자는 먹어야 한다. 나는 식당으로 갔다. 그 사이 학교의 주인이 바뀐 것인가. 식당에는 서울에서 내려온 수사관들, 교육부 관리들, 난데없이 몰려온 이방인들이 들끓었다. 여느 때처럼 학생들이 있긴 했지만 서로 아는 체도 하지 않고 공기처럼 오가는 분위기였다. 나도 다른 사람들처럼 말을 잊었다. 내 발음 기관은 본연의 임무 대신 꿀꺽꿀꺽 음식물을 삼키는 일만 노예처럼 계속했다.

웃음소리와 밥 사 달라는 여자 후배의 코맹맹이 소리와 간간이 들리던 욕지거리들. 나는 그런 사람 목소리가 주인이던 예전의 식당이 그리웠다. 눈에 익은 탁자, 눈에 익은 식판, 익숙한 메뉴들이었지만 분명 이전과는 달라진 분위기였다. 간간이 후루룩거리는 소리나 젓가락 움직이는 소음만 배경 음악처럼 남아 있을 뿐, 목소리가 사라진 식당에서 혼자 밥을 먹으려니 낯선 나라의 낯선 식당에 앉아 있는 것처럼 서글퍼졌다.

요란한 구두 소리를 앞세우고 건장한 남자 둘이 식당에 들어왔다. 그들의 대화가 곧 온 실내를 장악했다. 때늦은 점심을 먹으러 온 수사관들이었다.

"갈비뼈가 나갔대. 온몸이 짓이겨진 거지."

"발자국, 그런 게 있을 거 아녜요?"

그중 젊은 남자가 말했다.

"그게 너무 많아서 문제라네. 거기다 비가 내렸잖아."

더 이상 듣고 앉아 있을 수가 없었다. 나는 밖으로 나가 광장으로 갔다. 광장은 비어 있었다. 다만 교통사고 현장처럼 하얀색 스프레이로 그려진 주몽의 신체 모양이 거무죽죽한 아스팔트 위에 남아 있었다. 나는 그 옆에 쪼그리고 앉았다. 두 팔로 머리를 감싸고 동그랗게 몸을 웅크린 채 쓰러져 있는 주몽을 바라보았다. 하얀 테두리로 남은 그의 몸은 슬퍼 보였다. 자꾸만 윗몸이 앞으로 쏠리더니 주몽의 이마에 내 이마가 닿았다. 내가 속삭였다.

"주몽, 어디 간 거니, 주몽."

울음이 터져 나왔다. 그의 이름을 부르는 것이 내 안의 슬픔을 깨우는 주문이 된 것 같았다. 뚜껑을 열고 몸을 빠져나온 슬픔은 한동안 스스로 제어할 수 없는 곳에 머물렀다.

문득 인기척이 느껴졌다. 고개를 들어 보니 조금 전 식당에서 보았던 수사관들이 내 옆에 서 있었다. 이쑤시개를 잘근잘근 씹으며 그중 한 명이 말했다.

"얘기 좀 할 수 있을까?"

갑자기 수많은 시선이 느껴졌다. 건물 여기저기 까맣게 뚫린 창문마다 눈들이 다닥다닥 붙어 있었다. 비밀스러운 호기심으로 끔벅이는 눈들. 지금까지 나는 사람들이 무신경하다고 느꼈다. 이미 과거가 되어 버린 그날 밤의 일은 잊기로 하고 시침 뚝 뗀 채 자기들 일상으로 돌아간 거라고 생각했다. 한데 그게 아닌 모양이었다. 무심한 듯 하얀 선으로 남은 주몽에게 머무르는 차디찬 시선들이 곳곳에 자리하고 있었다.

임시 수사본부는 본관 건물 2층에 마련되어 있었다.

"이거 자네 거 맞지?"

경찰이 현장에서 수거한 내 카메라였다.

"좋은 카메라야. 겉은 이래도 속이 멀쩡한 걸 보면."

무수히 많은 발에 차이고 밟힌 카메라는 자동 세탁기에 들어가 세탁되어 나온 플라스틱 장난감처럼 심하게 마모되어 있었다. 나는 카메라 안에 들어 있는 필름을 확인했다. 필름은 없었다.

"우리도 잔뜩 기대했는데 별거 안 나왔어."

경찰이 현상된 사진 뭉치를 내 앞에 던졌다. 갖가지 포즈의 도현주 사진이 먼저 눈에 들어왔다. 그다음은 악수하는 주몽, 연설하는 주몽, 웃는 주몽, 분노하는 주몽, 수많은 사진 속에서 나는 유독 주몽의 모습에서 눈을 떼지 못했다.

"그날 밤 무슨 일이 있었나?"

"주몽은요, 주몽은 죽었나요?"

학교엔 이미 주몽이 죽었다는 소문이 파다했다.

"혼수상태야. 새파랗게 젊은 자네들을 위해서라도 살아 주길 바라
야지."

담배를 무는 수사관의 눈빛이 무섭도록 냉정했다.

"피워도 돼."

그가 담배를 내밀었다. 나는 순진한 척 고개를 저었다. 그가 입에
문 담배에 불을 붙였다. 내 몸이 자꾸만 옹송그리며 움츠러들었다.
그가 한입 가득 담긴 연기를 내 얼굴에 내뿜었다. 눈앞이 뿌옇게 흐
려졌다. 아마도 담배 연기를 사용한 최면 요법을 쓰는 모양이라고
나는 생각했다.

"이제 얘기해 봐."

그의 입술이 커다랗게 움직였다.

"기억이 안 나요, 아무것도."

내 입술이 자그맣게 움직였다. 세트 메뉴처럼 잘 짜인 반응이었다.

"그래도 조금은 생각나는 게 있을 텐데."

기어코 최면에 걸려든 것일까. 나는 스르르 눈을 감았다. 눈앞에
빨간 옷을 입고 빨간 목도리를 두른 사진 속의 얼굴들이 되살아났
다. 거칠게 밀고 밀리던 사람들, 꽹과리 소리, 북소리, 노랫소리, 춤

을 추는 사람들, 그 중심에 서 있던 나. 나는 몸서리를 쳤다.

"결국 모든 것이 비 때문이란 말인가?"

내가 진술을 끝냈을 때 녹음기를 끄며 수사관이 말했다.

"그렇습니다. 더 이상은 모릅니다. 기억이 안 나요."

"흥."

짧은 비웃음. 시종 진지한 자세로 내 말을 들어주던 수사관의 반응이었다. 그가 다시 담배를 권했다. 이번에는 못 이기는 척 받아 들었다. 불을 붙여 주며 그가 말했다.

"수준급이야, 자네 거짓말. 작가 지망생다워."

"칭찬입니까?"

"그럴 수도. 하지만 여기까지야."

그의 짙은 눈썹이 뱀처럼 꿈틀거렸다.

"충고 하나 하지. 나를 얕보지 마. 이래 봬도 너 같은 애들 상대하며 밥 벌어먹는 프로거든."

나중에 안 일이지만 수사관에게 불려 간 사람은 나 혼자만이 아니었다. 영웅과 녹사와 정민은 물론이고 도현주와 그의 밴드 주자들, 그리고 더 많은 학생이 불려 가서 조사를 받았다. 하지만 모두 무혐의로 풀려났다. 출교 조치를 당했으면서도 선거에 개입한 녹사만 구속되었다. 하지만 그도 잠시뿐이었다. 많은 영사모 회원들이 약속이나 한 것처럼 그 시간 녹사는 트럭 위의 간이 무대 위에서 마이크를 잡고 있었다고 증언해 주었고, 유능한 그의 변호사가 그의 정신과 치료 병력을 들이대는 바람에 결국은 녹사도 집으로 돌아갈 수 있었다.

"주몽이 깨어났대. 죽진 않을 건가 봐."

정나미가 뚝 떨어지는 말투는 여전했지만 정민은 무척이나 기뻐하고 있었다.

"정말이야? 정말 살아 있어?"

나는 눈물까지 글썽였다.

"당장 주몽한테 가자."

"아직 면회 금지래."

"그럼 언제 볼 수 있는데?"

정민이 환하게 웃고 있었다. 참으로 오랜만에 보는 그녀의 웃음이었다.

면회는 그다음 주에 할 수 있었다. 정민과 나는 주몽이 좋아하는 초밥을 사 들고 병원으로 갔다. 버스에서 내렸을 때 나는 부끄럽게도 가슴이 두근거렸다. 애인을 만나는 것도 아닌데 가당치도 않은 설렘이었다. 병원 로비에 있는 컴퓨터에서 먼저 주몽의 병실을 조회했다. 이상하게도 주몽은 내과도 외과도 정형외과도 아닌 정신과 병동에 입원해 있었다. 말은 안 했지만 정민도 놀라는 눈치였다. 그러나 병실 문을 열었을 때 주몽의 환한 미소를 보는 순간, 우리의 걱정은 깨끗이 날아가 버렸다.

"어서 와."

주몽이 나와 정민을 포옹했다. 마침 총장도 와 있는 자리였다.

"당장 학교로 돌아가도 되겠는걸."

내가 말했다.

"나도 답답해서 죽을 지경이야. 총장님, 저 좀 여기서 빼내 주세요. 이제 다 나았어요."

믿어지지 않을 정도로 주몽의 목소리가 밝았다. 정민이 그렁그렁한 눈으로 주몽을 쳐다보았다.

"나도 자네가 어서 학교로 돌아와 주었으면 좋겠네. 영웅 군 때문에 얼마 남지 않은 머리카락마저 다 빠져 버릴 지경이거든."

총장이 말을 이었다.

"영웅 군이 학교를 마구 들쑤시고 있다네. 구조 조정을 해라, 장학금을 더 내놓아라, 학생회에서 학교 재정을 감사하겠다, 심지어 총장도 물러나라고 하고 있다네. 정말이지 안하무인이야, 영웅 군은."

주몽의 표정이 빠르게 굳어지고 있었다. 내가 놀란 것은 그의 표정보다도 다음에 튀어나온 그의 말 때문이었다.

"당연한 거 아닙니까. 학교를 개혁하지 못하면 총장이 사표를 써야죠."

뭔가 좀 이상하다 싶었다. 아니, 상황은 그보다 더 심각해 보였다.

"이보게, 주몽."

"왜 저를 자꾸 주몽이라고 부르는 거예요? 저는 영웅입니다."

농담이라고 하기엔 주몽의 표정이 너무나 천연덕스러웠다. 한참을 침묵한 채 생각에 잠겨 있던 총장이 제일 먼저 사태를 파악하고 일어섰다.

"그만 가 봐야겠네. 빨리 쾌유하시게."

정민도 일어섰다.

"나도 가 볼게."

나도 일어섰다. 금방 쓰러져 버릴 것처럼 사색이 된 정민을 혼자 보낼 수가 없었다.

"내일 또 올게."

다음 날, 나는 주몽을 만나기에 앞서 그의 주치의에게 면담을 신청했다.

"위험한 병입니까?"

"아뇨. 전혀 위험하지 않습니다. 그는 꽤 유쾌한 연설가인걸요."

"연설가라고요?"

"같이 가서 만나 보시죠."

주치의를 따라 잔디밭으로 갔다. 환자복을 입은 사람들이 둥그렇게 모여 있었다. 그 가운데서 주몽의 목소리가 들려왔다.

"친애하는 세계대학 학생 여러분. 우리는 지금 무한 경쟁 시대에 살고 있습니다. 적자생존, 정글의 법칙. 역사는 승자만을 선택합니다. 세계대학도 승자만을 원합니다. 우리 세계대학 졸업생들이 이 나라의 미래를 밝히는 햇불이 되어야 하기 때문입니다."

나는 울컥했다. 아직도 선거 판에서 헤어 나오지 못했구나. 나는 몇 발짝 주몽에게 다가갔다. 목이 메었다. 눈물이 났다.

"주모옹."

내가 그의 이름을 불렀다. 조그맣게 불렀다. 주몽이 손으로 자기 가슴을 치며 외쳤다.

"영사모 여러분, 저 영웅을 믿어 주십시오."

나는 멈칫했다. 내가 다가가는 것도 모르고 주몽은 연설에 몰입해 있었다. 사람들이 멀뚱멀뚱 쳐다보다가 곧 흥미를 잃고 주위가 어수선해졌다.

"나영웅, 나영웅!"

주몽이 계속해서 영웅을 외쳐 댔다. 아무래도 영웅처럼 사람들의 함성을 이끌어 내고픈 모양이었다. 나는 혼란스러웠다.

"주몽."

내가 다시 한 번 불렀다. 이번엔 좀 큰 소리로. 그가 뒤돌아보았다. 나를 본 그가 반색하며 다가왔다.

"탁아."

우리는 얼싸안았다.

"몸은 괜찮아, 주몽?"

그의 눈빛이 흐려졌다.

"주몽? 그게 누구야?"

주몽이 누구냐고 묻다니. 주치의로부터 대강 설명을 들었음에도 불구하고 온몸에 소름이 돋았다.

"제발 정신 좀 차려 봐, 주몽."

"너까지 왜 그래? 나는 주몽이 아니란 말야."

어린애처럼 화를 내는 그를 멍하니 바라볼 수밖에 없었다. 옆에 서 있던 주치의가 주몽에게 물었다.

"그럼 당신은 누구죠?"

주몽이 천진스레 대답했다.

"나 영웅인데요."

우리는 함께 점심을 먹었다. 주몽은 수다스러워져 있었다. 단 1분도 말을 하지 않고 쉬는 시간이 없을 정도였다.

"나 이거 못 먹어. 울 엄마 생각나서."

주몽이 자기 식판 위에 있는 달걀부침을 내게 넘겨주며 말했다.

"너, 울 엄마 알지? 울 엄만 매일 아침 채소를 한 보따리 머리에 이고 시내 아파트로 팔러 가셔. 진짜 유기농이라고 사람들이 무지무지 좋아하지. 어젠 엄마 꿈 꿨어. 곧 만나러 올 거래. 너 울 엄마가 나를 얼마나 사랑하는지 아니? 나는 울 엄마 땜에 공부한 거야. 돈 많이 벌어서 울 엄마 호강시켜 주려고."

주몽은 정말 자신이 영웅이라고 믿는 것일까? 그럴 수도 있는 것일까?

"일종의 과대망상증이라고 이해하시면 됩니다."

주몽의 병에 대한 정신과 전문의의 설명이었다.

236

"어떤 사람을 너무 선망한 나머지 자기 자신과 동일시하는 증상이죠. 여기 있는 사람 중에도 그런 환자들이 꽤 있습니다. 자기를 히틀러라고 하는 환자도 있고, 오바마라고 고집을 부리는 환자도 있습니다. 혹시 나영웅이란 사람을 아십니까? 틀림없이 환자가 가장 동경하는 그런 사람일 텐데 흔한 이름이 아니라서요."

"잘 있어, 주몽."

그를 포옹하며 내가 말했다.

"영웅이라니까. 나영웅."

주몽이 내게 주의를 주었다.

"그래그래 알았어. 잘 지내 주, 아니 영웅."

갑자기 정민이 사라졌다. 지극히 그녀다운 방식으로. 가장 친한 사이라고 자부하는 나조차 아무것도 모르고 있다가 데일리스팟에 올라온 장문의 글을 보고서야 그녀가 여행을 떠났다는 사실을 알았다. 심란해진 마음을 정리하기 위해서라고 했다. 이번 사고에 대해 자신의 책임을 통감하며 자숙의 시간을 가지려 한다고 그녀는 자못 비장하게 자아비판도 했다. 나는 그녀의 글에 감동했다. 나는 왜 정민처럼 용감하지 못한 것일까. 인정할 건 인정하고 반성할 건 반성하는, 참으로 그녀답고 화끈한 방식이었다.

선거가 끝났지만 이전처럼 평화로운 일상은 돌아오지 않았다. 우리가 기대한 영웅과 현실의 영웅 사이에는 메울 수 없는 엄연한 차이가 있었다. 영웅이 있는 곳엔 언제나 갈등이 있었고 막말이 오갔다. 그의 말에 따르면 창조적 토론의 과정이었지만, 늘 창조적인 격론만 있고 창조적인 결론은 없는 아수라장이 되고 말았다.

신선하잖아, 권위의 허울을 벗어 버리는 거. 그거 영웅이니까 가능하지 아무나 못하는 거야. 나도 처음 얼마 동안은 그렇게 생각했다. 긍정적인 변화니까 약간의 고통쯤은 감내해야 한다고. 껍질을 깨는 아픔일 테니까 말이다. 하지만 내동댕이쳐진 권위의 희열을 맛보기도 전에 먼저 저명한 외국인 교수들이 학교를 떠났다. 뒤이어 우수한 내국인 교수들이 짐을 쌌고, 그다음으로 학교의 자랑이던 장학생들이 떠날 채비를 했다. 도대체 우리가 학교에 무슨 짓을 한 거지? 이제 그 물음에 대답할 차례였다. 그 두려운 질문 앞에서 나는 자유로울 수 없었다. 어느 정도는 영웅을 꿰뚫고 있다고 생각했는데 혼자만의 착각이었을까. 지금의 영웅은 전에 내가 알고 있던 영웅이 아니었다. 우리가 기대했던 영웅은 더더욱 아니었다. 어디서부터 잘못된 건지 영웅의 내면을 제대로, 속속들이 알아야겠다는 충동이 일었다. 그를 이해하고 싶어서였다.

나는 학보사의 김문 기자를 찾아갔다. 그는 영웅의 초등학교 담임이던 문 교사를 인터뷰하고 기사를 쓴 사람이었다. 어쩌면 김문을 통해 영웅이라는 암호를 풀 수 있을지도 모른다고 나는 기대했다. 김문은 학교를 휴학하고 유학을 앞둔 상황이었다. 우리는 그의 집 근처에 있는 포장마차에서 마주 앉아 소주잔을 기울였다.

238

"학교 소식은 들었지?"

내가 먼저 입을 열었다.

"아니, 아무 소식도 못 들었어. 듣고 싶지 않아서 그쪽엔 아예 귀를 막고 지냈거든. 그래도 대충 짐작은 가네. 데일리스팟 기자인 공탁이 찾아온 걸 보니 내 예상이 빗나가진 않은 모양이야."

김문의 잘난 척하는 버릇은 예나 지금이나 여전했다. 나는 사람 좋게 웃어 주었다.

"그래, 웃겠지. 그렇지만 들어봐. 내가 잘난 척하려는 게 아냐. 조금만 주의 깊게 영웅을 관찰한 사람이라면 누구라도 알 수 있었을 거야. 그가 하는 말이 다 헛소리라는 거. 그런데도 모두 자기 환상에 빠져서 진실을 외면한 거야. 지금쯤 그 대가를 혹독하게 치르는 중일 테고. 아니야?"

김문의 턱 밑에 난 작은 흉터가 보였다. 영사모에게 당한 테러의 흔적이었다.

"우리가 진실을 외면한 거라면 왜 그랬을까?"

내가 진지하게 물었다.

"맹목과 편협 때문이지. 데일리스팟 대 학보사, 영사모 대 몽우회, 두 파로 갈라져서 무조건 내 생각과 다르면 적으로 몰아붙였잖아."

고개를 끄덕이지 않을 수 없었다. 나 역시 그런 갈등의 중심에 서 있던 한 사람이었다.

"내가 올렸던 영웅의 생활 기록부 사본, 그것도 그래. 영웅의 안티 세력이었던 학보사 기자가 올린 기사라는 배경을 잠시 접어 두고, 사실은 그러기를 바라고 원안 그대로 올린 거야. 한 번만이라도 객관적으로 문맥을 살펴보았다면 알 수 있었을 거야. 문 교사가 자기 나름의 방식이지만 영웅에게 애정과 기대가 컸다는 것을. 결국은 우리의 잘못으로 한 사람의 훌륭한 교사를 학교에서 내몬 셈이 되고 말았어."

결국 영웅을 이해하는 열쇠는 문 교사에게 있겠구나, 그런 확신이 들었다.

"그분은 지금 어디 계셔?"

"또 뭘 어쩌려고?"

"뭘 어쩌겠다는 게 아냐. 영웅에 대해 좀 더 자세히 알고 싶어서 그래."

"부탁인데 그분 좀 그냥 내버려 둬라. 조용히 사시게. 그분이 무슨 죄가 있다고 그래?"

"그분을 괴롭히려는 게 아니라니까. 믿어도 돼."

김문은 몇 번이나 망설이다가 주소를 내밀었다. 문 교사는 전라도의 끝자락 어느 산골에서 세상을 잊은 채 초야에 묻혀 산다고 했다.

문 교사의 집에 도착했을 때 나는 세상을 잊고 초야에 묻혀 산다는 말 속의 다소 낭만적인 요소에 너무 큰 기대를 걸었음을 깨달았다. 그가 사는 모습을 직접 보니 낭만적이라기보다는 피신해 있다고 해야 할 정도로 초라했다. 일찍이 부인을 사별한 문 교사는 개 한 마리와 단둘이 살고 있었다. 그는 나를 경계했다. 그리고 영웅에 대해서는 더 이상 한마디도 하지 않겠다고 작정한 사람처럼 굴었다. 문 교사가 입을 열기까지 사흘 동안 나는 그의 집에 불청객으로 머무르며 그의 눈치를 살폈다.

그 사흘 동안 나는 문 교사의 경계심을 풀기 위해 꽤나 노력했다. 마당을 쓸고 걸레질을 하고 모든 행동거지를 조신하게 했다. 나는 가끔 내가 생각해도 의뭉스럽게 척을 잘한다. 영리한 척, 순진한 척, 진실한 척, 그리고 착한 척. 그러나 문 교사가 말문을 연 것은 그러한 나의 척에 혹해서가 아니었다. 누렁이가 꼬리를 살살 흔들며 내게 등을 비비는 걸 보았기 때문이었다.

"얼핏 보면 똥개 같지만 진돗개 혈통이야. 그놈이 사람 심성을 알아본다네."

"어떻게요?"

"방법은 모르지만 어쨌든 알아보는 건 확실해. 그놈이 하는 짓을 보니 학생이 나쁜 사람은 아닌 것 같네."

"저 이래 봬도 착한 사람입니다."

내가 능청을 떨었다.

"선생님께선 영웅의 초등학교 담임이십니다. 학생 기록부에 쓰신 글을 읽었어요."

"그 얘긴 더 이상 하고 싶지 않네."

문 교사가 말문을 닫을까 봐 나는 조바심이 났다.

"영웅에 대해 그렇게 쓰신 데에는 특별한 이유가 있을 거라고 생각합니다만."

"이유는 무슨 이유. 다 내가 고리타분한 탓이지. 전에 왔던 학생들은 내가 큰 그릇을 알아보지 못한 자격 없는 선생이라고 욕하던걸."

전에 왔던 학생들이라면 영사모 결사대를 말함이었다.

"대신 사과드리고 싶습니다. 그 일로 학교까지 그만두신 걸 알고 있어요."

"학교는 어차피 그만둘 거였어. 더 늦기 전에 나한테도 시간을 좀 나눠 줘야지."

누렁이가 꼬리를 살랑거리며 다가와 문 교사의 발등에 머리를 기대고 누웠다. 문 교사가 누렁이의 머리를 쓰다듬어 주면서 다음 말을 이었다.

"영웅이 큰 그릇이라면 미처 알아보지 못한 죄는 인정해야지. 자네들 말대로 내가 보수꼴통이기 때문이야."

"뭔가 오해하신 것 같습니다. 제가 선생님을 찾아뵌 건 영웅에 대해 그런 평가를 하신 이유를 알고 싶어서입니다. 담임이라면 자유롭게 학생에 대해 개인적인 평가를 할 수 있어야 하고 그 평가는 순전히 개인적인 것이므로 시간이 지났다고 해서 새삼스럽게 시빗거리가 되어서는 안 된다고 생각합니다. 그것은 과거 그 당시의 일이니까 그대로 존중받아야 마땅합니다."

문 교사가 믿을 수 없다는 표정으로 나를 물끄러미 바라보았다.

"학생은 영사모가 아닌 것 같은데, 나 같은 늙은이를 찾아온 진짜 용건이 뭐야?"

"영웅의 어린 시절 이야기를 듣고 싶습니다. 개인적인 호기심일 뿐 다른 목적은 없습니다. 정말이에요."

다시 한 번 진실한 척했다. 이번엔 통하는 것 같았다.

"사실 기억도 가물가물하고, 또 내가 뭐라 말하기도 좀 그래. 저번 일도 있고 해서."

아무래도 문 교사는 영사모 결사대와 맞닥뜨린 지난번 일이 마음에 걸리는 모양이었다. 하지만 나는 어떻게든 그의 말문을 열어야 했다.

"그 당시 영웅의 별명이 나짱이었다는데 알고 계셨어요?"

나는 김문에게 주워들은 대로 아는 체를 했다.

"이래 봬도 나는 권위적인 교사는 아니었다네. 아이들이 꽤 잘 따랐지. 가끔 의욕이 앞서기도 했지만, 아이들 하나하나에 애정을 가지고 가르쳤다고 자부할 수는 있지."

그는 미소 지었다. 젊었을 적엔 여자애들에게 상당히 인기 있었겠다 싶을 정도로 순수하고 매력적인 미소였다.

"당연히 영웅의 별명을 알고 있었지. 왜 그렇게 부르는지도 알고. 지금 생각해 보니 영웅은 언제나 이중적인 평가를 받는 아이였다는 생각이 드네. 영웅을 좋아하는 아이들도 있었고 싫어하는 아이들도 있었다는 얘기야. 그런데 한 학기가 지나고 나니까 어느새 그는 '나 짱'이라고 불리며 반 아이들의 우상이 되어 있었네."

문 교사가 잠시 말을 끊고 발치에서 응석을 부리는 누렁이의 턱 밑을 어루만져 주었다.

"한 가지 생각나는 일이 있긴 하네."

문 교사는 내게 영웅과 관련된 한 가지 일화를 들려주었다.

"어느 날 싸움이 있었다네. 아이들끼리 모이다 보면 한 해에 한두 번은 꼭 그런 일이 벌어지기 마련인데, 문제는 어른이 끼어들면서 일이 커졌다는 거야. 나는 지금도 그때의 실수를 생각하면 죄책감을 느끼네."

"도대체 어떤 일이었기에 그러십니까?"

"그즈음 도시에서 여학생이 한 명 전학을 왔어. 제법 새침데기인 데다 공부도 잘하고. 요새 애들 말로 치면 퀸카였지. 당연히 좋아하는 남자애들이 많았어. 특히 그 아이의 관심을 끌고 싶어 하던 남자 아이 둘이 있었는데 그날 그 둘이 시비가 붙은 거야."

"영웅이었습니까?"

"아니야. 처음에 영웅은 그저 구경꾼이었다고 하더군. 남자애들이란 말이야, 힘으로든 무엇으로든 순위가 정해져야 조용해지는 법이야. 그러기 전엔 늘 쌈질이지. 방과 후에 학교 뒷골목에서 힘겨루기가 있었던 모양인데, 남자애들은 물론 여자애들까지 패가 나뉘어서 편을 들고 응원을 했다네. 영웅도 누군가의 편을 들었겠지만, 겉으로 내색하진 않았어. 둘 다 영웅과는 한동네 놈들이었으니까. 그런 데 웬 노인장 한 분이 길을 가다가 그 장면을 보신 거야. 왕년에 태 권도장을 하던 분이었다네. 처음엔 싸우지 말라고 적당히 타일렀겠 지. 그런데 그중 한 놈이 노인에게 심한 욕을 하고 달아났어. 보통 어른 같으면 못 들은 척하거나 호통 한번 치고 적당히 넘어갔겠지 만, 그분은 평생 아이들을 지도했던 분이고 또 예를 가르치던 분이 라 그냥은 못 넘어가신 거야."

이야기가 점점 흥미로워졌다.

"정작 욕한 놈은 겁이 나서 도망쳐 버리고 잡힌 녀석은 엉뚱한 놈 이었나 봐. 노인은 방금 도망간 놈의 이름과 학교를 대라고 다그쳤 지. 80이 가까운 노인이었지만 평생 무예를 업으로 삼은 분이니 초등 학생으로선 상대할 수 없었을 테고, 꼼짝없이 멱살을 잡힌 놈만 곤 욕을 치르게 된 거야. 그때 영웅이 나섰다는군. 할아버지, 그 애는 아무 잘못도 없어요. 왜 죄 없는 어린이를 괴롭히고 그러세요? 노인 은 그야말로 분기탱천하셨지. 아이들 싸움을 말리려 했다가 심한 욕 과 함께 어린이를 괴롭히는 치한으로 몰렸으니까. 노인은 이번엔 영 웅의 멱살을 잡았어. 가자, 이놈. 너희 학교로 가서 네 녀석을 이렇 게 가르친 선생이란 작자하고 얘기 좀 해야겠다. 영웅은 노인이 아 무리 고함을 쳐도 끄덕하지 않았어. 눈을 더 치켜뜨고 노인을 쌔려 보았지. 그 용감하고 당당한 모습을 반 아이들이 모두 보았던 거야. 특히 겁이 나서 울고불고하던 여자애들이……."

친구를 구하고 대신 봉변을 당하는 영웅의 모습이 눈에 보이듯 선명하게 그려졌다. 녹사가 학보사에 불을 질러 끌려갔을 때도 그는 경찰서에 제 발로 찾아가 같이 벌을 받겠다고 떼를 쓰지 않았는가. 생각해 보면 무모하기 짝이 없는 행동이었지만 당시의 영사모에게 의리의 표상으로 여겨졌음은 두말할 여지도 없다.

"나는 영문도 모른 채 교장실로 불려 갔지. 노인은 고래고래 소리를 지르고, 영웅의 목에는 벌겋게 손자국이 나 있었어. 멱살을 잡힌 채 학교까지 끌려온 거야. 교장 선생님과 나는 우선 노인에게 싹싹 빌었지. 어쨌든 아이들을 잘못 가르친 죄를 지었으니까. 고정하십시오, 어르신. 죄송합니다, 죄송합니다. 조금 있으니까 반 아이들의 어머니들이 교장실로 들이닥치더군. 도망친 아이들이 집에 가서 그 일을 어머니께 그대로 이른 거야. 교장실엔 영웅과 노인과 나와 교장 선생님이 있었고. 어머니들은 다짜고짜 노인을 다그쳤어. 욕한 애는 따로 있는데 왜 무관한 아이에게 목에 상처가 나도록 폭력을 행사했느냐고 말이야. 그러자 영웅은 눈물을 뚝뚝 흘리며 온순해지더군. 노인은 급기야 까무러칠 듯 얼굴이 상기되어 자기변호를 했지만 많은 어머니에게 노망든 노인네로 몰려 자존심에 상처를 입었지. 나중에 그 아들이 와서 기어이 사과를 받아야겠다는 어머니들에게 대신 머리를 조아리며 용서를 구하고 나서야 노인을 모셔 갈 수 있었어."

내 어머니였어도 분명 그랬을 거라는 생각이 들어 슬며시 웃음이 나왔다.

"그렇게 사건은 일단락되는 것 같았어. 담임인 나는 교장에게 꾸지람을 들었지만, 한편으론 영웅이 자랑스러웠지. 어쨌든 남자답고 용감했잖아."

"그러네요."

내가 말했다.

"그런데 시간이 지나자 조금 이상한 면이 보이는 거야."

"이상한 면이라니요?"

"그 일이 있은 후 영웅은 아이들 세계에서 부동의 보스, 아이들 말로는 '짱'으로 자리매김하더군. 그리고 전학 온 여자애도 영웅을 좋아하게 되었어. 영웅은 어떤 남학생의 견제도 받지 않고 그 여학생을 독차지하게 된 거야."

"영웅이 아이치고는 용감하고 어른스럽게 행동했으니까 그럴 수도 있겠네요."

"처음엔 나도 그렇게 생각했어. 녀석의 그릇이 크고 리더십이 있는 놈이라고."

"그런데요?"

나는 점점 궁금해지는 게 많아졌다.

"생각해 보면 그때 선생이었던 나는 어린 영웅보다도 세상 물정을 모르고 어리석었던 거야. 사건의 전말을 알게 된 건 두어 달이 지난 후였다네. 그 노인의 아들이 학교를 찾아왔더군. 노인이 돌아가셨다면서."

"아니, 그만한 일로 돌아가시기까지 했다는 말입니까?"

"그건 아니고. 노인에겐 지병이 있었던 모양이야. 화를 낼 때 벌겋게 달아오르는 모습이 걱정되던데, 역시 고혈압으로 오랫동안 고생한 분이었네. 노인이 집에 가서 약을 드시고 화를 다스린 후 하시는 말씀이 고놈 그냥 두면 큰일 낼 놈이다, 그러시더라는 거야."

"고놈이라면?"

"영웅이지. 노인은 40년 넘게 태권도 도장을 하신 분이라 아이들을 꿰뚫어 보는 면에선 나보다 몇 수 위였던 거네. 전후 사정을 들어 보니 그날 영웅은 아이들 눈에 보인 것과는 전혀 다른 행동을 했더군. 두 아이를 싸우도록 충동질한 것은 물론이고 노인이 어른에게 불손하게 대한 걸 사과만 하면 놓아주겠다고 사정하다시피 했지만, 그는 그렇게 하지 않고 대신 슬슬 노인의 약을 올렸다는 거야. 그랬으면서 어머니들이 제 편을 들어 주는 걸 확인하고는 순진한 아이처럼 엉엉 울었던 거지."

"설마."

나도 놀랐다.

"사실이야. 의심이 든 나는 그날 그 자리에 있었던 아이들을 한 명씩 따로따로 면담했어. 그러고 나서야 진실을 알게 됐다네. 영웅은 교묘하게도 어머니들이 노인 한 사람에게만 분노하게 만들었어. 자신은 불행한 피해자가 되어 동정을 받고."

나로서는 믿어지지 않는 말이었다.

"그렇다면 영웅이 사전에 그 모든 상황을 계획했단 말입니까?"

문 교사가 빙그레 웃었다.

"영웅은 그때 겨우 초등학교 5학년이었을 뿐이네. 그 나이의 어떤 아이도 그럴 순 없지. 다만 나는 영웅의 상황 판단 능력이 유별나게 뛰어나다고 생각했다네. 순간순간 위기를 모면하면서 자신에게 유리하도록 상황을 이끌어 가는 본능적인 힘 말이야."

나는 하나하나 되짚어 가며 생각해 보았다. 영사모가 결성되고, 유정민을 끌어들이고, 그리고 라이벌이던 주몽과의 연합을 이끌어 낸 것까지. 모르는 사람들이 보기엔 그저 운이 따른 것이라 생각할 수도 있지만, 그 모든 상황을 영웅이 자신에게 유리하도록 몰아간 흔적이 보였다. 어쩌면 그것이 영웅의 본능적인 천재성일지도 모르겠다. 녹사가 컴퓨터 천재이고 정민이 미디어 천재인 것처럼.

"학기 말이 되어서야 나는 영웅이란 아이를 좀 알겠다 싶은 느낌이 들었네. 그래서 그런 얘기를 생활 기록부에 기록했어. 영웅의 다음 담임 선생님이 누가 될지는 몰라도 나처럼 어리석은 판단 착오를 하면 안 되잖아. 학생을 잘 지도하려면 먼저 제대로 파악해야 해. 영웅 같은 아이는 특히 더 그럴 필요가 있다고 생각한 거지."

내가 고개를 끄덕였다.

"전에 왔던 학생들은 내가 영웅에게 개인적인 유감이 있었다고 말하지만 그건 아닐세. 나는 영웅에게 애정을 가지고 있었네. 머리가 좋은 애였거든. 곧잘 패를 갈라 싸우는 게 걱정되긴 했지만, 그는 항상 리더였네. 좋은 방향으로만 이끌어 주면 나중에 능력을 발휘할 아이라고 생각했다네."

나는 문 교사의 이야기를 들은 후에야 중학교 담임의 평까지 이해하게 되었다. 중학교 담임이었던 여선생은 영웅에 대해 '리더십 강하고 정의롭다. 두뇌 회전 빠르고 민첩하다'라고 적어 놓았었다. 어쩌면 그것은 하나인데도 보는 방향에 따라 달라 보이는 동전의 양면 같은 것이 아닐까.

"사람은 쉽게 변하지 않는 존재라네. 더구나 타고난 천성은 평생 변하지 않는다고 봐야 해. 내가 가르친 아이들이 어떤 어른으로 성장하는가를 지켜본 경험에서 얻은 깨달음일세."

사람의 천성은 변하지 않는다는 그때 문 교사의 말을 나는 지금의 나이에 와서야 제대로 이해하게 되었다. 인생의 크고 작은 고비마다 사람과의 관계로 인해 충분히 상처를 받은 후에 말이다.

"이보게, 공탁 군, 주몽 군이 그렇게 되었다면 학교는 어떻게 되는가? 세계대학 말이야."

내가 돌아가려고 짐을 싸는데 문 교사가 물었다.

"왕 회장의 다른 자제분들이 국가에 헌납할 거라는 말이 있습니다. 확실치는 않습니다만."

"허어, 그래도 자식들이 왕 회장보다는 나은가 보네. 세상 참 오래 살고 볼 일이야."

나는 문 교사와 누렁이에게 작별 인사를 하고 돌아섰다. 상속세로 만족 못한 국세청이 그룹을 상대로 세무 조사 으름장을 놓았고, 겁을 집어먹은 열 명의 아들들이 학교를 국가에 헌납하려 한다는, 그렇게 해서 모든 일이 평화롭게 마무리되려 한다는 말까지는 전하지 않았다. 한순간이나마 문 교사의 평화를 깨고 싶지 않아서였다. 하지만 나는 돌아서던 문 교사가 중얼거리는 소리를 분명히 들었다.

"칼만 안 들었지 나라님도 쌩 도둑놈이구먼."

갇힌 사람들

　한동안 병원 신세를 졌던 익치가 학교에 돌아왔다는 소식을 듣고 나는 한달음에 그의 방으로 달려갔다. 언젠가 주몽이 말했었다. 국세청은 형제들이 낸 상속세에 불만이 많다고. 그걸 고민하던 큰형이 돈 먹는 하마 같은 학교는 처분해 버리고 수익성 있는 다른 사업을 찾아보라고 한다고. 그때 이미 학교의 운명은 정해진 것이 아닐까. 그동안 정부와 그룹 간에는 몇 번의 연극적인 접촉이 있었고, 그리고 몇 번의 형식적인 절차가 더 있었다.

　"학교가 곧 넘어갈 거 같아."

　내가 말했다.

　"결국 그렇게 될 거라고 예상은 했어."

　익치가 말했다. 가래가 걸린 듯 감정이 목에 걸려 걸걸해진 목소리였다.

"학교를 헌납하는 건 세무 조사를 피해 보겠다는 수작이야. 누이 좋고 매부 좋고. 다들 그렇게 손발을 맞춰 가면서 살아가니까."

나는 비죽비죽 웃음이 새어 나왔다.

"주몽만 불쌍하게 되었군."

"당하는 게 바보지. 할 말이 뭐 있어."

나는 익치의 심정을 이해하려고 노력했다.

"넌 어떡할래?"

익치가 물어왔다.

"뭘?"

"다들 떠나잖아."

교수들이 먼저 떠났다. 그리고 발 빠른 학생들이 뒤를 이었다. 그처럼 야단법석을 떤 선거가 끝났음에도 학교는 조용해지지 않았다. 아니, 조용해지기는커녕 더 소란스러워졌다. 게다가 그룹의 연구비 지원이 끊겨 거의 모든 프로젝트가 중단 위기에 놓여 있었다.

"선배는?"

내가 익치에게 물었다.

"떠날 거야."

발치의 돌멩이라도 차 버리듯 익치가 말을 찼다.

"어디로 가는데?"

"어디든 여기보다는 나을 테니까 아무 데나 상관없어."

나는 주몽을 떠올렸다. 그가 걱정하던 일들이 현실이 되어 가고 있었다.

"주몽 소식은 좀 알아?"

이상한 일이었다. 주몽이 병원에서 퇴원했다는데 그의 소식을 아는 사람이 없었다. 정민이 여행을 가고 없으니 마땅히 물어볼 사람도 없고 혼자서 애만 태우고 있었다. 선거가 끝나자 패자인 주몽은 우리들의 기억 속에서 잊혀졌다. 마치 처음부터 없었던 사람처럼. 나는 그것이 이상하기 짝이 없었다. 익치조차도 주몽이란 이름을 입에 올리기 싫어하는 눈치였다

"형들이 빼돌렸겠지. 자꾸 헛소리하니까."

익치가 내 시선을 피했다. 뭔가 숨기는 게 있는 눈치였다.

"갑자기 왜 퇴원을 시킨 거야? 주치의가 더 치료를 받아야 한다고 했는데."

"젠장, 내가 그걸 어떻게 알아."

나는 익치의 신경질에 슬그머니 부아가 치밀었다.

"선배는 다르잖아."

몽우회 사람들 다 떠나도 익치 너만은 주몽 곁에 남아 줄 줄 알았다, 그게 네가 좋아하던 의리라는 거 아니냐? 나는 그렇게 따지고 싶었지만 침을 꿀꺽 삼키며 말의 방향을 틀었다.

"의사 말로는 충격 때문에 머리가 조금 잘못되었다고 했어. 과대망상증 같은 거라고."

"젠장, 모두 쉬쉬하니까 나도 모르겠어. 뭐가 뭔지."

익치가 자기 머리칼을 쥐어뜯으며 괴로워했다.

"만나 보기는 했어?"

책망하는 것처럼 들린 모양이다. 익치가 화를 냈다.

"젠장, 나더러 어떡하라는 거야? 대장을 보면 내가 먼저 돌아 버리겠는데."

말끝마다 젠장 소리가 따라붙는 걸 보니, 주몽을 두고 떠나는 익치의 마음도 어지간히 힘든 모양이었다.

"젠장, 젠장. 그놈의 젠장 소리 좀 집어치워. 선배를 탓하려는 게 아냐. 나도 그럴 자격 없다는 거 잘 아니까."

익치가 다소 누그러졌다.

"대장의 정신이 이상해졌어. 조금이 아니라 많이."

싸움을 걸듯 퉁퉁거렸지만, 우리가 서로에게 칼끝을 향하고 있는 것은 아니었다. 그것은 각자 스스로의 가슴을 향하고, 아프게 상처를 내고 있었다.

"아는 대로만 알려 줘."

"옛날 유모가 돌보고 있다는 말만 들었어."

"옛날 유모라면 정민 어머니?"

"응."

그럴 수도 있겠다 싶었다. 주몽을 친자식처럼 여겼다고 하니 잠시 돌봐 줄 수도 있지 않은가. 왜 지금까지 그 생각을 못했을까.

"지금 어디 있는데? 한번 만나 보고 싶어서 그래."

익치의 목소리가 다시 불만으로 퉁퉁거렸다.

"그런 건 유정민한테 물어보면 되잖아. 하긴 영웅한테 붙어 다니느라 바쁘겠지만."

정민에 대한 익치의 감정이 좋지 않다는 건 알고 있었다. 그렇지만 붙어 다닌다니. 나로서도 듣기 거북한 말이었다.

"유정민은 지금 학교에 없어. 여행 중이야."

"여행은 무슨. 발 빠르게 다른 학교 알아보는 거겠지. 걔가 얼마나 잽싸게 잔머리 굴리는 앤지 넌 아마 모를 거다."

"선배, 말이 좀 심한데. 유정민을 욕하면 내가 가만있지 않지."

내가 경고했다.

"흥, 너 유정민 좋아하냐? 조심해라. 걔 무서운 여자야. 대장한테 찾아와서 좋아한다, 사랑한다 애걸복걸할 땐 언제고, 막상 선거전이 시작되니까 영웅한테 딱 달라붙는 거 봤잖아."

내가 주먹을 불끈 쥐었다. 정민에 대한 험담은 더 이상 듣고 싶지 않았다.

"젠장, 유정민 욕하지 말랬잖아, 짜샤."

내가 익치에게 들이댔다. 익치가 한 발 물러섰다.

"너도 그만 정신 차리고 다른 학교 알아봐라. 네 능력이 아까워서 하는 말이야."

익치가 충고했다.

"난 기다릴 거야, 주몽 선배가 곧 돌아올 테니까."

"바보. 아직도 못 알아듣냐? 대장은 안 돌아와. 아니, 못 돌아와, 영원히."

익치가 냉정하게 뒤통수를 보이며 돌아서 버렸다.

나는 그의 방을 나오며 생각했다. 정민은 주몽 있는 곳을 알고 있을까? 왜 내게 아무 말도 하지 않고 사라진 거지? 그건 그렇고, 정민이 주몽을 찾아가 애걸복걸했다고? 근래 들어 나와 정민의 관계가 다소 소원해진 것은 사실이지만 내가 모르는 정민과 주몽의 이야기가 너무 많다는 생각이 들었다. 내 방으로 돌아가는 길에 무심코 돌아보니 기숙사도 눈에 띄게 한산해져 있었다.

'총장실 점거 75일째.'

누군가 총장실 유리창에 붙어 있는 5자를 떼어 내고 6자로 바꿔 붙이는 중이었다. 도화지 한 장에 한 글자씩 새겨 나란히 붙여 놓은 상황판은 매일 바뀌는 숫자 부분만 빼고 햇빛에 탈색되어 누렇게 변해 있었다. 마치 시간이 달라붙은 흔적 같았다.

총장실 점거 농성은 영웅이 부정 선거 의혹을 제기한 학교와 마찰을 빚어 시도된 것이었다. 하지만 이제 '점거'라는 단어를 쓰기도 무색한 지경에 이르렀다. 총장은 총장실에 얼씬도 하지 않았고 농성하는 학생도 없었다. 뒤집히고 버려진 집기들만 어수선하고 매일 유리창에 붙이는 숫자만 바뀔 뿐, 그곳은 그저 빈방일 뿐이었다. 영웅으로서는 농성을 풀 명분도 지속할 명분도 없어져 버렸다. 처음 '총장은 물러나라' 했던 구호는 '등록금 동결하라', '파행 수업 보상하라' 등 각양각색으로 바뀌었으나 지난 선거처럼 사람들의 관심을 끌지는 못했다. 지친 탓일까? 아니면 그런 공허한 구호만으로는 현실을 바꿀 수 없다는 것을 알 정도로 학생들이 훌쩍 커 버린 것일까? 그도 아니라면 모두가 정민처럼 자숙의 시간을 가지고 있는 것인지도 모르겠다.

나는 광장 한가운데 우뚝 서서 이런저런 생각들에 매여 있었다. 파리의 개선문을 본떠 지었다는 15층 본관 건물이 내려앉은 것처럼 어깨가 무거웠다. 학교가 어디로 가는가. 나는 어찌해야 하는가. 주몽도 정민도 없는 학교에 혼자 남은 나는 외롭고 힘들었다. 그렇다고 정민처럼 반성문 길게 쓴 뒤 사라지고 싶지는 않았다. 그렇게 모든 과오가 용서되는 것도 싫었다. 과오는 영원히 과오로 남아야 한다. 최소한 자신의 과오에 대한 책임을 그럴듯한 글재주로 회피해서는 안 된다. 나는 어떻게든 책임을 지고 싶었다. 나 혼자만의 책임이랄 수도, 나 혼자 책임을 떠안을 방법도 없었지만, 후일 스스로에게 비겁하진 않았다고 말하려면 적어도 아무 일도 없었다는 듯이 천연덕스럽게 학교를 빠져나가진 말아야 했다. 어디서부터 잘못된 거지? 어떻게 해야 처음으로 돌아갈 수 있는 거지? 곳곳에서 맑은 웃음소리 들리고, 순수한 열정과 땀방울이 배어 있는 곳, 그리고 서로에 대한 믿음과 우정이 살아 있는 학교로 돌아가고 싶었다.

나는 영웅을 떠올렸다. 그간의 갈등과 대립, 선혈이 낭자한 싸움의 원인을 전부 그에게 돌릴 수는 없겠지만 그런 싸움의 중심엔 늘 그가 있었다. 승자가 없는 싸움, 모두 패자가 되고 마는 싸움의 중심에. 나는 오토바이를 끌고 나온 김에 영웅을 찾아갔다. 특별한 계획이 있는 것은 아니었다. 답답한 마음이 풀릴 때까지 그가 즐긴다는 맞짱토론이나 해 볼 심산이었다. 그러나 영웅을 보자 말할 수 없이 화가 치밀어서 계획에 없던 말이 튀어나왔다.

　"선배, 시간 좀 내줄 수 있어? 얘기 좀 하고 싶은데."

　"내가 좀 바빠서 말이야."

　이제는 확연해진 우리 두 사람의 노선 차이로 보자면 영웅이 나를 경계하는 건 당연했다.

　"정식으로 인터뷰 요청하는 거야. 데일리스팟 기자로서."

　"요즘 데일리스팟은 나를 버린 것 같던데."

　뼈 있는 말이었다. 나는 멀쩡한 표정으로 의뭉을 떨었다.

　"데일리스팟이 유정민 혼자만의 것은 아니잖아?"

　영웅이 한동안 나를 응시했다. 나도 피하지 않고 그의 시선을 받아쳤다.

　"맞는 말이야. 데일리스팟은 나와 특별히 인연이 깊지."

　옛정을 생각해서 마지막으로 한 번 만나 주겠다는 반응이었다. 그러거나 말거나 나는 개의치 않았다.

　"지금 어때? 이왕이면 근사한 곳에서 사진도 한 장 찍고 싶은데."

그가 씩 웃었다. 싫지는 않은 모양이었다.

"좋아. 하지만 한 시간 후엔 다른 약속이 있어."

"그 정도 시간이면 충분해."

나는 영웅을 내 오토바이 뒷자리에 태웠다. 그리고 학교를 빠져나가 자동차 전용 도로로 접어들었다. 바람이 제법 찼다. 나는 속력을 높였다. 60, 70, 80……. 뒷자리에서 영웅의 허리가 한 번 휘청하더니 그가 내 허리춤을 바짝 당겨 잡았다.

"어디로 가는 거야? 여긴 자동차 전용 도로잖아."

영웅의 말이 바람 소리와 함께 귓가에 윙윙거렸다.

"어디로 가냐고?"

그가 더 크게 소리 질렀다. 나는 못 들은 척 대답하지 않았다. 대신 최대한 속력을 더 높였다. 90시시 오토바이가 시속 100킬로미터를 넘어서자 위태로운 지경이 되면서 그가 딱정벌레처럼 내 등판에 착 달라붙었다. 영웅이 아래턱을 떨었다. 그 떨림이 내 등판을 통해 그대로 전해졌다. 나는 마구 달리는 자동차 사이사이를 자동차보다 더 빠르게 헤쳐 나갔다. 농구 코트엔 땀에 젖은 젊음이 있고, 도서관엔 순수한 열정이 있고, 식당에는 여자애들의 웃음소리가, 잔디밭엔 나른한 휴식이 있는 그런 학교. 친구들의 눈에는 분노와 적의가 아니라 보다 넓은 세상, 보다 나은 미래가 담겨 있던 꿈을 잃어버리기 전의 학교가 그리웠다. 기껏해야 얼마 전일 뿐인데도 꿈처럼 아득하게 느껴지는 그 시절로 나는 모든 것을 돌려놓고 싶었다. 갑자기 가슴이 뻐근해지도록 격한 감정이 몰려들더니 시야가 뿌옇게 흐려졌다.

"나영웅. 너 때문이야. 모든 게 너라는 존재 때문에 잘못된 거야."

내가 울부짖었다.

"뭐라고?"

"오늘 우리 둘이서 끝을 보자."

귀를 울리는 클랙슨 소리에 핸들이 휘청했다. 차선을 바꾸려는 관광버스였다. 겁먹은 영웅이 소리를 질렀다.

"내려 줘, 당장."

그러나 나는 내려 줄 마음이 없었다. 멈추고 싶지도 않았다. 그래서 무작정 달렸다. 어디까지 갈지 나도 알지 못했다. 이대로 영웅을 데리고 사라진다면 학교가 다시 평화로운 일상으로 돌아가지 않을까, 그런 생각을 했던 것 같다.

"넌 누구냐? 어떤 놈이냐?"

내가 소리 질렀다. 겁에 질려 어벙해진 영웅은 아무 대답도 하지 못했다.

"대체 어떤 놈이기에 학교를 이 모양 이 꼴로 만들어 놓는 거냐?"

내가 다시 소리 질렀다.

"말해."

"나아아는 여어어엉우우웅. 자알 아아알자나."

영웅의 턱이 마구 닥닥거렸다.

"그으만 내려어어줘, 제에발 부우탁이야."

"싫어. 끝을 보고 말겠어."

"지인정해, 고오옹탁. 이러다가 저어엉말 사아고 나게 생겨어어어어어 조오심……."

영웅의 말이 채 끝나기도 전이었다. 눈앞에 급커브가 나타났고 속력을 늦추지 못한 나는 그대로 직진해서 모래 언덕을 들이받고 말았다. 탄력을 받은 몸이 공중으로 치솟았다. 그리고 아무것도 보이지 않았다. 오페라 공연이 끝나고 육중한 커튼이 내려진 것 같았다. 얼마나 시간이 지난 것일까. 사람들이 박수를 치며 앙코르를 외치는 소리가 들렸다. 아직 공연이 끝나지 않았나? 커튼이 열리듯 나는 눈을 떴다. 여전히 눈앞이 깜깜했다. 누구의 목소리지? 조수미? 아니면 신영옥? 다리를 절룩거리며 누군가 다가오는 것 같았다. 다가오는 것이 아니라 멀어지는 것인가? 누구지? 왜 다리를 절룩거리는 거야? 뭔가 찝찌름한 맛에 이마를 만져 보니 걸쭉한 것이 묻어 나왔다. 피였다. 그때서야 기억이 되살아났다.

"거기 서. 가지 말란 말야."

나는 몸을 일으키려다가 다시 고꾸라졌다. 내 귓속의 전정 기관이 평형 감각을 되찾으려면 시간이 더 필요한 것 같았다. 하지만 내 눈은 빠르게 감각을 되찾았다. 저기 다리를 절룩거리며 다가오는 건 분명 영웅이었다. 그래 맞아, 나영웅.

"공탁, 너 이 새끼, 나를 죽이려고 했어."

그의 주먹이 나의 면상을 갈겼다. 또다시 커튼이 내려졌다. 그대로 암전. 얼마 후, 우레 같은 커튼콜을 들으며 나는 기분 좋게 눈을 떴다. 옆자리에 영웅이 누워 있었다. 이번엔 제대로 공연을 끝내야지. 내가 뻑뻑해진 혀를 움직여 소리를 만들어 냈다.

"대답해, 나영웅. 도대체 네놈은 어떤 놈이냐? 누구냐고?"

영웅이 몸을 돌려 고꾸라진 채 일어서지도 못하는 나를 바라보았다. 슬픈 눈. 영웅의 공허하고 슬픈 눈이 말하는 것 같았다.

"나도 대답할 수 있으면 좋겠다, 새꺄. 넌 내가 모든 걸 주도했다고 생각하지? 그래서 날 죽이고 싶은 거지? 나도 어리둥절할 뿐이야. 나도 학교가 이렇게 되길 바라지는 않았거든."

나도 눈으로 말했다.

"너로 인해 이 모든 것이 시작되었다는 걸 부정하는 거냐? 이 비겁한 자식."

나는 한동안 기를 쓴 끝에 조금 몸을 움직였다. 그리고 모래 둔덕 위에 비스듬히 상체를 기대어 놓았다.

"이봐, 후배. 나 역시 너와 다르지 않아."

웃음인지 울음인지 일그러진 표정으로 영웅이 어물거렸다. 그때 육중한 덤프트럭이 비상등을 켜고 갓길에 멈춰 섰다. 우리를 발견한 것이다.

"젠장, 여기서 함께 죽지도 못하는구나."

내가 비죽거리며 웃었다. 영웅도 웃는 것 같았다. 이제는 살았다는 안도감 때문일까. 나는 그대로 잠에 빠져들었다. 그리고 다시 눈을 뜬 것은 병원 침대에서였다.

　나는 깁스를 한 채 학교로 돌아왔다. 젊음의 또 다른 혜택 하나는
상처의 복구 작업이 신속하다는 것이다. 여기저기 찰과상을 입어 몰
골이 험했지만, 사흘 정도 지나자 내 몸은 왼쪽 다리가 부러진 것 외
엔 멀쩡하게 복구되었다. 깁스는 한 달 정도 지나야 풀 수 있다고 했
다. 영웅도 학교에 돌아와 있었다. 녀석은 나보다 더 멀쩡해 보였다.
우리는 학생회관 휴게실에서 우연히 마주쳤는데 나를 본 녀석이 먼
저 고개를 홱 돌려 버렸다. 나도 모르는 척 고개를 돌렸다. 아무리
복구 작업이 신속하다 해도 영웅과 또다시 대거리를 해도 될 만큼
기운이 살아난 건 아니었다.
　동아리 방에는 정민이 돌아와 있었다. 긴 여행을 끝내고 돌아온
그녀는 변해 있었다. 가무잡잡하게 탄 피부가 더 단단해 보였다.
　"그동안 어디 처박혀 있다 나타난 거야?"
　나는 이전의 서먹함이 무색할 정도로 정민이 반가웠다.
　"무덤 속에 들어가 있었다고나 할까."
　"무덤?"
　"이집트를 여행했어. 피라미드 말이야."
　정민은 데일리스팟을 내게 떠넘기고 사라졌던 시간을 되돌리겠
다는 듯이 열정적으로 일했다. 내가 병원에 있는 사이 최하윤이라
는 신입 기자를 뽑아 그동안 밀렸던 일을 몽땅 해치운 것은 물론, 데

264

일리스팟 사이트를 완전히 새로 단장해 놓았고, 녹사의 책상을 치워 버리고 내 책상을 중심으로 둥그렇게 자리를 배치해 나를 어리둥절 하게 만들었다. 데일리스팟이 이제 가장 인기 있는 동아리 중 하나 가 된 모양이었다. 내 책상 위에 새로운 지원서가 수북이 쌓여 있었 다.

"이게 다 뭐야?"

"데일리스팟이 문을 닫지 않으려면 아직도 두 사람 정도가 더 필 요해."

"형이 돌아왔으니 형이 할 일이잖아."

내가 말했다.

"동아리 일은 이제 네가 맡아라. 나는 다른 일로 조금 바빠질 것 같아."

"이거 왜 이러시나. 형이 손 떼면 나도 손 뗄 거야."

"완전히 손 떼겠다는 게 아니니까 안심해."

우리는 둘만의 술자리를 가졌다. 나도 할 말이 있었고 정민도 그 런 것 같았다. 하지만 그날의 술자리는 영 유쾌해지지 않았다. 우리 사이의 확연해진 거리를 실감하는 시간이었고, 생각의 차이를 인정 해야 하는 시간이었기 때문이다.

"너도 한번 가 봐. 파라오라면 한 시절을 풍미했던 영웅인데. 가이 드의 설명을 듣자니 왠지 으스스해지더라. 사람이란 죽어서도 생전의 과오와 치적에서 자유로울 수 없는 존재구나, 뭐 그런 깨달음을 얻게 되더라고. 어쩌면 죽어서 더 얽매인다고 보아야 하는지도 모르겠고. 어쨌든 살아 있는 동안은 제대로 살아야지. 각오가 새로워졌어."

이집트는 역시 요술 램프의 나라였다. 겨우 한 달 남짓한 여행으로 정민은 전혀 다른 사람이 되어 돌아왔다.

"나는 괴로웠어. 주몽이 그렇게 된 것이나, 학교가 이렇게 된 데에는 내 책임이 크니까. 물론 내가 이렇게 되기를 바란 건 아니지만 말이야."

"……."

"이제라도 달라질 거야. 허울뿐인 영웅 무리의 진짜 모습을 사람들에게 보여 주겠어. 그러려고 돌아온 거야."

이집트 여행으로 정민이 얻은 것은 변화의 명분이 아니었을까? 나는 정민에게서 한 발짝 물러섰다. 지금 내 앞에 앉아 있는 여자가 그동안 내가 알던 유정민, 내가 좋아한 유정민이 맞나? 소주 몇 잔으로 몽롱해진 상태에서 듣는 정민의 여행기는 전혀 유쾌하지 않았다.

실제로 정민은 데일리스팟에 긴 여행기를 올렸고 그녀의 이집트 여행기가 한동안 인기를 끌었다. 피라미드에서의 깨달음으로 정민은 완전히 다른 사람이 되어 반영웅 세력의 선봉에 서려는 것 같았다. 조목조목 영웅을 비판하고 나섰다. 나는 의문이 일었다. 얼마 동안의 자숙 기간과 긴 여행기를 쓴다고 해서 과거 자신의 행동에서 자유로워져도 좋은가. 정민은 녹사와 함께 인터넷과 SNS의 힘을 빌려 일종의 바람을 일으켰다. 그 바람이 많은 사람에게 영향을 끼쳤고 학교의 운명을 결정지었다고 해도 결코 과한 평가는 아닐 것이다. 그런데도 이렇듯 쉽게 용서되고 허용되어도 괜찮은 것일까. 모든 일에는 인과 관계가 존재한다. 만약 현재의 행동으로 인한 후일의 결과가 자신이 원하던 모습과 다르다면 그때마다 그저 사과 한 번 하고 자숙하면 되는 것인가. 그렇다면 주몽이 그렇게 된 것. 학교가 이렇게 무너지는 것. 이런 결과의 책임은 과연 누구에게 물어야 하나. 정민의 통절한 반성이 전혀 통절해 보이지 않음은 나로서도 유감이었다.

정민에게 내가 물었다.

"주몽은 어디 있어?"

"그걸 왜 나한테 물어?"

"익치가 형은 다 알고 있을 거라고 해서."

나는 정민이 발뺌을 못하도록 못을 박았다.

"나중에. 지금 말고 나중에 얘기하자, 탁아."

"왜지? 왜 나한테까지 비밀로 하려는 거야?"

나는 물러서지 않았다.

"형들이 알면 정신 병원에 가둘까 봐 주몽이 겁을 냈어. 지금 Y읍에 있는 별장에서 울 엄마랑 같이 지내고 있어."

더 이상은 묻지 못했다. 정민의 눈빛이 금방 흐려지는 것을 보았기 때문이다.

아픈 만큼 성숙해진다는 말이 틀린 말은 아닌가 보다. 선거 이후 데일리스팟 게시판은 뜨거웠으되 전처럼 격정적이지는 않았다. 사람들은 차분해졌다. 자정 운동이 일고 실명이 공개되면서 눈에 띄게 욕설도 줄어들었다. 이것 역시 흐름일까? 도무지 변할 것 같지 않던 변화가 나는 반가웠다. 하지만 조심스러운, 너무도 조심스러운 반가움이었다.

─누구라도 그럴 수 있어. 처음이니까 실수하는 건 당연해.

처음 얼마 동안 새로 학생회장이 된 영웅에게 사람들은 포용력을 보여 주었다. 대단한 인내심이었다.

─아무래도 영웅에게는 시간이 좀 필요한가 봐. 리더로서의 역할을 배우는 시간. 조금만 기다려 주면 돼. 다행히 영웅의 학습 능력은 믿을 만하거든. 겨우 1년 공부해 가지고 세계대학에 합격한 걸 보면.

시간이 더 지났다. 사람들은 고개를 갸우뚱하기 시작했다.

─아무래도 영웅이 감당하기엔 무리가 아닐까? 학교가 존폐 위기에 처했는데 위기관리가 안 돼. 아무래도 리더가 되기엔 영웅의 그릇이 너무 작은가 봐.

그즈음에 어떤 이가 까마득히 잊었던 주몽을 기억해 냈다.

─주몽이라면 어땠을까? 그는 리더가 되기 위한 훈련을 꾸준히 받아 온 사람이니까 벼락치기 선수인 영웅과는 어디가 달라도 다를 거야, 암 그렇고말고.

사람들은 가 보지 않은 길에 환상을 갖기 마련인가 보다.

－지금이라도 늦지 않았어. 더 엉망이 되기 전에 시간을 되돌려야 해. 저렇게 자기가 한 말도 자주 번복하고 실수를 연발하는 영웅을 좀 봐. 앞으로도 계속 저럴 거라고 생각하면 골치가 아파지려고 해. 우리가 잘못 선택한 거야. 인정할 건 인정하자고.

하루에도 몇 번씩 데일리스팟 사이트에 드나드는 영웅이 그런 움직임을 모를 리 없었다. 그가 발끈해서 글을 올렸다.

－감히 나를 어쩌겠다고? 내가 괜히 말을 번복하고 실수하는 줄 알아? 학교 당국과 수구꼴통 교수들이 사사건건 발목을 잡고 늘어지는데 난들 어떡해? 왜 내 마음을 몰라주고 함부로 씹어 대는 거야? 아, 몰라. 알아서들 해. 하고 싶은 대로 해 보라 이거야. 어차피 난 잃을 게 없는 사람이니까. 밑져야 본전인데 뭐가 무섭겠어?

여기서 다시 게시판의 글은 두 갈래로 갈라졌다.

－영웅 말이 맞아. 어디 기회라도 한번 제대로 줘 봤어? 사람들이 줏대가 있어야지. 한번 찍어 줬으면 끝까지 밀어 줘야 하는 거 아냐?

－하나를 보면 열을 안다고 했어. 영웅은 애초부터 준비가 안 된 사람이야. 더 늦기 전에, 더 망쳐 놓기 전에 학교를 구하는 게 우리가 할 일이라고.

다시 싸움이 시작됐다. 서로를 물어뜯는 욕설과 상호 비방으로 데일리스팟 게시판은 또다시 만신창이가 되어 갔다.

"선배, 이거 좀 보세요."

신입 기자 최하윤이 호들갑을 떨었다. 모니터를 보니 여느 광고 문구들과 함께 해괴한 줄 광고 하나가 화면 한가운데를 느릿느릿 기어가고 있었다.

'디데이는 개교기념일. 금일 오후 6시 본관 옥상에서 분신 리허설. 영사모 여러분, 마니마니 응원 나와 주세요.'

"어떤 놈이 장난치는 거겠죠, 그쵸?"

"그런 거 같긴 한데. 혹시 모르니까 가 보긴 해야지."

내가 카메라를 들고 나갈 채비를 했다.

"같이 갈까요?"

"동아리 방이나 지켜. 필요하면 연락할 테니."

나는 깁스한 다리를 끌고 본관으로 향했다. 세상이 방향 감각을 잃고 제멋대로 돌아가는 것 같았다. 분신 리허설이라는 것도 그렇고, 그걸 또 광고랍시며 띄워 주는 인터넷도 그렇고. 저 자식은 왜 또 학교에 나타난 거야, 본관 비상구에서 녹사를 발견한 나는 뭔가 불길한 예감이 들었다.

"어서 오시지, 공탁 기자."

그 해괴한 줄 광고는 녹사가 나를 끌어들이기 위한 낚싯밥이었나 보다. 나는 기분이 언짢아졌다. 처음부터 호감을 가져 본 적도 없지만, 학생회장 선거를 전후로 수많은 일을 겪으며 나와 녹사는 아예

270

앙숙이 되어 있었다. 그는 출교 조치를 당한 후에도 수많은 팔로어를 이끌고 다니며 사이버 공간을 휘젓고 온갖 음모론과 괴담을 만들어 냈다. 먼저 공격한 것은 나였다. 내가 더 이상 학생들을 선동하지 말고 진정으로 학교를 떠나 달라고 요구하자 녹사는 변절자라고 나를 몰아세웠다.

"또 뭔 일을 꾸미시려고? 아직도 학교에 볼일이 남았어?"

내 말 속의 적의를 눈치챘는지 녹사가 험악하게 인상을 찡그렸다.

"무슨 일을 꾸미는지는 이제부터 보여 줄 테니까 얌전히 사진이나 찍어 두시지그래."

분신 리허설을 한다는 본관엔 녹사와 영웅뿐, 응원 나온 팬이라곤 한 명도 없는 걸 보니 순진하게 걸려든 사람은 나 혼자뿐인 것 같았다. 영웅은 나와 눈도 마주치려 하지 않았다.

"디데이는 다음 주 개교기념일 오후 2시. 지금부터 딱 일주일 남았다."

들으라는 듯이 큰 소리로 외친 후, 녹사가 플라스틱 생수통을 영웅 앞에 가져다 놓았다. 정말 분신할 생각이라면 그 속엔 물이 아닌 휘발유가 들어 있을 것이다. 녹사가 껌을 질겅질겅 씹으며 영웅을 쳐다보자 아까부터 한마디도 하지 않고 입을 꾹 닫고 있던 영웅이 험하게 녹사를 흘겨보았다. 남의 일이라고 태연할 수 있는 녹사가 얄미웠나 보다.

"나도 하나 줘. 그거."

녹사가 영웅이 내민 손바닥 위에 네모난 껌 하나를 떨어뜨렸다.

"왜 긴장되냐?"

"……."

"야구 선수들도 이걸 씹는다더라. 게임이 안 풀리거나 홈런 한 방 치고 싶을 때."

녹사가 느물거리며 웃었다.

"웃음이 나오냐, 형은? 죽느냐 사느냐 하는 판에."

영웅이 짜증을 내자 녹사의 입술에서 웃음기가 사라졌다. 그가 영웅의 눈에 칼날 같은 시선을 꽂으며 바짝 다가섰다. 영웅이 두려워하면서 한 발 뒤로 물러났다.

나는 이상한 생각이 들었다. 언제부터 저들의 관계가 저렇게 변한 거지? 영웅이 녹사를 동지가 아닌 형이라 부르는 것은 그렇다 쳐도 마치 녹사가 영웅의 주인이라도 되는 양 군림하고 있지 않은가. 영웅을 메시아라고까지 부르던 녹사였는데 말이다. 한동안 영웅을 뚫어져라 쳐다보던 녹사가 영웅의 손을 잡아 억지로 펴게 한 다음 그 위에 껌 세 개를 더 떨어뜨렸다.

"씹어. 한꺼번에."

찍어 누르듯 위압적인 목소리였다. 두 사람은 긴 계단을 한 칸 한 칸 천천히 올라갔다. 나도 따라 올라갔다.

"엘리베이터를 타도 되잖아. 왜 꼭 계단을 오르라는 거야?"

영웅이 불만을 터뜨렸다. 보아하니 분신하려는 사람 같지는 않은

데 이들이 쇼를 하는 건가? 그렇다고 해도 좀 이상하긴 했다. 왜 영웅이 녹사에게 질질 끌려가는 거지? 두 사람 사이의 새로운 권력관계에 호기심이 생긴 나는 섣불리 끼어들지 않고 좀 더 지켜볼 심산이었다.

"적들이 우리 계획을 알아봐라. 엘리베이터를 정지시키지 않겠냐?"

분신하겠다고 광고에 리허설까지 하고 있으니 그것은 당연한 일이었다.

"그리고 또 하나, 예수의 마지막 고행 길을 상징하는 의미도 있어. 예수가 십자가를 지고 골고다 언덕을 올라갔듯이 영웅 너도."

녹사의 말꼬리를 자르며 영웅이 끼어들었다.

"휘발유 통을 들고 계단이라도 올라가라 그 말이군. 히히히."

영웅이 자학하듯 괴로운 웃음소리를 냈다. 인상을 찌푸린 채 참을성 있게 지켜보던 녹사가 한마디 했다.

"그날은 절대로 그렇게 웃지 마라."

영웅이 웃음을 뚝 멈췄다.

"기자들이 네 뒤를 따라갈 거야. 그들 앞에선 이렇게 고개를 빳빳이 들고 가야 해. 절대 고개를 숙이지 마. 끝까지 의연하게. 잊지 마라, 예수같이 처연한 아름다움. 그래야 사람들의 마음속에 깊이깊이 새겨지니까."

녹사가 시범을 보이며 앞서가다가 멈춰 섰다.

"자, 이 지점이 포토 라인이야. 여기서 잠시 멈춰 서야 돼. 기자들이 마음껏 사진을 찍을 수 있게 틈을 좀 들이면서. 이쪽을 향해 서는 것도 잊지 마. 휘발유 통이 정면으로 보이도록 말야."

영웅의 얼굴에서 핏기가 싹 가셨다. 저건 정말이지 사람이 아니구나 하는 표정이었다.

"꼭 그래야 하는 이유라도 있어?"

영웅이 간신히 반항했다.

"너 정말 이럴래?"

녹사의 인내심이 바닥을 드러내기 시작했다. 영웅의 비협조에 슬슬 짜증이 나기 시작한 것이다.

"그만 놔줘."

내가 소리쳤다. 영웅과 녹사 둘 다 동시에 나를 돌아보았다.

"상관 말고 구경이나 하시지."

"그렇게는 못하지. 나도 어엿한 기잔데."

"그럼 취재나 하시든지."

녹사가 비아냥거렸다. 아직도 나를 만만하게 보고 무시하는 거였다.

"생각 중이야, 취재를 할까 먼저 경찰을 부를까."

녹사의 관심이 내게 쏠리자 영웅이 슬슬 뒷걸음질 치기 시작했다. 영웅이 계단을 내려가다가 비칠 하고 다리가 꼬여 넘어졌다. 계단의 날 부분에 정강이뼈가 부딪힌 것 같았다. 꽤 아플 텐데도 벌떡 일어난 영웅은 뒤도 돌아보지 않고 곧장 달아나 버렸다. 녹사가 그런 영

274

웅의 뒷모습을 보면서 다시 껌을 질겅거렸다. 나도 도망치는 영웅을 못 본 체했다. 녹사가 내게도 껌을 내밀었다. 나는 그것을 받아 불량스럽게 씹었다.

"형은 정말 나쁜 놈이야."

"그사이 많이 컸네, 짜식."

"도대체 형의 정체가 뭐야? 종북이야? 아니면 테러리스트?"

나는 얼마 전 영웅에게 했던 질문을 다시 녹사에게 던졌다. 이 혼란의 주범은 바로 영웅이 아니라 녹사인 것 같다는 확신이 들었던 것이다.

"네 눈엔 어떻게 보이냐?"

녹사가 되레 내게 물었다.

"둘 다로 보여."

내가 말했다.

"바보. 넌 역시 바보다. 난 그런 거 상관 안 해, 짜샤."

녹사가 뭔가를 훌훌 털어 내듯 나를 떨치고 옥상에서 내려가려 했다.

"잠깐. 할 얘기가 더 있는데."

"난 어린애랑은 안 놀아."

녹사가 나를 또 무시했다. 나는 비장의 카드를 내질렀다.

"안동훈 장군에 대해 얘기해 보자고, 우리."

녹사가 뒤돌아섰다.

"제법이네. 어느새 내 뒷조사를 다 하고."

"적어도 어린애는 아니거든."

내가 여유 있게 웃음을 날렸다. 녹사가 다가왔다.

"안동훈? 우리 집안의 1대 바보. 나는 특별히 그를 가리켜 병신 머저리라고 부르지. 폭탄 한두 개 가지고 독립하겠다고 설친 양반. 바다에 돌을 던진다고 바다가 메워지느냔 말야."

녹사다운 해석이었다.

"역사책엔 그렇게 나와 있지 않던데. 위대한 독립운동가 안동훈은 일제의 폭압 정치에 맞서……."

녹사가 견딜 수 없다는 듯이 내 말을 잘랐다.

"위대한 독립운동가? 쳇, 입에 발린 찬사지. 말하자면 목숨값."

"지나친 독설이네."

"냉정한 평가일 뿐이야."

"흐음."

"얘기 나온 김에 우리 집안의 2대 바보 얘기도 해 줄까? 가진 것이라곤 쥐뿔도 없으면서 국회 의원 선거에 네 번 나가 네 번 떨어진 우리 아버지. 공정과 양심? 웃기는 소리 작작 하라 그래. 정치는 그렇게 하는 게 아니거든. 결국 자살할 수밖에 없는 팔자였던 거지."

비정한 놈. 아무렇지도 않게 자기 아버지를 조롱하다니. 나는 내심 진저리를 쳤다.

"3대 바보 얘기는 내가 해 볼까?"

내가 녹사의 말투를 그대로 흉내 냈다.

"바로 형 말이야."

녹사가 피식 웃었다. 어디 한번 들어 보자는 표정이었다.

"형은 잠도 안 자고 밥도 안 먹어. 그러면서도 이상하게 힘은 세지. 머리는 천재급인데 대인 공포증이 있고, 어디다 써먹으려는지 주역에다 점성술 그리고 바가바드기타까지 줄줄 꿰고 있어. 벌써 학교 하나를 말아먹었는데, 앞으로는 또 무슨 짓을 할지, 어디로 튈지 알 수 없는 위험한 놈이지."

녹사가 너털웃음을 터뜨렸다.

"그만 학교에서 손 떼. 형은 이제 이 학교 학생도 아니잖아."

녹사가 무섭게 노려보았지만 나는 기죽지 않고 덧붙였다.

"마지막 경고야."

좀 매정하다 싶었지만 어쩔 수 없었다. 누군가는 그에게 해야 할 말이었다.

"절대 그렇게는 못하지. 학교는 내 투쟁의 장이거든."

"학교가 투쟁의 장이라고? 그럼 여태까지 형 개인적인 목적을 위해 선거에 개입한 거야? 주몽을 저렇게 만들면서?"

"개인적인 목적? 양심상 전혀 없었다는 말은 못하겠네."

"이런 개자식. 넌 개자식이야."

내가 이성을 잃었나 보다. 내 덩치보다 두 배는 큰 녹사를 향해 몸을 날리며 대들었다. 나는 녹사에게 얻어맞을 각오를 하고 있었다. 처참하게 얻어맞고 싶었다. 그래야 조금이라도 스스로에 대한 자책을 접고 철저하게 녹사를 미워할 수 있을 테니까. 눈에 보이는 적을 만들면 눈에 보이지 않는 적과 싸우는 것보다 싸움이 훨씬 쉬워진다는 것을 나는 알고 있었다. 하지만 녹사는 내게 손 하나 대지 않았다. 내가 내 분을 못 이기고 나가떨어질 때까지 나를 내버려 두었다.

"언젠가 말했지? 내가 괴물같이 느껴질 때가 있다고. 하지만 주몽이 그렇게 된 건 순전히 사고였어. 그것만은 믿어 주라."

녹사가 돌아섰다. 괴물의 뒷모습도 아파 보일 때가 있구나. 나는 다리가 부들부들 떨려 그 자리에 서 있을 수가 없었다.

결국 나는 학교를 위해 아무것도 하지 못했다. 모든 것이 나와는 상관없이 스스로 제 운명의 길을 가는 것처럼 보였다. 영웅도, 녹사도, 주몽도, 정민도 그리고 학교도.

개교기념일, 학교는 썰렁하기 그지없었다. 학교 정문은 폐쇄되었고 본관 건물 역시 폐쇄되었다. 공개적으로 분신 리허설까지 치렀으니 학교로선 당연한 조치였을 것이다. 적막 속에 축하 플래카드 하나 없이 생일을 치러 내고 있는 학교. 그날이 여느 날들과 다른 것이 있었다면 학생 식당의 점심 메뉴뿐이었다. 평소와 그다지 다를 것도 없는 음식들이었지만 학생들의 식판 위에는 조그맣게 랩으로 싼 시루떡이 하나씩 얹어졌다.

나는 학교에 휴학계를 제출했다. 어머니가 반대했지만, 이번만큼은 내 고집을 꺾지 못했다. 군대라는 전혀 다른 장소에서 다른 시간을 보내며, 지금까지의 짧고도 격렬했던 나의 대학 생활을 차분하게 다시 정리해 보고 싶었다. 몇몇 기숙사 친구들과 작별 인사를 하고 나니 학교에 아무런 미련도 남지 않았지만, 마지막으로 정민이 보고 싶었다. 이제는 서로 서먹한 사이가 되고 말았지만, 그녀를 생각하면 여전히 가슴이 먹먹했다. 나는 동아리 방에 갔다. 정민은 보이지 않고 신출내기 기자 최하윤이 혼자 자리를 지키고 있었다.

"편집장은 어디 갔어?"

"Y읍에 간다고 했어요."

Y읍이라면 주몽이 있는 곳이었다.

"언제?"

"오전에요. 정민 선배 어머님한테서 전화가 왔거든요."

어쩐지 불길한 생각이 들어 전화하고 싶었지만 나는 망설였다. 우리 사이에 생긴, 어쩔 수 없는 거리감 때문이었다. 내가 사퇴서를 정민의 책상 위에 놓고 일어서자 최하윤이 나를 붙들었다.

"이렇게까지……. 선배는 이제 학교의 영웅인데요."

"영웅이라고? 정신 차려. 세상에 영웅은 없어. 영웅을 기다리는 사람들이 있을 뿐이지."

언젠가 정민이 내게 해 준 말을 내가 최하윤에게 똑같이 하고 있었다.

"그래도요. 선배가 없으면 데일리스팟은 어떻게 해요?"

"걱정 마. 나 없어도 세상은 잘 굴러갈 테니."

"유학이라도 가는 거예요?"

"유학은 무슨. 이참에 군대나 가려고 해."

"저는요, 선배 때문에 데일리스팟에 지원한 거예요."

그녀의 말이 사실이라 해도 나는 아무 말도 해 줄 수가 없었다. 아니, 해 주어서는 안 되었다. 인생에서 각자의 무게는 각자가 질 수밖에 없는 것이므로.

"갈게. 잘 지내."

"선배, 저랑 술 한잔해요. 그래도 송별회는 해야죠."

우리는 나란히 걸었다. 최하윤의 손이 슬며시 내 호주머니에 들어왔다. 나는 잠시 당황했지만 거절하지는 않았다.

"오늘 분신하겠다고 한 건 역시 뻥인가 봐요, 그쵸?"

"순진하긴. 세상에 리허설까지 하고 분신하는 놈 봤어?"

싱거운 녀석들. 최하윤에게 큰소리쳤지만 나 역시 온종일 광장에서 시선을 떼지 못했다. 전경들도 아침부터 학교 앞에 진을 치고 만일의 사태에 대비하고 있었다. 그러나 아무 일도 일어나지 않았다. 전경들이 모두 철수하고 광장은 한산해졌다.

"비가 쏟아지려나 보네. 하늘이 이렇게 우중충한 걸 보니."

나는 호주머니 속에서 최하윤의 손을 잡았다. 따뜻하고 작은 손이었다. 우리는 광장을 가로질러 갔다. 그쪽 방향으로 학교를 벗어나면 정민과 내가 한잔하고 싶을 때, 즐겨 찾던 단골 막걸릿집이 있었다.

"저게 뭐죠, 선배?"

하늘을 올려다본 최하윤이 본관 옥상을 가리켰다. 한 마리 새 같았다. 너울너울 불춤을 추는 불새. 나는 정신이 아득해졌다.

"분신이야. 영웅이 정말 분신하려는 거야."

그다지 긴 시간이 아니었다. 내가 경찰서에 전화를 걸고 신호음이 가는 짧은 시간이 흘렀다. 15층 옥상에서 홀로 추는 불춤을 구경할 틈도 없이, 불새가 외쳐 대는 소리가 지구어인지 외계어인지 분간할 틈도 없이 상황은 막을 내리고 말았다.

"어머나."

추락한 불새를 본 최하윤이 손바닥으로 자신의 눈을 가리며 비명을 질렀다. 내가 경찰과의 통화를 다 끝내기도 전의 일이었다.

영웅은 없다

개교기념일 오후 2시. 그러고도 2분이 더 지났다. 중앙 광장에 영웅의 모습은 보이지 않았다. 녹사의 표정이 점점 일그러졌다. 4분, 5분, 7분 그리고 10분이 지나도 영웅은 나타나지 않았다. 시계탑만 뚫어져라 쳐다보고 있던 녹사가 바지 주머니에서 스마트폰을 꺼내 들었다. 신호음이 갔지만 전화를 받지 않았다.

"고객님이 전화를 받을 수 없어 음성 사서함으로……"

녹사가 거칠게 버튼을 눌러 전화를 껐다. 그리고 소리 없이 웃었다. 잔인한 살기가 감도는 웃음이었다. 녹사가 기숙사를 향해 천천히 걸음을 옮겼다.

영웅은 자고 있었다. 방 안 여기저기에 소주병이 나뒹굴고 먹다 남은 육포 조각과 땅콩이 먼지와 함께 방바닥에 흩어져 있었다. 녹사가 발로 이것저것 툭툭 차면서 소음을 만들어 냈다. 발밑에서 땅

콩이 으깨지고, 플라스틱 쓰레기통이 넘어지고 책상 위에 있던 두꺼운 영한사전이 바닥으로 툭 떨어졌다. 하지만 침대 위의 영웅은 미동도 하지 않았다. 이불을 몸에 둘둘 감고 눈을 꾹 감은 채.

녹사가 천천히 침대로 다가가서 말했다.

"일어나, 새꺄."

눈꺼풀에 가느다란 떨림이 일었지만, 영웅은 눈을 뜨지 않았다. 서로의 숨소리가 들릴 만큼 가까운 거리에서 녹사가 영웅을 내려다보며 말했다. 조용하지만 위협적인 목소리였다.

"연극도 잘해요, 아주. 안 자고 있는 거 다 아니까 일어나, 짜샤."

그래도 영웅은 일어나지 않았다. 벽 쪽을 향해 슬그머니 고개를 돌리면서 취한 척 웅얼거렸다.

"잘 들어라. 지금부터 셋 셀 때까지 안 일어나면 그땐 너, 내 손에 죽는다."

영웅의 숨소리가 순간적으로 멎었다.

"하나, 두우울."

셋이 되기 전에 영웅이 눈을 번쩍 떴다.

학생회관까지 녹사에게 억지로 끌려 나온 영웅은 다리에 힘이 빠져 비칠거렸다. 아직도 술이 덜 깬 상태였다. 녹사가 영웅의 팔을 잡자 영웅이 신경질적으로 뿌리쳤다.

"이거 놔. 난 형의 허수아비가 아니란 말야."

"아, 그러셔?"

녹사가 코웃음을 치며 껌을 건넸다. 영웅이 받지 않고 고개를 돌려 버렸다. 손이 무색해진 녹사가 그것을 자기 입에 던져 넣더니 영웅과 조금 거리를 두고 앉았다.

"나영웅. 가진 거라곤 몸뚱이 하나와 채소 행상하는 홀어머니뿐인 가난한 법대생. 둔재는 아니지만 천재는 더더욱 아니고, 잘생기기는 커녕 개구리를 닮은 이목구비에……."

"지금 뭐하는 거야, 형?"

기분이 나빠진 영웅이 녹사를 제지했다.

"사실이 그렇다는 거야. 내가 보기에 네놈이 가진 거라곤 사람을 선동하는 재주, 그거 하나뿐이거든. 너란 놈이 10년 후엔 과연 뭘 하고 있을까 생각해 본 적 있냐?"

"……."

"말해 봐. 설마 세계대학이 네 인생의 종착역은 아닐 테지? 너도 계산이 있는 놈이라면 말이야."

자존심 상한 영웅이 발끈했다.

"물론 나도 계산이 빠한 놈이야. 이번 일이 내 인생에서 중요한 투쟁 경력이 된다는 것쯤 잘 알고 있다고."

"오호라, 알고 계셨어?"

녹사가 계속해서 비아냥거렸다. 영웅이 잠시 머뭇거렸다.

"솔직히 말하면 내가 제대로 몰랐던 것도 있어. 영웅이 되려다가

까딱 잘못하면 죽을 수도 있다는 거. 그것까진 생각하지 못했다고."

"분신해도 넌 죽지 않아. 내가 보장하지."

"형이 그걸 어떻게 보장해?"

"내가 학생회관 옥상에 소화기랑 담요를 감춰 놓았거든. 네가 불을 지르면 내가 너를 구할 거야. 그러니까 죽는 걱정은 안 해도 돼."

"방금 어디라고 했어? 본관이 아니라 학생회관 옥상이라고?"

영웅은 순간 술이 다 깨 버렸다.

"내가 바보인 줄 아냐? 경찰이 본관을 폐쇄할 거라는 거 다 알고 있었어."

"혀엉."

영웅이 애처롭게 우는 소리를 냈다.

"물론 경찰에 찌른 놈이 다름 아닌 영웅, 네놈이란 것도 다 알고 있지."

할 말을 잃은 영웅은 느물거리는 녹사의 얼굴이 두렵기만 했다.

"자, 가자."

녹사가 계단으로 영웅을 이끌었다. 영웅이 가지 않으려고 버텼다.

"생각해 봐, 형, 휘발유를 뒤집어쓰고 불을 지르는 일이야."

"아, 화상은 좀 입을 수 있지. 하지만 믿어도 돼. 나는 네가 이번 시험을 통과해 영웅이 되라는 거지, 순교자가 되라는 게 아니니까."

저만치 옥상 문이 보였다. 녹사가 들고 있던 하얀 플라스틱 통을 영웅 앞에 내려놓았다. 통이 흔들리고 그 속의 액체가 조금 흘러내렸다. 이 냄새는? 영웅의 안색이 일순간 창백해졌다. 입술에 침을 발랐지만 말도 나오지 않았다.

"이제 무대는 올라갔고 연극은 시작되었어. 너는 뭔가를 보여 줘야만 해."

녹사는 틈을 주지 않고 거칠게 영웅을 밀어붙였다.

"나보고 저엉말 부, 분신을 하라는 거야?"

진동하는 역한 냄새. 통 속에 든 것은 분명 휘발유였다. 영웅은 두려움이 역력한 표정으로 더 이상 걸음을 떼지 못하고 제자리에 멈춰 버렸다.

"넌 영웅이야. 영웅은 투쟁을 통해서 새로 태어나야 하는 거야. 설마 너, 이대로 찌그러지고 싶은 건 아니지?"

녹사가 영웅에게 바짝 다가섰다.

"그건 영화에서나 나오는 얘기야, 형. 현실은 엄연히 다르다고."

이마가 맞닿을 정도로 가까워진 거리. 녹사가 키 작은 영웅의 어깨에 두 팔을 얹었다.

"사람은 어차피 한 번은 죽는다. 무섭냐?"

"누, 누가 무섭대? 하지만 꼭 분신까지 할 필요가 있느냐고? 내 말은 다, 다른 방법도 얼마든 있다는 거지. 펴, 평화적인 방법으로."

영웅은 어떻게든 분신만은 모면해 보려 했다. 갑자기 녹사가 침을 튀기며 괴성을 질러 댔다.

"다른 방법? 지금까지 다 해 봤잖아. 그래도 저들은 꿈쩍도 안 했어.”

찍어 누르듯 위압적인 태도였다.

“내가 왜 학보사에 불을 질렀는지 아직도 몰라? 지지부진하던 네 지지도에 기름을 부어 한번에 화악 타오르게 하려고 그랬던 거잖아. 덕분에 우리가 선거에서 이겼고.”

“알아. 안다고. 그래서 형이 시키는 건 뭐든 다 했잖아. 부탁인데 이번 한 번만 다시 생각해 줘, 제발…….”

영웅은 녹사에게 질질 끌려가며 징징거렸다. 그러나 녹사는 영웅의 말을 아예 무시해 버렸다.

“이번에도 그럴 거야. 네가 분신만 하면, 다시 옛날처럼 영사모가 일어날 거야. 아니, 옛날과는 비교도 안 되게 커진 영사모겠지. 상상해 봐. 나영웅, 나영웅! 사람들의 함성 소리가 들리지 않냐?”

동물적인 감각으로 위기감을 느낀 영웅이 필사적으로 녹사에게서 빠져나가려 했다.

“그때하곤 상황이 많이 달라. 나는 학생회장도 뭣도 아니라고. 학교가 인정해 주지 않는데 나도 별수 없잖아.”

영웅은 최소한의 자기방어라도 하려고 했다.

“그래서 국면 전환이 필요한 거야. 수구꼴통들을 까부술 특단의 대책. 목숨을 내놓는 방법. 그거 아니고는 안 돼.”

목숨을 내놓으란 말에 기가 질린 영웅이 몸을 와들와들 떨었다.

“들어.”

녹사가 눈으로 플라스틱 통을 가리켰다. 영웅이 뒷걸음질 쳤다.

"이걸 들고 옥상으로 올라가서 총장 나오라 그래. 안 나오면 분신하겠다고 겁을 주란 말이야."

"안 나오면 나만 억울하게 개죽음 당하는 거잖아."

"넌 안 죽는다니까, 새꺄. 인터넷에 이미 올렸단 말야. 영사모는 광장에 다 모이라고. 우리들의 영웅이 학교를 향한 마지막 충정으로 분신하는 자리이니 다 같이 모여서 지켜보라고. 나올 거야. 전교생이 다 나와서 외쳐 대겠지. 나영웅, 나영웅! 영사모, 영사모!"

"혀, 형은 미쳤어."

녹사의 이글거리는 눈은 이미 광인의 그것이었다.

"미쳐야 살아남는 세상이야."

녹사가 자꾸만 뒷걸음치는 영웅에게 가까이 다가갔다. 영웅은 이제 구석까지 밀려났다.

"나는 여, 영웅도 아니고 뭣도 아니야!"

녹사가 눈을 치켜떴다. 누구라도 움칠할 정도의 섬광이 영웅에게 꽂혔다.

"그 말 다시 한 번 지껄여 봐. 말해 보란 말야, 새꺄."

영웅은 입만 달싹거릴 뿐 감히 소리를 내지 못했다.

"또 한 번 그런 소리를 했다간 내 손에 뼈도 못 추릴 줄 알아."

녹사의 위협적인 말투는 자기 암시 같기도 했다. 학보사에 방화도 서슴지 않은 녹사였다. 그가 못할 일이 무엇이겠는가. 영웅은 녹사가 시키는 대로 휘발유 통을 들었다. 그리고 녹사에게 떠밀려 옥상으로 올라가는 마지막 계단 앞에 섰다. 하지만 더 이상은 발길이 떨어지지 않았다. 그는 목이 멨다. 어떻게 해서 일이 이렇게까지 된 것일까. 자신은 처음부터 영웅이 아니었는지도 모른다. 아니, 단언하건대 영웅이 아니었다. 평범했던 그가 왜, 어쩌다 영웅이 되고 여기까지 오게 됐는지 아리송할 따름이었다.

"형, 잠깐 화, 화, 화장실에 갔다 오면 안 될까?"

"이 새끼가 정말."

녹사의 부릅뜬 눈을 바라본다는 것은 공포 그 자체였다.

"정, 정말로 오줌이 마려워서 그래."

"너 화장실 갔다 온 지 10분도 안 됐어, 새꺄."

그랬나? 그러고 보니 오줌이 마렵지 않은 것 같기도 했다. 영웅은 모든 것을 확신할 수 없었다. 자기 내부에서 일어나는 신체 활동조차도 녹사가 그렇다고 하면 그런 것 같았고, 아니라고 하면 아닌 것 같았다. 그때 자기도 모르게 사타구니가 뜨뜻미지근해지는 것이 느껴졌다. 아래를 내려다보니 바짓가랑이가 위에서부터 아래로 검게 물들고 있었다. 이게 뭐지? 내가 바지에 오줌을 싼 건가? 멍해질 뿐 도무지 실감이 나지 않았다.

"거봐, 내가 정말 오줌 마렵다고 했잖아."

영웅의 바짓가랑이를 보고 어이가 없어진 녹사가 오른손을 들어 영웅의 뺨을 갈기려다 가까스로 참았다. 영웅이 움찔하며 뒤늦게 얼굴을 피했다.

"이런 겁쟁이 새끼. 사내자식이 죽는 게 그렇게도 무섭냐?"

"그, 그럼 형이 분신해. 그럼 되잖아."

영웅은 옥상 문턱에 주저앉아 더 이상은 죽어도 못 가겠다고 버텼다. 할 수 없다는 듯이 녹사도 그 옆에 앉았다.

"저 소리를 들어 봐라. 누굴 부르고 있냐. 나냐? 너냐?"

영웅이 귀를 기울였다. 아무 소리도 들리지 않았다.

"나영웅, 나영웅, 저렇게 큰 소리로 네 이름을 부르잖아. 너는 가슴이 뛰지 않냐?"

영웅이 다시 한 번 귀를 기울였다. 아무 소리도 들리지 않았다. 그러나 녹사는 정말 함성이 들린다는 듯이, 마치 그것이 황홀한 음악이라도 된다는 듯이, 지그시 눈을 감고 음미하는 듯했다.

"영사모가 다시 뭉쳤어. 저 소리, 저건 바로 영웅을 부르는 소리야. 바로 너, 영웅."

영웅이 울부짖었다.

"난 영웅이 아냐. 처음부터 아무것도 아니었어. 영사모를 끌어들인 것도 형이랑 유정민이지 내가 아냐. 처음부터 나는 형의 꼭두각시에 불과했다고."

"제기랄, 선거에 나선 건 너였어. 네 손으로 후보 등록했고 찍어 달라고 호소했어. 그랬으면서 이제 와서 뭐라고?"

"나는 몰랐어. 영웅이 된다는 게 이런 건지 정말 몰랐어."

영웅이 바닥에 주저앉은 채 엉덩이걸음으로 뒤로 물러났다.

"에라, 이 병신자식."

녹사가 손을 들어 영웅의 뺨을 갈겼다. 벌겋게 손자국이 난 뺨을 무릎 사이에 묻고 영웅은 눈을 감아 버렸다.

"일어서, 새꺄."

녹사가 억지로 영웅을 끌고 가려 하자 영웅이 사력을 다해 버텼다. 한동안 끌어당기고 버티는 승강이 끝에 영웅의 몸에 휘발유가 엎질러졌다. 그 싸한 느낌에 영웅이 기겁하며 바닥에 나뒹굴었다.

담배 한 개비를 꺼내 문 녹사가 영웅에게도 담배를 권하자, 영웅은 그만 사색이 되어 얼어붙었다. 녹사가 휘발유를 뒤집어쓴 영웅의 눈앞에서 라이터를 켤 듯 말 듯하다가 마지막 순간에 손을 멈췄다. 정말로 영웅을 죽일 생각은 없는 모양이었다. 그는 휘발유가 엎질러진 곳에서 멀찌감치 떨어진 옥상 끝으로 걸어가더니 거기서 담배를 피웠다. 녹사의 눈엔 구름처럼 운집해 있는 영사모가 보였다. 그들을 향해 녹사가 손을 흔들었다. 다시 함성이 들렸다. 그 소리를 들으며 독백처럼 녹사가 중얼거렸다.

"우리 아버진 말야, 빙신같이 국회 의원 선거에서 네 번이나 떨어졌어. 빚더미에 올라앉았지. 아들인 내가 봐도 문제가 많은 양반이었는데 가장 큰 문제가 뭔 줄 알아? 대중을 끌어들이는 능력이 없는 거, 바로 그거였어. 늘 자신을 알아 달라 알아 달라, 소리치고 다녔지만 누가 알아줘야 말이지. 영웅 널 처음 봤을 때 나는 흥분했어.

넌 다르다는 걸 알아본 거야. 아버지랑 내게 없는 능력, 주몽에게조차 없는 능력을 너는 가지고 있었거든. 사람들을 끌어들이는 재주 말이야. 봐, 보라고. 네 모습만 보여도 네 이름만 들어도 사람들이 열광하잖아. 저 소리 들리지? 네 이름을 부르는 소리. 처음부터 넌 영웅으로 태어난 거야."

"형은 미쳤어. 영사모는 이제 없고 내 귀엔 아무 소리도 안 들려."

녹사가 귀를 기울였다. 분명히 함성이 들렸다. 영웅을 목마르게 부르는 소리였다.

"내가 직접 나서지 않고 왜 네 뒤에 숨느냐고 물었지? 그게 이유야. 대중이 외면하면 절대로 영웅이 될 수 없거든. 히틀러가 세계를 정복하고도 2년밖에 지배하지 못한 이유가 뭔 줄 알아? 결국 대중이 등을 돌렸기 때문이야. 그런데 나영웅 너는 달라. 대중들이 너를……."

말하는 도중에 뭔가 이상한 느낌이 든 녹사가 뒤돌아보았다. 아무도 없었다. 휘발유 통만 멀뚱하게 놓여 있을 뿐.

"영웅. 야, 나영웅."

녹사가 불렀지만 어디에도 영웅은 없었다.

"이러언 개새끼."

에필로그

나는 영웅이 어디서 어떻게 살고 있는지 궁금했다. 녹사도 개교기념일 이후 영웅이 어떻게 되었는지 전혀 모른다고 했다. 그동안 몇 번인가 소문을 듣기는 했다. 이민 갔다거나 고향에서 농사짓고 있다는 소문이었다. 사실이 아니었다. 자살했다는, 또는 중이 되었다는 소문도 들렸다. 나는 그것마저도 사실이 아닐 거라고 생각한다.

한 6개월 전이었을 것이다. 한밤중에 누군가로부터 전화가 걸려왔다.

"공탁 기잡니다. 말씀하시죠."

거친 숨소리만 들릴 뿐 상대는 아무 말도 하지 않았다. 그리고 일주일쯤 후에 비슷한 전화가 또 걸려왔다. 여전히 말은 없고 거친 숨소리만 들렸는데 저편에서 들려오는 배경음이 어쩐지 예사롭지 않았다. 호루라기 소리와 거친 욕설과 서로 치고받으며 싸우는 소리가 들렸다. 어딘가 사건 현장이라고 생각한 나는 바짝 긴장했다.

"전화하셨으면 말씀하셔야죠."

뭐라 중얼거리는 것 같은데 소음에 묻혀 알아들을 수가 없었다. 일부러 들려주는 소음 같기도 했다.

"여보세요? 여보세요?"

"여긴 한미 FTA 반대 집회 현장입니다."

나는 맥이 빠졌다. 그런 시위야 그즈음 매일 있는 일이었고, 내 담당 분야도 아니었다. 그런데 다음 말이 내 귀를 사로잡았다.

"기억하십니까? 세계대학 나영우우……."

퍽 하고 누군가 사람을 후려치는 소리가 났고, 뒤이어 날카로운 비명 소리와 함께 목소리가 끊어졌다.

"방금 나영웅이라고 했습니까? 나영웅 씨 맞습니까?"

전쟁터 같은 소음마저 점점 희미해졌다.

"여보세요? 여보세요? 나영웅 씨. 이봐, 나영웅!"

계속해서 불러 보았지만 뚜우- 소리를 마지막으로 전화가 끊겼다. 나는 아쉬움에 잠을 못 이루고 새벽까지 기다렸다가 신문사에 전화를 걸었다. 지난밤 시위가 벌어진 곳과 내 스마트폰에 찍혀 있는 발신자 번호를 추적해 달라고 의뢰했다.

기자로 일하다 보면 종종 익명의 인물로부터 제보를 받는 경우가 있다. 그러나 그런 것을 모두 추적해서 기사화할 수는 없는 노릇이므로 적당히 처리하고 적당히 잊으면서 유야무야되는 것이 대부분이다.

그러나 유독 그 두 번의 전화만큼은 기억에 생생하다. 영웅이라는 느낌이 강하게 들어서였다. 알아보니 그날 밤 서울 중심가에서 한미 FTA 반대 집회가 있었던 것은 사실이었고, 그 와중에 시위대와 경찰 간에 물리적인 충돌도 있은 모양이었다. 부상자가 나왔고, 구속된 사람도 열 명이 넘었다. 그러나 그 명단 속에 영웅의 이름은 없었다. 발신자 번호도 누군가의 대포폰이어서 확인할 길이 없었다. 하지만 시간이 지날수록 영웅이었구나, 틀림없이 그놈이었구나 하는 확신이 깊어 갔다.

녹사와 헤어져 삼겹살집을 나온 나는 학교 쪽으로 발길을 돌렸다. 학교는 예전과 많이 달라져 있었다. 끝없이 펼쳐진 너른 간척지에는 새로운 국제도시가 건설될 예정이라고 했다. 국제도시가 정확히 어떤 도시를 말하는 건지 학교와 무슨 상관관계가 있는지 모르겠지만, 어쨌거나 그 때문에 학교 부지가 건물만 간신히 품고 있는 정도로 줄어들어 있었다. 아이비리그보다 더 좋은 대학을 만들어 세계적인 인재를 양성하겠다던 왕 회장의 꿈이 그렇게 사라진 것이다.

깍지 낀 손을 베개 삼아 보안등 불빛이 비치는 잔디밭에 누웠다. 푸른 잎이 시들어 버석해진 잔디가 카펫처럼 등 밑에 깔렸다.

화창한 날, 점심을 먹고 여기 누우면 햇살이, 그녀의 머리카락처럼 부드러운 햇살이 내 뺨을 간질이곤 했는데…… 그래, 여기가 바로 정민과 나란히 누워 있던 바로 그 자리로구나.

어디선가 불어온 습한 바람 한 조각이 잠시 곁에 머문다.

"형이라고 불러. 누나란 말은 딱 질색이니까."

그녀의 목소리가 귓전을 스친다. 숨소리, 감기 들어 후루룩거리는 콧소리, 커다랗게 흩어지던 그녀의 웃음소리도 들려온다.

이 캠퍼스 안에서 살았던 길지 않은 시간 중에 유정민과 함께한 시간, 데일리스팟과 함께한 시간을 빼고 나면 나에겐 무엇이 남을까. 입꼬리에 짭짜름한 무엇이 느껴지는가 싶더니 알싸한 통증이 가슴 한가운데를 관통한다.

스마트폰을 꺼내 정민의 번호를 눌렀다.

"나야. 밤늦게 전화해서 미안."

"술 마셨니?"

"응."

"너 그렇게 대충대충 살래, 엉?"

카랑카랑한 저 목소리. 친절이라고는 약에 쓰려 해도 찾아볼 수 없는 그리운 정민의 목소리였다.

"나 방금 녹사 만났어."

"누구?"

"안녹사. 그 괴물 말이야. 그놈 만나서 술 한잔했다고."

"……."

"그 자식 국회 의원이 되겠더라. 당선이 유력하대."

"……."

"듣고 있니?"

"……."

"그 자식 만나면 내가 어떻게 할지 나도 궁금했어. 자동차로 밀어 버리든지 땅을 파고 생매장을 시키든지, 최소한 실컷 두들겨 패기라도 할 작정이었거든. 그런데 막상 얼굴을 마주하니 그게 안 되더라. 정민아, 너 나 밉지?"

"취했구나."

"그래, 취했다. 술기운을 빌려서라도 한번 따져 보고 싶었으니까. 누가 살인자인지, 누가 주몽을 죽였는지."

"탁아."

정민이 나지막이 내 이름을 불렀다.

"그때 우린 너무 젊었어. 너무 젊고 막막한 청춘이어서, 차마 어쩌지 못하고 몸부림쳤던 거야. 그래서 그런 거야."

"너 지금 녹사 그 자식을 용서하자는 거냐? 난 못해. 아니, 안 해."

"그래 봤자 스스로 부서질 뿐이야. 그러지 마, 탁아."

"싫어. 세상 사람 다 그래도 난 그럴 수 없어. 녹사 그 자식은 살인 자란 말야. 경찰이 혐의가 없다고 풀어 줬어도, 그 자식이 살인자라는 사실은 영원히 변하지 않는다고."

내가 군을 제대하고 어렵게 수소문하여 정민을 찾아갔을 때 그녀는 왕 회장의 옛 별장에서 부모님과 함께 살고 있었다. 그때 알았다. 언젠가 정민이 한 달 동안 이집트 여행을 갔다 왔다고 했는데, 그것은 거짓말이었다. 그녀는 그때도 주몽 곁에 있었다.

"행복하니, 유정민?"

정민이 대답을 못하고 주저했다.

"너는?"

나 역시 선뜻 대답이 나오지 않았다.

"가만있자, 아들도 하나 있고 마누라도 있고 아파트도 한 채 있고 차도 있고, 쥐꼬리만큼이지만 꼬박꼬박 월급 주는 직장도 있고, 또⋯⋯."

가진 것들을 모두 열거해 보아도 행복하다고 말하기가 쉽지 않았다.

"그 정도면 됐지 뭘 더 바라냐?"

정민이 전화를 끊으려 했다.

"잠깐만."

아직 못다한 말이 있었다. 취한 김에 꼭 해야 하는 말. 한숨처럼 내 입에서 그 말이 튀어나왔다.

"유정민, 보고 싶다."

커다랗게 들리는 웃음소리. 잠시 뒤에 그녀가 정색하고 말했다.

"고마워, 탁아. 내겐 너무 과분한 너의 순수, 잊지 않을게."

가슴이 먹먹해지더니 뜨거운 무엇이 솟아났다.

"사랑한다, 유정민."

그러나 이 말은 소리가 되어 그녀에게 닿지 못하고 혀 위에 얹힌 채 그대로 있었다.

"늦었는데 그만 집에 들어가라."

"유정민, 정민아."

맥없이 그녀의 이름을 불러 보지만 더 이상 목소리는 들려오지 않는다. 매정한 계집애. 예나 지금이나 똑같이 헤어질 땐 뒤도 안 돌아보는 여자. 스마트폰을 가슴에 안았다. 마치 그녀를 안은 것처럼 가슴이 뜨듯해졌다.

그날 밤, 주몽은 왜 난데없이 나타나 분신의 주인공이 된 것일까? 주몽이 별장에서 사라진 것은 그날 아침이었다. 정민이 전화를 받고 급히 Y읍으로 간 것도 그 때문이었다. 정민조차 주몽이 학교로 돌아올 것을 예상하지 못한 것이다.

별장에서 지내는 동안 주몽은 온종일 컴퓨터를 붙들고 살았다고 했다. 날마다 녹사가 인터넷에 올리는 분신 계획을 보았다는 얘기다. 영웅인 그 자신의 분신 계획을……. 나는 혼란스럽다. 주몽이 스스로의 몸에 불을 붙이는 순간, 그는 주몽이었을까 영웅이었을까?

나도 모르는 사이에 소리가 새어 나온다. 셀 수 없이 많은 날이 지나는 동안 입속에서 맴돌던 말, 차마 소리가 되어 해방되지 못한 말들이었다.

"그해 여름, 우리를 사로잡았던 것은 청춘의 폭정이었어. 널 죽인 건 녹사도 영웅도 아니야. 아무 저항도 못하고 무기력했던 나, 다른 누구도 아닌 내가 널 죽게 만든 거야, 미안해, 주몽, 정말 미안해."

땅바닥에 머리를 쿵쿵 짓쫓었다. 아프고 싶었다. 주몽처럼 뼈가 깨지는 고통을 느끼고 싶었다. 치받치듯이 아래로부터 시큼한 것이 올라왔다. 토해 냈다. 토하고 또 토해 냈다. 모두 비워 내니 몸속이 투명해진 것처럼 시원했다.

하늘을 보고 대자로 누워 눈을 감는다. 어디서 나타난 걸까. 불새 한 마리가 캄캄한 하늘에서 너울너울 춤을 추고 있다. 불새가 나를 본다. 불이 붙어 녹아내리는 입술로 나를 보고 헤벌쭉 웃는다. 나도 따라 웃는다.

등줄기를 파고드는 냉기를 온몸으로 느끼며 눈을 떴다. 뼈마디가 뻑적지근하다. 불새는 어디로 갔을까? 방금 전까지 바로 눈앞에서 춤을 추고 있었는데…….

불새의 흔적을 찾아 주위를 두리번거리다가 문득 하늘과 땅 사이 낯선 곳에 널브러져 있는 내 몸을 발견한다. 머리가 깨질 듯한 두통과 함께 어젯밤의 기억이 되살아났다. 나는 아직도 학교에 있었다.

멀리 도서관을 향해 회색빛 계단을 오르는 한 무리의 학생들이 보인다. 날이 밝은 것이다.

영웅은 없다

초판 1쇄 인쇄일 • 2015년 3월 20일
초판 1쇄 발행일 • 2015년 3월 25일

지은이 • 한수경
펴낸이 • 임성규
펴낸곳 • 문이당

등록 • 1988. 11. 5. 제 1-832호
주소 • 서울시 성북구 동소문로 65-2 삼송빌딩 5층
전화 • 928-8741~3(영) 927-4990~2(편)
팩스 • 925-5406
ⓒ 한수경, 2015

전자우편 munidang88@naver.com

ISBN 978-89-7456-483-4 03810